Y0-BDB-458

別相信任何人

S. J. 華森（S. J. Watson）——著
顏湘如——譯

Before I Go to Sleep

獻給我的母親，
以及尼可拉斯

我生於明日
活在今日
死於昨日

——帕維斯[1]

[1] Parviz Owsia，伊朗作家。這首詩刻在倫敦北郊漢普斯特公園（Hampstead Heath）的木質長椅上。

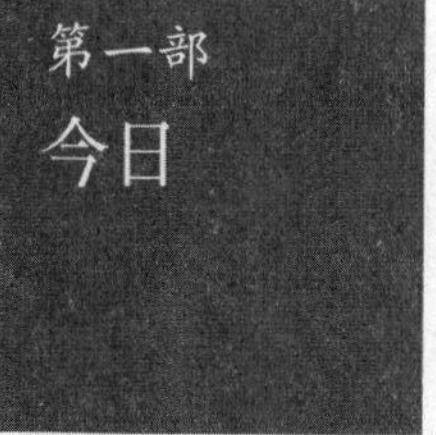

第一部 今日

臥室很奇怪。很陌生。我不知道自己在哪裡，又怎麼會在這裡。我不知道自己要怎麼回家。

我是在這兒過夜的。被一個女人的聲音吵醒後——起初以爲她和我一起躺在床上，後來才發現她在報新聞，我聽到的是收音機鬧鐘——我睜開眼睛，發現自己在這裡。在這個我認不得的房間裡。

眼睛適應之後，看了看近乎幽暗的四周。衣櫥門後掛著一件睡袍，是女用的，但比較適合年紀比我大得多的女人；梳妝檯前的椅背上披著幾件摺疊得整整齊齊的深色長褲，至於其他幾乎都看不清楚。鬧鐘看起來很複雜，但我找到一個按鈕，終於讓它安靜下來。

這時我聽到身後有震顫的吸氣聲，這才發覺我不是一個人。我轉過身，看見一大片肌膚和一頭深色頭髮，有點花白。是個男人。他左手臂伸在被毯外，無名指上戴著一枚金戒指。我差點出聲苦嘆，但忍住了。*原來這個人不但又老又有白髮，我心想，還已經結婚了。我不但跟已婚男人亂搞，而且好像還是在他家，在他平常肯定是與妻子同眠共枕的床上。*我又躺了回去，收斂心神。*眞該覺得羞愧。*

不曉得他妻子上哪去了？需不需要擔心她可能隨時會回來？我想像她站在房間另一頭，放聲尖叫，罵我賤女人、梅杜莎、蛇妖。她若眞的出現，不知道我會如何爲自己辯護。不過，床上這個男的似乎並不擔心。他翻了個身又繼續打呼。

我盡可能安靜地躺著。通常，我會記得自己是如何落到這種局面，但今天不然。想必是參加了派對，或是上了酒吧、夜店。也肯定是喝得爛醉，醉到竟然什麼都記不得，醉到竟然和一個戴著婚戒、背上還長毛的男人回家。

我盡可能輕輕地掀開被毯，起身坐在床沿。首先，得去趟洗手間。我不顧腳邊的拖鞋——畢竟和人家的老公上床是一回事，再穿她的鞋子實在說不過去——打赤腳偷溜到樓梯平台。由於意識到自己光著身子，深怕開錯了門，意外撞見同住在這屋裡的人，好比他正值青春期的兒子。見到眼前浴室門半開著，我才放了心，於是走進去反手將門鎖上。

我坐到馬桶上，使用後沖了水，然後轉身洗手。伸手去拿肥皂時，感覺好像有點不太對勁。起初想不出是什麼，但隨後就看到了。抓住肥皂那隻手不像是我的，皮膚布滿皺紋，指甲沒有上指甲油還咬到見肉，而且和我剛剛離開的那張床上的男人一樣，無名指也戴了一枚不花俏的黃金婚戒。

我瞪了一會兒，接著動動手指。拿著肥皂那隻手的手指也動了。我倒吸一口氣，肥皂砰咚掉入洗臉槽。我抬起頭照鏡子。

鏡子裡有張臉回看著我，那不是我的臉。頭髮稀疏塌陷，比我留的更短得多，臉頰和下巴的皮膚鬆垮垮的，嘴唇很薄，嘴角下垂。我喊了一聲，要不是即時克制，這聲默默的嘆息可能會變成驚恐尖叫。接著我注意到眼睛。眼周布滿了皺紋，沒錯，但無論如何都看得出來是我的雙眼。鏡子裡的人是我，但比實際的我老了二十歲。二十五歲。不止。

這不可能。我不由得開始發抖，雙手緊抓著洗臉槽邊緣。另一聲尖叫逐漸從胸臆間升起，最後爆發成哽咽的喘息。我往後退離鏡子一步，這時才看見了。照片。貼在牆上，鏡子上也有。照片中夾雜著用簽字筆注解的黃色貼紙，因潮溼而捲曲。

我隨意挑了一張。**克莉絲汀**，紙上寫著，並畫了箭頭指向一張我的照片——這個新的我，這個老的我——照片中我坐在碼頭邊的長椅上，旁邊有個男人。這名字似曾相識，但只是略微罷了，就好像我得努力讓自己相信那是我的名字。照片中的我們都對著鏡頭微笑，手牽著手。他英俊而迷人，仔細一瞧就知道正是睡在我身邊那個男人，我留在床上那個。那底下寫著**班恩**，一旁還寫著**妳丈夫**。

我驚愕屏息，隨手從牆上撕下照片。不，我暗想，不！不可能……我將剩餘的照片掃視一遍，拍的全是我，和他。其中一張，我穿了一件很醜的洋裝正在拆禮物，另一張則是我們倆穿著防水情侶夾克，站在一道瀑布前，還有隻小狗在我們腳邊嗅聞著。在這張旁邊的照片裡，我坐在他身邊啜飲一杯柳橙汁，身上穿的睡袍正是方才在隔壁臥室看見的那件。

我繼續往後退，直到背部碰到冰涼的瓷磚。這時似乎隱約回想起什麼，但正打算再想個仔細，念頭卻有如灰燼被微風吹起，翩然飛走了。我也才發覺在我的人生中有一段過去，一個從前，只是我說不出是什麼的從前，還有一個現在，而兩者之間什麼都不存在，只有一段漫長、靜默的虛空引領我來到這裡，來到我和他，來到這棟屋子。

我回到臥室，手中仍握著我和醒來時身邊那個男人的合照，置於身前。

「這是怎麼回事？」我尖叫著問，淚水同時滑落臉頰。男人已起身坐在床上，睡眼惺忪。

「你是誰？」

「我是妳丈夫。」他說。他臉上充滿睡意，絲毫不顯得困擾，也沒有注視我的裸體。「我們已經結婚多年。」

「什麼意思？」我問道。心裡想跑，卻無處可去。「結婚多年？這是什麼意思？」

他站起身來。「拿去。」他說著將睡袍遞給我，等候我穿上。他穿著太過寬鬆的睡褲，搭配白色汗衫，讓我想起父親。

「我們在一九八五年結婚。」他說：「二十二年前。妳……」

「什麼？」我感覺到臉部血液瞬間抽乾，房間開始旋轉。屋裡某處的一個時鐘響了起來，聲音大得有如鐵鎚。「可是……」他朝我踏前一步。「怎麼會……？」

「克莉絲汀，妳已經四十七歲了。」他說。我望著他，這個正對我微笑的陌生人。我不想相信他，甚至不想聽他說話，但他仍接著說：「妳出了意外，很嚴重的意外，頭部受了傷，很多事情記不得了。」

「什麼事情？」我問道，意思是：肯定不會是過去的二十五年吧？「什麼事情？」

他又向我走近一步，彷彿在接近一隻受驚的動物。「一切事情。」他說：「大概是從妳二十歲出頭以後的事，甚至還可能更早。」

我的心思飛旋，日期與年齡颼颼而過。我不想問，卻知道非問不可。「我是……我是什麼時候出的意外？」

他凝視著我，臉上表情混雜著同情與擔憂。

「妳二十九歲那年……」

我閉上眼睛，儘管試圖排斥這項訊息，心裡某個角落卻知道這是事實。我聽見自己又哭了起來，我哭泣時，這個男人，這個「班恩」，來到我站立的門口。我感覺到他出現在我身邊，當他雙手環抱住我的腰，我沒有動，當他拉我入懷，我沒有抗拒。他抱著我，我們一起輕輕地搖晃，我發覺這個動作有種莫名的熟悉，因而舒坦了些。

「我愛妳，克莉絲汀。」他說，雖然知道該回說我也愛他，但我沒有。我不發一語。我怎麼可能愛他？他是個陌生人。一切都不合理。我想知道的事情太多了。我是怎麼走到這一步、是怎麼活下來的？但我不曉得該從何問起。

「我好害怕。」我說。

「我知道。」他回答：「我知道，但妳別擔心，莉絲，我會照顧妳，我會永遠照顧妳。妳不會有事的，相信我。」

他說要帶我到處看看這棟房子。我已冷靜了些。我穿上他拿給我的長褲和舊T恤，將睡袍披在肩上。我們走到樓梯平台。「妳看過浴室了。」他說著打開浴室隔壁的門。「這是書房。」裡面有一張玻璃書桌，上頭擺的應該是電腦，只不過看起來小得可笑，像玩具似的。書桌旁有一個鐵灰色資料櫃，上方是一面壁掛式行事曆。一切都整整齊齊、有條不紊。「我偶爾會在這裡工作。」他說完隨手關上門。我們走過平台後，他又打開另一扇門，裡頭有一張床、一張梳妝檯、更多衣櫃，幾乎和我醒來時看見的房間一模一樣。「有時候妳想一個人睡，就會睡這裡。」他說，「但妳通常不喜歡醒來時獨自一人。要是不知道自己身在何處，妳會很慌。」我點點頭，好像一個打算租屋的房客正在參觀新居。一個可能成爲室友的人。「我們下樓吧。」

我隨他下樓去。他介紹我看客廳，裡面有一張棕色沙發和幾張搭配的椅子，還有一個平面螢幕釘在牆上，他說是電視，接著還帶我看了餐廳和廚房。沒有一處是熟悉的。我一點感覺都沒有，即便是看到餐具櫥上一張我們兩人合照的裱框照片也一樣。「屋子後面有個花園。」他說完，我隨即望向由廚房通出去的玻璃門。天色才剛要轉亮，夜空逐漸變成墨藍，隱約可見一棵大樹的剪影，以及坐落在小花園另一端的小庫房，但也僅此而已。我突然想到我甚至不知道這是世界的哪個角落。

「我們在哪裡？」我問道。

他站在我身後。我看見我們倆的身影倒映在玻璃上。我。我的丈夫。已屆中年。

「倫敦北部。」他回答道：「蹲尾區。」

我後退一步，開始感到驚慌。「天哪，」我說：「我竟然連自己住在哪裡都不知道……」

他拉起我的手。「放心，妳會沒事的。」我轉頭面向他，等待他告訴我怎麼會，我怎麼會沒事？但他沒有說。「要不要給妳沖杯咖啡？」

那一瞬間我對他感到憤恨，但旋即說道：「好，好的，謝謝。」接著他拿了水壺裝水。「請給我黑咖啡。」我說：「不加糖。」

「我知道。」他微笑著對我說：「要吃點吐司嗎？」

我說好。他肯定非常了解我，但眼前的情景就像一夜情過後的早晨：和一個陌生人在他家吃早餐，一面暗地盤算著需要多久才可以逃離，可以回家。

不過差別就在這裡。這好像就是我家。

「我想坐下來。」我說。他抬起頭看我。

「到客廳坐吧。」他說：「我馬上端過去。」

於是我走出廚房。

過了片刻，班恩隨後而來。他遞給我一本簿子，說道：「這是一本剪貼簿，也許對妳會有幫助。」我從他手中取過簿子，外表裝訂的塑膠封面大概是想仿舊皮革，但卻不像，繫在上面的紅絲帶胡亂打了個蝴蝶結。「我馬上回來。」他說著便離開客廳。

我坐在沙發上，擺在腿上的剪貼簿沉甸甸的，看著它，感覺好像在窺探隱私。我提醒自己，無論裡面內容為何都與我有關，這是我丈夫給我的。

我解開蝴蝶結，隨意翻開一頁。是我和班恩的一張合照，看起來年輕許多。

我砰地將簿子闔上，用手撫摸著封面，再快速翻動頁面。*我想必每天都得這麼做。*

我無法想像。一定是哪裡出了天大的錯，但又不可能。事實俱在——樓上的鏡子、眼前撫摸剪貼簿那雙手上的皺紋。我並非早上醒來時自以為的那個人。

*但那是誰呢？*我暗忖。我在何時曾是那個人，那個在陌生人床上醒來、一心只想逃離的人呢？我閉上眼睛，覺得自己在飄浮。未被拴縛。有迷失的危險。

我得拋錨下碇。我閉上雙眼，試圖把注意力集中在某一樣、任何一樣穩固可靠的東西。但找不到。我心想，那麼多年的人生，不見了。

這本剪貼簿會讓我知道自己是誰，但我不想翻開。還不想。我想在這裡坐一會兒，懷抱一整段空白的過去，處於遺忘狀態，在可能與事實之間擺盪。我害怕找出自己的過去，得知自己完成了哪些事，又未能完成哪些。

班恩回到客廳，在我面前放下一個托盤。吐司、兩杯咖啡、一壺牛奶。「妳還好嗎？」他問道。我點點頭。

他在我身邊坐下。他刮了鬍子，穿上長褲和襯衫，打著領帶，已不再像我父親。此刻的他像是在銀行或辦公室上班。倒還不錯，我暗想，又隨即屏除這個念頭。

「每天都像今天這樣嗎？」我問道。他把一片吐司放到盤子上，塗抹奶油。

「差不多。」他說：「要吃一點嗎？」我搖搖頭，他則咬了一口，接著說：「妳醒的時候好像能記住事情。可是一旦睡著，大部分的記憶都會消失。咖啡還好嗎？」

我說很好，他從我手中拿過剪貼簿。「這算是剪貼簿。」他說著翻了開來。「幾年前發生一場火災，很多舊照片和舊事物都燒毀了，不過這裡面還保留了一些零星的東西。」他指著第一頁說道：「這是妳的畢業證書，還有妳畢業當天拍的照片。」我順著他的手指看去。我在微笑，迎著陽光瞇起眼睛，身穿黑袍、頭戴垂著金穗的學士帽。有個穿西裝打領帶的男人就站在我身後，臉轉了開來，沒看鏡頭。

「那是你嗎？」我問道。

他微微一笑。「不是，我和妳不是同一年畢業。當時我還在念書，讀化學。」

我抬起頭看他。「我們是什麼時候結婚的？」我問。

他轉頭看著我，拉起我的一隻手握住。我被他粗糙的皮膚嚇了一跳，大概是只記得年輕皮膚的柔嫩觸感吧。「妳拿到博士那年。我們已經交往了幾年，不過，妳……我們……我們都想等到妳學業告一段落。」

這個合理，我心想，雖然覺得自己出奇地實際。我當時會不會根本就不想嫁他？

他彷彿看穿我的心思，說道：「我們當時非常相愛。」接著又補一句：「現在也是。」

我想不出該說些什麼，只是面帶微笑。他喝了一大口咖啡後，又低頭看著腿上的簿子，多翻了幾頁。

「妳主修英文。」他說：「畢業後做了幾份工作，只是打工性質，像是秘書、業務。我想妳應該不太清楚自己想做什麼。我拿到學士學位，參加教師培訓，頭幾年過得很辛苦，但後來獲得升遷，最後我們就到這兒來了。」

我環顧客廳，十分整潔、舒適，乏味的中產階級。有幅裱框的森林風景畫掛在壁爐上方，壁爐架上的時鐘旁擺了幾尊瓷娃娃。這些裝飾品是不是我幫忙選的？

班恩繼續說著。「我在附近的中學教書，現在擔任主任。」他口氣中不帶一點驕傲。

「那我呢？」我問道，儘管對於唯一可能的答案心知肚明。他緊握住我的手。

「妳不得不放棄工作。出了意外之後，妳什麼都沒做。」他想必感受到我的失望。「妳也不必做什麼，我的薪水不錯，足夠應付了。我們還過得去，生活不成問題。」

我閉上眼睛，一手按著額頭。這一切都讓我受不了，只希望他就此住嘴。我能消化的好像就這麼多了，他要是再說下去，我終究會爆炸。

我整天都做些什麼？我想問，卻又害怕聽到答案，便默不作聲。

他吃完吐司，將托盤端回廚房，再回來時身上多了件外套。

「我得出門上班了。」他說。我隨即感覺自己緊繃起來。

「別擔心。」他說：「妳不會有事的。我會打電話，一定會。別忘了今天就像其他日子一樣，妳不會有事的。」

「可是……」我欲言又止。

「我得走了。」他說：「對不起。走之前，先讓妳看一些可能會需要的東西。」

在廚房裡，他告訴我哪些東西放在哪些廚櫃，說冰箱裡有些剩菜可以當午餐，並指著釘掛在牆上的白板，旁邊還用繩子繫著一支黑色馬克筆，說道：「我偶爾會在這裡給妳留話。」我看到他以工整、甚至是大寫的字母寫下「星期五」，底下則寫著**洗衣？散步？（帶電話！）看電視？**在「午餐」底下，他寫道冰箱裡還有吃剩的鮭魚，並加了**沙拉？**二字。最後寫說他應該六點會到家。「妳還有一本日誌，」他說道：「在妳的袋子裡。日誌後面有重要的電話號碼，和我們的地址，萬一妳迷路就用得上。還有一支手機……」

「一支什麼？」我說。

「電話，」他說：「是無線的，到處都可以用。屋子外面，哪裡都行。手機會放在妳的手提袋裡，出門記得帶著。」

「我會的。」我說。

「那好。」他說。我們走到玄關，他拿起門邊一個破舊的斜背皮包。「那我走了。」

「好。」我說完就有點詞窮了，自覺像個不能上學的孩子，因父母親去上班而獨自留在家中。什麼都不許碰，我想像他這麼吩咐，別忘了吃藥。

他走向我，親親我的臉頰。我沒有制止他，但也沒有回親他。他轉身面向前門，正要開門時又即時打住。

「喔！」他回頭看著我說：「我差點忘了！」他的聲音頓時變得不自然，熱情也顯得造作。他太刻意想表現得自然了，其實心中打算說的話顯然已醞釀了一段時間。

結果並不像我擔心的那麼糟。「今天晚上我們要出門旅行。」他說：「只是去度個週末。慶祝結婚紀念日，我大概會訂個飯店什麼的，好嗎？」

我點點頭，回說：「聽起來不錯。」

他微微一笑，好像鬆了口氣。「值得期待吧？吹點海風如何？會有好處的。」他又轉向大門，打了開來。「我晚點打電話給妳，」他說：「看看妳情況如何。」

「好。」我說：「一定要打，拜託。」

「我愛妳，克莉絲汀。」他說：「千萬別忘了這點。」

他隨手關上了門，我也轉身進屋。

稍後，十點左右，我坐在扶手椅上。碗盤洗好了，整整齊齊堆在瀝水架上，衣服也放進洗衣

機了。我一直讓自己忙個不停。

但現在卻感到空虛。班恩說得沒錯，我沒有記憶，一點都沒有。我完全不記得見過這屋裡的一景一物。沒有一張照片——不管是鏡子旁或眼前這本剪貼簿中的照片——能讓我回想起拍照的當下，而除了今天早上見面後的時間，我也想不起和班恩共處的任何時刻。我的心似乎空得徹底。

我閉上眼睛，試圖專注於某一樣事件，任何一樣。昨天。去年聖誕。任何一年的聖誕。我的婚禮。毫無所獲。

我站起來，在屋裡到處走動，從一個房間走到另一個房間，慢慢地走。像幽靈般遊蕩，任由手拂過牆面、桌子、家具背面，卻又沒有真正去碰觸。*我怎麼會落到這副模樣？*我望著地毯、小塊花紋地墊、壁爐架上的瓷娃娃，以及餐廳擺飾架上的裝飾餐盤，努力告訴自己這是我的，全都是我的，我的家、我的丈夫、我的生活。但這些事物並不屬於我，它們不是我的一部分。在臥室裡，我打開衣櫥門，看見一排我認不得的衣服整齊地懸掛著，像是某個我從未謀面的女人的空洞版。而我正在這個女人家裡晃蕩，用了她的肥皂和洗髮精，還丟下她的睡袍、穿上她的拖鞋。她對我而言是隱形的，如鬼魂般存在，疏離且不可觸碰。今天早上，我內疚地挑選內衣，翻找那些和褲襪、長絲襪全部揉成一團的內褲，彷彿深怕被當場逮著。當我在抽屜最裡面發現絲質蕾絲內褲，不禁屏息，這些款式不僅是買來穿，也是買來欣賞的。我將未穿過的那幾件原封不動擺回去，選了一件淺藍色的，似乎還有搭配的胸罩，便匆匆穿上，然後拉出最上面一雙厚重的褲襪，接著是長褲和上衣。

我在梳妝檯前坐下，端詳鏡中的容顏，審慎地研究自己的映像。我順著額頭上的細紋、眼睛下方肌膚的摺痕撫摸。我露出微笑，看看自己的牙齒、嘴邊擠縮起來的皺紋，與隨之顯現的魚尾紋。我發現皮膚有些斑點，額頭上有個地方變了色，看似尚未完全退去的瘀青。我找到一些彩妝，便化了點淡妝，輕輕撲了粉，刷了點腮紅。我印象中有個女人——是我母親，我現在知道了——在做同樣的事，說這是她的「出征妝」，今天早上當我將口紅擦在紙巾上、重新旋上睫毛膏的蓋子，忽然覺得這個用詞很恰當。好像正要投入某種戰鬥，也好像某場戰鬥正一步步逼近。送我出門上學。撲粉上妝。我試著回想母親還做了哪些事，任何事都行。一件也想不起來。我只看到空隙，幾個小小的記憶之島中間隔著巨大的鴻溝，多年的空洞。

此時，在廚房裡，我打開廚櫃：有幾包義大利麵、幾包標示著「阿波里歐」的米❷、幾罐紅芸豆。這樣食物很陌生。我記得吃過吐司夾乾酪、加熱即食魚、醃牛肉三明治。我拿出一個標著鷹嘴豆的罐頭、一包叫「庫司庫司」❸的東西。根本不知道這些是什麼，更甭提怎麼烹煮了。那麼身爲人妻的我是怎麼活過來的？

我抬頭看著班恩出門前帶我看的白板。板子呈現髒髒的灰色，文字在上頭寫了又擦，反覆更動、修改，每次都留下淡淡的痕跡。我心想若能一層層解析出來，藉此挖掘我的過去，不知會有什麼樣的發現？但又旋即明白即便能這麼做，恐怕也是徒勞無功。我很確定只會看到留言和清單，告訴我該買什麼東西、該做什麼事情。

我的生活真的只是這樣嗎？我就只是這樣的人？我拿起筆，在板子上加了一句話。**今晚打包行李？**我這麼寫道。不是什麼了不得的提醒，卻是我自己的。

我聽到一個響聲。是一個旋律，來自我的袋子。我打開袋子，把裡頭的東西一股腦兒全倒在沙發上。有錢包、幾張紙巾、幾支筆、一條口紅、一個粉餅、一張買了兩杯咖啡的發票。還有一本日誌，長寬約只有六、七公分，封面有花卉圖案，書脊插了一支鉛筆。

我找到一樣東西，應該就是班恩形容的電話——小小的，塑膠殼，上面的按鍵讓它看起來像個玩具。電話在響，螢幕閃動著。我按了某個鍵，希望沒按錯。

「喂？」我說道。答覆的聲音不是班恩。

「嗨，」對方說道：「克莉絲汀嗎？妳是克莉絲汀．盧卡斯嗎？」

我不想回答。我的姓氏似乎和名字一樣奇怪，頓時覺得原已踩到的堅實土地又消失了，取而代之的是流沙。

「克莉絲汀？是妳嗎？」

會是誰呢？有誰知道我在哪裡、我是誰？我發覺這可能是任何一個人，內心不由得興起一股恐懼。我的手指懸在那個能結束對話的按鍵上方，猶豫不決。

「克莉絲汀？是我，奈許醫師。請回答我。」

這個名字對我毫無意義，但我還是說：「你是哪位？」

那個聲音換了另一個語氣。是鬆了口氣嗎？「我是奈許醫師。」他說：「妳的醫生。」

我心中再度閃過一絲驚恐。「我的醫生？」我質疑道。我沒有生病，本來想加上這麼一句，但我根本不能確定。我覺得心思開始飛旋起來。

「對。」他說：「不過妳別擔心，我們只是一直在爲妳的記憶做一些努力。不是出了什麼問題。」

我留意到他的用詞。他說「一直」。所以這又是一個我不記得的人。

❷ Arborio，產於義大利阿波里歐鎮的一種短梗米。

❸ Couscous，法國地中海以及北非地區的一種主食，外型似小米，由小麥粉加工製成。

「什麼樣的努力？」我問道。

「我試著在幫妳改善情況。」他說：「想找出究竟是什麼原因造成妳的記憶問題，也看看有沒有任何解決之道。」

這說得通，但我忽然想到另一件事。班恩今天早上出門前，怎麼沒提到這個醫生呢？

「怎麼改善？」我說：「我們都做了些什麼？」

「過去幾個月來我們都會碰面，一星期差不多會見個幾次。」

聽起來有點不可思議。又一個我經常見面，卻一點印象也沒有的人。

可是我從來沒有見過你，我想這麼說。你可能是任何人。

我默不作聲。這句話也可以對今早醒來躺在我身邊的男人說，結果他竟是我的丈夫。

他的聲音轉為柔和。「別擔心，我知道。」倘若他說的是實話，那麼任何人肯定都同樣了解這點。他說明我們下一次的約診就在今天。

「我不記得了。」我換個說法。

「今天？」我說。我回想班恩早上所說的話，想著廚房白板上寫的那一串待辦事項。「可是我丈夫完全沒有提起。」我發覺這是我第一次如此稱呼那個醒來時躺在我身邊的男人。

奈許醫師停頓了一下，才又接著說：「我想班恩可能不知道妳和我見面的事。」

我察覺他知道我丈夫的名字，但卻說：「太荒謬了！他怎麼可能不知道？他應該會告訴我的！」

他嘆了口氣，說道：「妳得相信我。等我們見了面，我可以把一切解釋清楚。我們真的有進展。」

等我們見了面。我們怎麼見面？一想到要出門，沒有班恩陪同，他甚至不知道我在哪裡或是和誰在一起，我感到害怕。

「對不起，」我說：「我不能。」

「克莉絲汀，」他說：「這很重要。看看妳的日誌，就會知道我說的是眞的。日誌在妳那兒嗎？應該是在袋子裡。」

我從沙發上拿起方才掉落的花卉圖案本子，看見印在封面的金字年份，不禁大吃一驚。二〇〇七年。比我想的晚了二十年。

「是的。」

「查查今天的日期。」他說：「十一月三十日。應該會看到我們的約定。」

我不明白怎麼可能會是十一月（明天就十二月了），但仍翻過那薄如面紙的紙頁，來到今天的日期。此處夾了一張紙，上面以陌生而工整的字跡寫著**十一月三十日：見奈許醫師**。底下又寫了：**別告訴班恩**。不曉得班恩有沒有讀過這本日誌，有沒有檢查過我的物品？

最後我認定他沒有理由這麼做。其他日子都是空白。沒有生日、沒有夜晚的娛樂、沒有派對。這果眞如實反映我的生活嗎？

「好吧。」我回答。他說他會過來接我，他知道我住在哪裡，一個小時後就到。

「可是我丈夫……」我說。

「沒有關係。等他下班回到家，我們早就回來了。我可以保證，相信我吧。」

壁爐架上的時鐘響起，我朝它瞄了一眼。那是個舊款時鐘，木質外殼包覆著大大的鐘盤，周邊有一圈羅馬數字。指針指著十一點半。時鐘旁擺了一把上發條的銀鑰匙，我猜這應該是班恩每天都不會忘記做的事。時鐘看起來簡直老舊到可以當古董了，不知道我們怎麼會有這樣一個鐘。也許沒有什麼特別的故事，或至少和我們之間沒有，只是某次在商店或市場攤位上看到，而我們當中有個人喜歡。我想，八成是班恩。我發現自己並不喜歡。

就見他這一次吧，我暗想。然後，今晚等班恩回家，我再告訴他。我不敢相信自己竟會隱瞞他這種事，尤其此時此刻一切都得仰賴他。

不過奈許醫師的聲音有種說不上來的親切感。和班恩不同的是，他並不全然讓我有排斥感，我甚至覺得要相信自己曾見過他比要相信見過我丈夫更容易。

我們有進展，他剛才說。我得知道他指的進展是什麼。

「好，」我說：「你來吧。」

奈許醫師到了之後，提議一起去喝個咖啡。「妳渴不渴？」他說：「我覺得沒必要大老遠開車到診所，反正我主要是想和妳談談。」

我點頭答應。他到達時我人在臥室，看著他停好車、上了鎖，又看見他重新梳整頭髮、撫平夾克、拎起公事包。見他對著幾個正從廂型車搬取工具的工人點頭致意，我心想不是他，不料他隨後便走上通往我們家的步道。他外表很年輕，年輕得不像醫生，而且儘管我不知道自己預期他作何打扮，但總之不是現在那一身運動夾克搭配灰色燈心絨長褲。

「街尾有個公園。」他說：「公園裡好像有間咖啡館。去那裡好嗎？」

我們一起走路過去。寒風刺骨，我將脖子上的圍巾拉緊了些。幸好我事先把班恩給的手機放進袋子裡，也幸好奈許醫師並未堅持開車到某個地方去。我內心有一部分信任這個男人，但有更大的一部分告訴我他有可能是任何一個人。一個陌生人。

我是成年人，但是個有缺陷的成年人。雖然不知道這個人會想做什麼，但他輕易便能將我帶到某處。我脆弱得就像個孩子。

我們來到分隔街尾與對面公園的大路，等著過馬路。我們之間的沉默讓人有壓迫感，原本打算等坐下來再問他，卻不由自主開口道：「你是什麼樣的醫生？你看哪一科？你是怎麼找到我的？」

他轉頭看我。「我是神經心理師。」他說著露出微笑。不曉得是不是每次見面，我都會問同樣的問題？「我專門治療腦部病變的患者，而且對一些較新的功能性神經影像技術很感興趣。長久以來，我尤其熱中於研究大腦記憶的過程與功能。我是透過相關醫學文獻得知妳的消息，進而追蹤到妳，並不是太困難。」

一輛汽車從馬路較遠處轉過彎，朝我們駛來。「文獻？」

「對。有幾個關於妳的案例研究，我連絡上妳出院回家前接受治療的地方。」

「爲什麼？你爲什麼想找我？」

他淡淡一笑。「因爲我自認能幫助妳。我已經治療有類似問題的病患好一段時間了，我相信他們可以獲得幫助，然而通常每星期一次的療程是不夠的，他們需要更密集的治療。關於如何眞正改善情況，我有一些想法，希望能嘗試看看。」他停頓一下。「另外，我也針對妳的病例在寫一篇論文，可說是最完整而可靠的著作。」他說著笑了起來，但見我沒有反應便即刻斂起笑容，清了清喉嚨，說道：「妳的病例很特殊。我相信我們能發掘許多現在仍未知的記憶運作方式。」

那輛車駛過後，我們穿越馬路。我感覺自己開始焦慮、緊張。腦部病變。研究。追蹤到妳。我試著呼吸、放鬆，卻發現辦不到。現在，同一個身體內有兩個我：一個是四十七歲的女人，冷靜、有禮，知道哪些行爲適當、哪些不適當；另一個則是二十多歲的女孩，正在驚聲尖叫。難以確認哪個才是我，但既然眼下只聽見遠方的車聲和公園裡孩童的喧鬧，想必應該是前者吧。

到了對街後我停住腳步，說道：「這到底是怎麼回事？今天早上，我在一個我從未見過、卻似乎是我家的地方醒來，旁邊躺著一個我從未見過、卻說已和我結婚多年的男人。而你對我的了解似乎比我自己還要多。」

他緩緩點頭。「妳患了失憶症。」他說，並伸手按著我的手臂。「妳已經罹患失憶症很久了，因爲無法保存新的記憶，所以整個成年生活所發生的事，妳大多忘了，每天醒來都認爲自己還是個少女。有些時候當妳醒來，還會以爲自己是小孩。」

不知怎地，這話從他、從一個醫生的口中說出，似乎更糟。「這麼說是眞的了？」

「是啊，是眞的。家裡那個男人是妳丈夫，班恩，妳已經嫁給他多年，婚後許久妳的失憶症才發作。」我點點頭。「繼續走好嗎？」

我說好，我們於是走進公園。公園邊緣有一條環道，附近有個兒童遊樂區，旁邊有間小木屋，我看見有人端著擺放點心的托盤從那兒走出來。我們朝小屋走去，趁奈許醫師去點飲料之際，我找了張缺角的美耐板餐桌坐下。

他回來時端了兩個裝著濃郁咖啡的塑膠杯，我的是黑色，他的是白色。他加了桌上糖盅裡的糖，卻沒問我要不要加，正是這點比任何事都更令我相信我們以前見過面。他抬起頭來，問我額頭怎麼受傷了。

「你是說……？」我正要反問，才想起今天早上看見的瘀傷。我的妝顯然沒能掩蓋住。「那個呀，」我說：「我也不清楚。不過沒什麼，眞的。不痛。」

他沒有回應。只是攪著咖啡。

「這麼說來，我丈夫在家照顧我？」我問道。

他抬起頭說：「對，但並不是一直都這樣。起初妳的狀況太嚴重，需要全天候的照護，直到前不久班恩才覺得可以獨力照顧妳。」

這麼說來，我此時所感覺到的，已經是進步後的狀況。眞慶幸自己記不得更糟的那段時期。

「他一定非常愛我。」這句話與其說是對奈許醫師，倒不如說是對我自己講的。

他點點頭。接著是片刻的沉默，我們倆都啜著咖啡。「是啊，我想一定是。」

我微微一笑，低頭看著捧著熱咖啡的雙手、手上的黃金婚戒、短短的指甲、規規矩矩交叉的雙腿。我並不認得自己的身體。

「爲什麼我丈夫不知道我和你見面？」我問道。

他嘆了口氣，閉上雙眼。「我就老實說了。」他雙手合十，上身往前傾，說道：「最初是我要求妳別告訴班恩妳來見我。」

頓時一陣驚懼流竄過我全身，幾乎有如回聲。但他看起來並非不可靠的人。

「說下去。」我說。我想相信他能幫我。

「過去有一些醫生、精神科醫生、心理醫生等人，曾經和妳跟班恩接觸，想和妳一起探討、研究，但他始終非常不樂意讓妳見這些專家。他說得很清楚，妳已經接受過廣泛的治療，而依他之見，這些治療除了惹妳煩躁之外毫無作用。因此他自然希望別讓妳——還有他自己——再感到心煩意亂。」

這是當然，他不想讓我燃起希望。「所以你說服我瞞著他來見你？」

「對。起先我確實先和班恩接觸。我們講過電話，我甚至請他和我見個面，以便說明我的想法，但他拒絕了。於是我便直接和妳連絡。」

又是一陣驚懼，突如其來的。「怎麼連絡呢？」我說。

他垂下目光看著飲料。「我來找妳，我等到妳走出屋外，然後自我介紹。」

「我就答應見你了？就這麼簡單？」

「不是一開始就答應，不是的。我必須說服妳相信我。我提議我們見一次面，只做一次療程。必要的話，別讓班恩知情。我說我會解釋爲什麼希望妳來見我，以及我自認能爲妳做些什麼。」

「而我同意了……」

他抬頭說道：「對，我說第一次會面後，就完全由妳決定是否要告訴班恩，但假如妳決定不說，我會打電話給妳以免妳忘了我們的約診等等。」

「我選擇不告訴他。」

「對，沒錯。妳說想等到有進步之後再告訴他。妳覺得那樣比較好。」

「結果有嗎？」

「什麼？」

「有進步嗎？」

他又喝了幾口咖啡之後，把杯子放回桌上。「我認爲有，只是進展的程度不容易準確量化。但過去幾星期以來，妳似乎恢復了不少記憶，據我們所知，其中有許多是第一次想起。現在有某些事實妳比較常意識到，相比之下，以前可以說少之又少。比方說，現在妳偶爾會在醒來時記得自己已婚。而且……」

他頓住。「而且怎麼樣？」我問道。

「而且，我覺得妳愈來愈獨立。」

「獨立？」

「對，妳不像以前那麼倚賴班恩，或是我。」

就是這個，我暗忖，這就是他所謂的進步。獨立。或許他的意思是我可以不需要人陪伴，自己去商店或上圖書館，但是此時此刻我甚至連這點都不敢確定。總之，我的進步還不足以端到丈夫面前炫耀，甚至不足以讓我每天醒來都記得自己有個丈夫。

「就只是這樣嗎？」

「這很重要，」他說：「別低估這件事，克莉絲汀。」

我不發一語，小啜一口咖啡，往咖啡館四下看了看。這裡幾乎沒有別人。有聲音從後方的小廚房傳出，偶爾能聽到水壺裡的水沸騰時空隆隆作響，還有遠方孩童的嬉戲喧嘩。實在很難相信這個地方離我家這麼近，而我竟毫無印象來過這裡。

「你說我們已經見面幾個星期了。」我對奈許醫師說：「那我們都做些什麼？」

「妳對我們前幾次療程有任何印象嗎？哪怕只是一點點？」

「沒有。」我說：「一點也沒有。就我所知，我們今天是頭一次碰面。」

「請原諒我這麼問。」他說：「我剛才也說了，妳有時候會閃現一些記憶，妳似乎對某些時期知道的事比較多。」

「我不明白，」我說：「我根本不記得曾經見過你，也不記得昨天、前天，或甚至去年發生的事。但我記得多年前的一些事情，我的童年、我的母親，我記得大學生活，記得很清楚。我不明白爲什麼這些舊記憶能保留，而其他一切卻完全被抹煞。」

我提問時，他連連點頭。相信這些話他之前聽過了，說不定我每星期都會問，說不定我們每次的對話都一模一樣。

「記憶是很複雜的。」他說：「人類有一種短期記憶，能儲存一分鐘左右的事實與資訊，但也有一種長期記憶。長期記憶能儲存極大量的資訊，並保留看似無限長的時間。現在已知這兩種功能似乎由不同部位的大腦控制，兩者之間有一些神經連結。此外還有一部分的大腦，似乎專門負責將短期、瞬間記憶編碼成長期記憶，以供較久遠之後回憶。」

他說得很輕鬆、快速，似乎對這個領域很有把握。我猜我也曾經像他這樣，自信滿滿。

「失憶症分爲兩大類。」他說：「較常見的是患者想不起過去的事情，而愈近期的事件影響愈大。所以舉例來說，如果患者發生車禍，可能會記不得這起事故，或是事故發生前幾天、前幾週的事，而事故前比方說六個月的事卻能記得一清二楚。」

我點點頭。「那另一種呢？」

「另一種比較罕見。」他說：「有時候大腦無法將短期記憶轉換成長期記憶，有這種情況的人都是活在當下那一刻，只能想起剛剛發生的事，而且也只能維持很短的時間。」

他說到這裡打住，彷彿在等我說些什麼。就好像我們各有各的台詞，經常排練這段對話。

「我兩種都有？」我說道：「我喪失記憶，又無法形成新的記憶？」

他清清喉嚨。「很不幸正是如此。這並不常見，但絕對有可能。然而，妳的病例最不尋常之處在於妳失憶的模式。大致上，妳對於幼年時期以後發生的事都沒有一貫的記憶，但又似乎以一種我沒見過的方式在處理新記憶。如果我現在離開這裡，兩分鐘後再回來，罹患順向失憶症❹的人多半根本不記得曾見過我，更別說是今天了。但妳好像能記得一大段時間，好比長達二十四小時所發生的事，之後才失去記憶。這不是典型的症狀。老實說，根據我們所認爲的記憶運作方式，這很不合理。這表示妳完全有能力將事情從短期轉化爲長期記憶，我就不明白爲何留不住。」

我或許過著支離破碎的生活，但至少這些碎片還夠大，足以讓我維持一種獨立的假象。我猜想這代表我是幸運的吧。

「爲什麼？是什麼原因造成的？」我問。

他沒有出聲。咖啡館安靜下來。空氣彷彿停滯不動，黏黏的。他說話時，語句彷彿從牆壁反射回來。「記憶損傷有很多成因，」他說：「不管是長期或短期記憶。例如疾病、創傷、藥物的使用。損傷的確切性質似乎各不相同，要看受傷的是哪一個腦部區域。」

「好，」我說：「但造成我失憶的原因呢？」

他注視了我一會兒。「班恩是怎麼跟妳說的？」

我回想我們在臥室裡的談話。*一場意外，他說，很嚴重的意外*。

「他其實也沒跟我說什麼。」我說：「總之沒有說得很明確，只說我出了意外。」

「對，」他說著伸手去拿桌下的袋子。「妳的失憶是由創傷引起的，這是事實，至少有一部分是事實。」他打開袋子，取出一本本子。起初我以爲他要參考筆記，沒想到他卻把本子遞過桌面交給我。「喏，這個妳拿著。」他說：「裡面的內容會解釋一切，比我解釋得還清楚，尤其是關於妳失憶的起因。但還有其他事情。」

我接過本子，是褐色皮革裝訂的，還用鬆緊帶纏繞固定著。我取下鬆緊帶，隨意翻開一頁。紙頁很厚，印有淡淡的線，圍了一圈紅框，空白處寫滿密密麻麻的字。「這是什麼？」我問道。

---

❹ Anterograde amnesia，或稱前行性失憶症，由腦部創傷所造成，患者保留創傷之前的記憶，但無法形成新的記憶，或無法將新的事件轉換為長期記憶。

「日記。」他說：「妳在過去幾星期所寫的日記。」

我大感震驚。「日記？」這怎麼會在他手上？

「沒錯，裡頭記錄了我們最近做的事。是我請妳寫的。我們做了許多努力，試圖找出妳的記憶到底如何運作。我認爲讓妳記錄我們做了些什麼或許會有幫助。」

我看著眼前的本子。「所以這是我寫的？」

「對。我要妳想寫什麼就寫什麼。有許多失憶患者嘗試過類似作法，但由於記憶視窗實在太小，因此作用通常不如預期。但既然一整天下來妳能記得某些事情，我認爲沒有理由不讓妳每天晚上做點摘記，這樣或許能幫助妳將一絲記憶延續到第二天。另外我還覺得記憶或許就像肌肉，可以透過訓練強化。」

「這陣子以來，你都會讀這本日記？」

「沒有。」他說：「妳一直都是私下自己寫。」

「但怎麼……？」我話說到一半，又轉念說道：「是班恩提醒我寫的嗎？」

他搖搖頭說：「我建議妳保密。妳一直把本子藏在家裡，是我打電話告訴妳藏在哪裡。」

「每天？」

「對，差不多。」

「不是班恩告訴我？」

他頓了一下才說：「不是，班恩沒有看過。」

我不明白爲什麼，裡面究竟寫了什麼，我不想讓丈夫看到。我會有什麼秘密呢？連我自己都不知道的秘密。

「可是你看了？」

「幾天前妳把本子留在我這邊，」他說：「妳說希望我看看，還說時候到了。」

我看著本子，十分興奮。日記。與遺失的過去重新連繫，儘管只是最近的過去。

「你全部看完了嗎？」

「對。」他說：「絕大部分都看了。總之，重要的部分應該都看了。」他停頓住，目光從我身上移開，同時搔搔頭背。大概覺得尷尬吧。關於日記的內容，他有跟我說實話嗎？他將杯裡剩下的咖啡一飲而盡，說道：「我並沒有強迫妳讓我看，希望妳明白這點。」

我點點頭，默默喝完咖啡，一面啪啪地翻著日記本。封面內頁列了幾個日期。「這是什麼？」我問道。

「是我們碰面的日期，」他說：「還有計畫要碰面的日期，我們一面治療一面安排這些時間。我都會打電話提醒妳，叫妳看日記。」

我想到今天夾在日誌間的那張黃色紙條。「可是今天呢？」

「今天妳的日記在我這裡，」他說：「所以我們寫了紙條代替。」

我點點頭，翻閱著日記其他部分。裡頭充滿我不認得的字跡，密密麻麻的。一頁又一頁，日復一日的紀錄。

我很好奇自己怎麼有時間寫，但隨即想到廚房的白板，答案很明顯：我沒有其他事情可做。

我將本子放回桌上。有個穿牛仔褲、T恤的年輕人走進來，朝我們坐的位子瞄一眼，之後才點了杯飲料，拿了報紙找桌子坐下來。他沒有再抬頭看我，意識仍是二十歲的我十分不快，覺得自己好像隱形人。

「要走了嗎？」我說。

我們循原路往回走。天空烏雲密布，空氣中飄著淡淡的霧。腳下的土地感覺溼溼軟軟的，好像走在流沙上。我看到遊戲場上有一座旋轉木馬，雖然沒有人騎仍緩緩地轉動。

「我們平常不在這裡見面嗎？」走到大馬路邊時我問道：「我是說在那間咖啡館。」

「不，我們通常在我的診所碰面。我們會做練習、測試之類的。」

「那爲什麼今天在這裡？」

「我眞的只是想把日記還給妳。」他說：「日記不在妳手上，我很擔心。」

「我已經很倚賴它了？」我說。

「可以這麼說。」

我們穿過馬路，走回我和班恩同住的屋子。我看見奈許醫師的車還停在方才停的位置，也看見我們窗外的小花園、短短的步道和整齊的花壇。我還是有點難以相信自己住在這裡。

「你要不要進來？」我問道：「再喝點東西？」

他搖頭說：「不，不用了，謝謝。我得走了，我和茱莉今晚有事。」

他看著我，站了一會兒。我注意到他的頭髮剪得短短的、分線很整齊，還有他襯衫的直條紋和套頭毛衣的橫條紋不太搭。我忽然領悟到他比我今早醒來自認爲的年紀大不了幾歲。「茱莉是你太太？」

他微笑搖頭。「不，是我女朋友，應該說是未婚妻。我們訂婚了，我老是忘記。」

我也微笑以對。我想，這些是我應該記住的細節。這些小事。也許我在日記裡寫的就是這些瑣事，這些懸吊著一整個人生的小掛鉤。

「恭喜了。」我說。他向我道謝。

我覺得應該多問些問題，應該表現得熱絡些，但沒有多大意義。他現在告訴我的一切，等我明天醒來就會忘記。我所擁有的只有今天。「反正我也得回家了。」我說：「這個週末我們要去度假，到海邊去，我待會得收拾行李……」

他微微一笑。「再見了，克莉絲汀。」他說完轉身正要離去，卻又回頭對我說：「妳的日記裡有我的電話，寫在最前面。如果妳想再見我，就打電話給我。我是說繼續妳的療程，好嗎？」

「如果？」我想起本子上已經用鉛筆寫下從現在到年底的約見時間。「不是已經預約了接下來的療程嗎？」

「妳讀了日記就會明白，」他說：「一切都會很清楚，我保證。」

「好的。」我說。我發覺我相信他，這令我感到慶幸，慶幸自己不只有丈夫可以依靠。

「由妳決定，克莉絲汀。隨時都可以打給我。」

「我會的。」我說。他隨後揮揮手坐上車，轉頭看沒有來車便上路走了。

我沖了杯咖啡端到客廳，聽見外面傳來口哨聲，被猛烈的鑽孔聲和偶爾迸發的斷續笑聲給打亂了，但當我坐到扶手椅上，就連這些也都淡化成輕輕的嗡鳴。微弱的陽光照透窗紗，我的手臂和大腿感覺到微溫。我拿出了袋子裡的日記。

我好緊張，不知道這本子裡寫了什麼，會有什麼樣的震驚與意外，會有什麼秘密。我看到剪貼簿擺在矮几上。那本裡頭有我過去生活的一個版本，然而是班恩選擇的版本。此刻我手中這本會是另一個版本嗎？我打開來。

第一頁沒有畫線。我在正中央用黑色墨水寫了我的名字。**克莉絲汀．盧卡斯**。奇怪的是底下沒有寫上**私人物件**！也沒註明**閒人勿看**！

倒是加了其他字句。出乎意料且駭人的字句，比我今天所看到的一切都更駭人。就在我的名字下方，用藍色墨水和大寫字母寫了幾個字：

別相信班恩

我只能翻到下一頁，別無選擇。

我開始讀起了我的過往。

第二部

克莉絲汀·盧卡斯的日記

十一月九日 星期五

我名叫克莉絲汀．盧卡斯，今年四十七歲，是失憶症患者。我現在坐在這裡，在這張陌生的床上，寫著我的故事，身上穿的絲質睡衣似乎是樓下那個男人送給我的四十六歲生日禮物。他自稱是我丈夫，名叫班恩。房間很安靜，唯一的光線來自床頭櫃上的檯燈，很柔和的橘光。我覺得飄飄蕩蕩，彷彿懸浮在一座光池中。

我關上臥室門。這日記我是私底下偷偷寫的。此時我聽出丈夫在客廳裡，因爲他前傾或起身時，沙發會發出輕嘆，他也偶爾會禮貌地摀住嘴輕咳一聲；但假如他上樓來，我會藏起日記，放到床鋪或枕頭底下。我不想讓他看見我在寫，這樣就不必解釋日記是怎麼來的。

我看了看床頭櫃上的時鐘，就快十一點了，得趕緊寫完。我猜想不久就會聽到電視機被關掉，班恩走過客廳時木板吱嘎作響，接著電燈開關啪一聲關掉。他會到廚房做個三明治或是給自己倒杯水嗎？或者他會直接上床？我不知道，我不知道他的生活習性，也不知道我自己的。

因爲我毫無記憶。據班恩、還有今天下午和我見面的醫生所說，今晚我上床後，腦子就會抹去今天得知的一切，今天所做的一切。明天醒來依舊像今天早上一樣，以爲自己還是個孩子，還有一整個人生可以做選擇。

接下來我又會再次發現自己錯了。我已經做過了選擇，已經過了大半生。

醫生名叫奈許。他今天早上打電話給我，開車來接我，載我到他的診所。他問了我，我說與他從未謀面；他笑了笑，但並無惡意，接著掀開辦公桌上的電腦。

他放了一部影片給我看，是一部短片。片中我和他穿著不同的衣服，但坐在同一間辦公室、相同的椅子上。他給我一支鉛筆，要我在紙上畫一些形狀，但只能看著鏡子畫，好讓所有形狀都變得顚倒。當時我顯然覺得很難，但此時看著影片，我只留意到自己滿布皺紋的手指，以及左手婚戒閃耀的光輝。我畫完之後他顯得很開心。「妳愈來愈快了。」影片中的他這麼說，接著又說即便我不記得這個練習本身，但在我內心很深、很深的某個角落，肯定記得我練習了幾個星期的成效。「這表示妳的長期記憶肯定發揮了某種程度的影響。」他說。這時我淺淺一笑，卻不顯得高興。影片到此結束。

奈許醫師闔上電腦。他說我們已經見面幾個星期，還說我的所謂「情節記憶」受到嚴重損傷。他說明這代表我記不住事件或關於個人的細節，並告訴我這通常肇因於某種神經方面的問題。可能是結構，或是化學的問題，也可能是內分泌失調。這種情況很罕見，而我似乎特別嚴重。我問他有多嚴重，他說有些日子我幾乎完全不記得幼年以後的事。我想到今天早上醒來時，我便毫無成年的記憶。

「有些日子？」我說。他沒有答腔，他的沉默告訴了我他眞正的意思：

多數的日子。

他說有一些方法能治療持續性失憶，如藥物、催眠，但我大多已經試過。「不過克莉絲汀，妳擁有獨特的優勢，能夠幫助自己。」他說。我問他爲何要告訴我，他說這是因爲我和大多數失憶症患者不同。「妳的症狀模式顯示妳的記憶並非永遠喪失。」他說道：「妳能記住數小時內的事，一直到上床爲止。妳甚至能小睡片刻，只要不是熟睡，醒來也都還記得。這點非常不尋常。失憶患者多半每過幾秒鐘就會喪失新的記憶……」

「所以呢？」我問道。他將一本褐色筆記推過桌面給我。

「我認爲妳的治療過程、感受、印象或記憶都值得費心記錄下來，就寫在這裡面。」

我伸出手拿過本子。紙頁全部空白。

所以這就是我的治療囉？我心想。寫日記？我想要記住事情，不只是記錄下來。

他想必察覺了我的失望。「我也希望妳能藉著寫下記憶的過程，誘發出更多記憶。」他說：「也許會有累積的效果。」

我靜默片刻。說眞的，我又有什麼選擇？不寫日記，就得永遠維持現狀。

「好吧，我寫。」我說。

「很好。」他說：「我在本子前面寫下了我的電話號碼。如果感到困惑，就打電話給我。」

我拿了他給的本子，說我會的。接著我們都沉默了好一會兒，他才又說：「最近我們把重點放在妳的幼年，成果很不錯。我們一起看照片，做這類的事。」見我不置一詞，他便從面前的資料中抽出一張照片，說道：「今天我希望妳看看這個。妳認得嗎？」

照片裡有一棟房屋。一開始似乎完全沒印象，但接著我看到通往前門的老舊階梯，頓時認出來了。那是我從小長大的房子，是今晨醒來時，我以爲自己身處的房子。屋子看起來不一樣，好像比較不眞實，但錯不了。我硬吞了口口水。「這是我小時候住的地方。」我說。

他點點頭，說我的早年記憶大多未受損，並要求我描述屋內的模樣。

我告訴他我記得：前門一打開就是客廳，後側有一間小餐廳，我們總是請訪客走我們家和鄰宅之間的小巷道，直接到後面的廚房。

「還有嗎？」他說：「樓上呢？」

「兩間臥室。」我說：「一前一後。穿過廚房到最後面就是浴室和廁所，本來這兩間另成一棟，後來才加建兩面磚牆和一片塑膠浪板屋頂連接住家。」

「還有嗎？」

我不知道他想問什麼。「我不確定……」我說。

他問我記不記得任何小細節。

這時我才想到。「我母親在食物櫃裡放了一個罐子，上面寫著『糖』。」我說：「她都把錢放在那裡面，並藏在最上層的架子。那裡也有果醬，她自己做的。我們常常開車到一個樹林裡採莓果，我不記得是哪裡。我們一家三口會走到森林深處採黑莓，一袋又一袋的，母親會把黑莓煮熟做果醬。」

「好。」他點頭說道：「好極了！」他在面前的資料裡寫了些東西。「那這些呢？」

他又讓我看幾張照片。有一張是個女人，過了一會兒我才認出是母親。有一張是我。我努力把記得的都告訴他。說完之後他將照片放到一旁。「很好。妳今天記起的童年比平常多得多。我想是因爲照片的緣故。」他略一停頓。「下一次我想再讓妳多看幾張。」

我說好，心裡卻想不知他從哪弄來這些照片，而連我自己都不知道的人生他又知道多少？

「這能給我嗎？」我問道：「我老家的照片。」

他微笑道：「當然可以！」他遞過照片，我隨手塞進日記本的紙頁間。

他開車送我回家。他已經解釋過班恩不知道我們見面的事，但此時他告訴我應該謹愼考慮是否要告訴他日記的事。「如果說了妳可能會覺得壓抑。」他說：「會猶豫要不要寫某些事情。我認爲重要的是讓妳毫無顧忌，想寫什麼就寫什麼。何況班恩若發現妳決定再次嘗試接受治療，恐怕會不高興。」他略頓一下。「妳可能得把日記藏好。」

「可是我怎麼會知道要寫日記呢？」我說。他沒有應聲。我閃過一個念頭。「你可以提醒我嗎？」

他說他會的，「但妳得告訴我妳要把日記藏在哪裡。」我們來到一棟屋子前停下車，過了一會兒他熄掉引擎，我才察覺這是我家。

「衣櫥。」我說：「我會放在衣櫥最裡面。」

「好主意。」他說：「但妳今晚就得寫，在妳上床之前。否則明天這只不過是另一本空白的筆記本，妳不會知道它的作用。」

我說我會，說我明白。我下了車。

「保重了，克莉絲汀。」他說。

現在我坐在床上，等候我的丈夫。我看著小時候家的照片，看起來是那麼普通、那麼平凡，也那麼熟悉。

*我是怎麼從那裡來到這裡呢？*我暗想。*發生了什麼事？我有些什麼經歷？*

我聽到客廳的鐘聲響起。午夜了，班恩就要上樓。我要把這本日記藏在先前找到的鞋盒裡，放進衣櫥，就在我告訴奈許醫師的位置。明天，如果他來電，我會再多寫一些。

十一月十日　星期六

這是我中午寫的。班恩在樓下看書，他以爲我在午睡，但儘管我覺得累卻沒有休息。沒有時間。得趁我還記得，把這個寫下來。我得寫日記。

我看看手錶，留意一下時間。班恩提議下午出去散散心，還有一個小時多一點。

今天早上醒來時，我不知道自己是誰。當雙眼倏然睜開，我原以爲會看到床頭櫃稜角分明的邊緣，一盞黃色檯燈，房間角落一個四四方方的衣櫥，還有羊齒植物圖案的褪色壁紙。我原以爲會聽到母親在樓下煎培根，或是父親在花園裡吹著口哨修剪樹籬。我原以爲睡的是單人床，床上除了我和少了一隻耳朵的絨毛兔別無他物。

我錯了。這是父母的房間，我起初這麼想，但隨即發覺沒有一樣東西是熟悉的。我對這臥室全然陌生。我躺回床上。有個地方不對勁，我心想，非常、非常不對勁。

我下樓時，已經看過鏡子周圍的照片，也讀了黃貼紙上的字，知道自己不是小孩，甚至不是青少年，並了解到我此時聽見正在準備早餐、一面跟著收音機的旋律吹口哨的男人不是我父親，也不是室友或男友，而是名叫班恩的人，他是我丈夫。

我在廚房外躊躇不前，內心很害怕。就要和他見面了，彷彿是第一次。他會是什麼樣子？會跟照片裡的他一樣嗎？或者照片裡呈現的並不正確？他會不會比較老、比較胖、比較禿？他說話會是什麼聲音？他會有什麼舉動？我嫁得好嗎？

忽然之間，腦海出現一個影像。有個女人（是我母親嗎？）告訴我要小心。倉促結婚……

我推開門。班恩背對著我，正用鍋鏟輕推平底鍋裡滋滋作響的培根。他沒有聽見我進來。

「班恩？」我喊了一聲。他很快轉過身來。

「克莉絲汀？妳還好嗎？」

我不知該如何回答，便說：「嗯，應該還好。」

他聽了微微一笑，顯得放心了些，我也露出笑容。他看起來比樓上照片中老一些，臉上皺紋較多、頭髮開始變白、兩鬢的髮線微微後縮，但反而讓他更有魅力。他的下顎透著較年長者應有的堅毅，雙眼閃著淘氣的目光。我發覺他有點像父親上了年紀的模樣。我也可能嫁得更糟的，我心想，更糟得多。

「妳看過照片了？」他問道。我點頭回應。「放心，我會向妳解釋一切。妳先過去坐下好嗎？」他往後指指走廊。「那邊過去就是餐廳，我馬上就好。來，這個妳拿著。」

他給我一個胡椒研磨器，我便往餐廳走。幾分鐘後，他端著兩個盤子隨後而至。一片薄薄的培根浸在油脂中，一旁還有一顆煎蛋和幾片麵包。我邊吃，他邊解釋我如何過日子。

他說今天是星期六，他是老師，週一到週五要上班。他解釋了關於我袋子裡的電話，和釘在廚房牆上的板子。他帶我看應急的錢放在哪裡——兩張二十鎊的鈔票，緊緊捲起塞在壁爐架上的時鐘背後——還有能讓我一窺自己人生片段的剪貼簿。他告訴我說我們一起努力，還算應付得來。我想我不太相信他，但又不得不信。

吃完早餐後，我幫他收拾。「待會我們應該出去走走。」他說：「如果妳想的話。」我說我想，他似乎很高興。「我要看個報紙，好嗎？」

我上樓來。落單之後，我的頭開始暈眩，腦子脹脹的，卻又很空虛，覺得什麼都抓不住，一切都看似不真實。我看著此時身處的屋子，現在知道這是我家了，卻感到未曾相識的陌生，一度很想逃跑。我得讓自己冷靜下來。

我坐在睡過的床鋪邊緣，心想應該撐得過去吧。打掃屋子，保持忙碌。我拿起枕頭正想把它拍鬆，忽然有個東西嗡嗡響起。

我不太確定是什麼。那聲音低低的、持續不斷。是一段旋律，簡單而平和。袋子就在我腳邊，一提起來才發覺嗡鳴聲似乎是從裡頭發出的。我記起了班恩說過我有電話。

找到電話時，螢幕是亮起的。我瞪著看了好一會兒，內心有一部分，或許深埋著，又或許就在記憶邊緣，根本就知道這通電話所為何來。我接了起來。

「喂？」一個男人的聲音。「克莉絲汀？克莉絲汀，是妳嗎？」

我回答說是我。

「我是妳的醫生。妳還好嗎？班恩在旁邊嗎？」

「沒有。」我說：「他在……有什麼事？」

他告訴我他的名字，並說我們已經一起努力了幾個星期。「針對妳的記憶，」他說，聽我沒有回答便又開口：「希望妳相信我。請妳去看看臥室的衣櫥。」略微停頓後才接著說：「衣櫥裡的地上有個鞋盒，打開看看，應該有一本日記。」

我瞄一眼房間角落的衣櫥。

「你怎麼會知道這些？」

「妳告訴我的。」他說：「昨天我見過妳，我們決定讓妳寫日記，是妳跟我說會把日記藏在那裡。」

我不相信你，我想這麼說，但這樣似乎不太禮貌，也不完全屬實。

「妳會去看嗎？」他說。我回答說會，他隨後又說：「現在就去。什麼都不要跟班恩說，現在就去看。」

我沒有掛上電話，但朝著衣櫥走去。他說得對。衣櫥裡，地板上，有個鞋盒——一個藍色盒子，沒蓋好的盒蓋上有「Scholl」的字樣——盒內有一本用薄紙包住的本子。

「拿到了嗎？」奈許醫師說。

我拆去薄紙、取出本子，封面是褐色皮革，看起來很昂貴。

「克莉絲汀？」

「對，我拿到了。」

「很好，裡面有寫什麼嗎？」

我翻開第一頁，發現我確實寫過。**我名叫克莉絲汀．盧卡斯，這是第一句。今年四十七歲，是失憶症患者。**我感到緊張、興奮。好像在偷窺，但對象是我自己。

我沒有動。當下，蹲在敞開衣櫥旁的地上讀了起來，床還是沒整理。

「有。」我說。

「好極了！」接著他說明天會再打給我，我們便掛了電話。

起先，我覺得失望。對於我寫的東西毫無記憶，不記得奈許醫師，也不記得我聲稱他帶我去的診所、我們看過的照片。儘管剛剛聽過他的聲音，卻無法想像他的模樣，或我自己與他相處的情形。這日記讀起來像小說。但這時我在日記接近最後面的紙頁間發現一張照片，是我從小長大的房子，是今晨醒來以爲自己所在的房子。這是眞的，是我的證據。我見過奈許醫師，他給了我這張照片，我過去的這個片段。

我閉上眼睛。昨天我描述了老家、食物櫃裡的糖蟲、到樹林裡採莓果。那些記憶還在嗎？我還能變出更多嗎？我想著母親、父親，憑意志力讓其他東西冒出來。影像默默地成形。一片暗淡的橘色地毯、一只橄欖綠花瓶、一件黃色的兒童連身褲裝，胸前繡了一隻粉紅鴨，腰間有一排按釦。一張海藍色塑膠安全座椅和一個褪色的粉紅兒童便盆。

各種色彩與形狀，但沒有任何描述人生的東西，一樣都沒有。我想見見父母，然而轉念至此，才頭一次發覺，不知爲何我知道他們已不在人世。

我嘆了口氣，往凌亂未整的床沿坐下。日記當中塞了一支筆，我幾乎是不假思索地取出筆，打算多寫一點。筆握在手中，懸在頁面上方，闔眼凝聚心神。

事情就在此刻發生了。關於父母已去世的領悟是否誘發了其他記憶？這點不得而知，但我感覺心思彷彿從漫長深沉的睡眠中甦醒，活了過來。但不是漸進的，而是猛然迸起，一陣電光石火。驀然間，我已不是坐在臥室裡面對一頁空白，而是去了他處，回到了過去，我以爲已經失落的過去，而且可以碰觸、感覺、品嘗到一切。我發現我想起來了。

我看見自己回到家，回到我成長的房子。這時的我十三、四歲，急著繼續寫我正在寫的故事，卻在廚房桌上看見一張紙條。**我們得出門一趟，上面寫道，泰德叔叔六點會來接妳。**我拿了飲料和三明治，準備好筆記本坐下來。羅伊絲老師說我寫的故事「有力而感人」，她認爲我以後能走這條路。但我想不出要寫什麼，無法專心。我自個兒生著悶氣，都是他們的錯。**他們去哪了？在做什麼？爲什麼沒找我？**我把紙揉成一團丟掉。

畫面消失了，但緊跟著又出現一個。更強烈、更眞實。父親開車載我們回家，我坐在後座，盯著擋風玻璃上一個定點，是隻死蒼蠅或一粒沙，看不出來。我要說話，但不確定該說什麼。

「你們什麼時候要跟我說？」

無人應聲。

「媽？」

「克莉絲汀，」母親說：「別這樣。」

「爸？你什麼時候要跟我說？」一陣靜默。「你會死嗎？」我問道，雙眼仍凝視著窗上的點。「爸爸？你，會死嗎？」

他轉過頭微笑看著我。「當然不會了，小天使，當然不會。我要到很老、很老，有好多、好多孫子了才會死！」

我知道他在說謊。

「我們要努力對抗，」他說：「我保證。」

我倒吸了口氣，睜開眼睛，影像終止，不見了。我坐在臥室裡，今早醒來的臥室裡，但有一度似乎看起來不同。完全扁平、無色、毫無活力，就像看一張在陽光下褪了色的照片。就像鮮明的過往濾除了眼前的所有生氣。

我低頭看著手中的本子，筆已從我指間滑落到地上，同時在紙頁上畫出一條藍色細線。心在胸腔裡怦怦跳著。我想起了某件事，某件巨大、重要的事，它沒有丟失。我從地上撿起筆，開始寫起這段。

我會停在那個部分。當我閉上眼，試圖讓影像回來，還是辦得到。我自己、我的雙親、開車回家，都還在。沒那麼清晰，像是隨著時間褪色，但還在。儘管如此，我依舊慶幸自己記下來了。我知道它終究會消失，但至少現在並未完全丟失。

班恩應該看完報紙了。他朝樓上喊我，問我準備好出門了沒。我說好了。我會把日記藏在衣櫥裡，找件夾克、找雙靴子。稍晚我會再多寫一點。假如我記得的話。

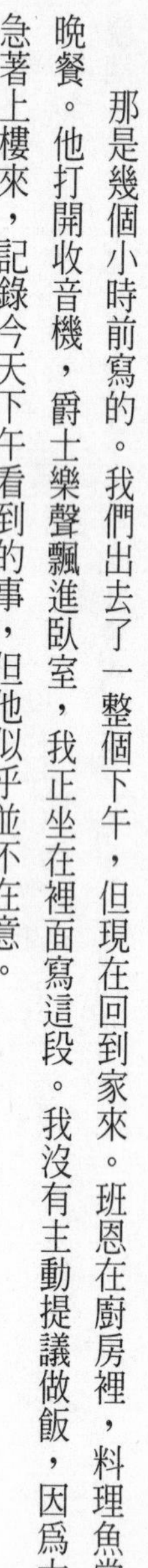

那是幾個小時前寫的。我們出去了一整個下午，但現在回到家來。班恩在廚房裡，料理魚當晚餐。他打開收音機，爵士樂聲飄進臥室，我正坐在裡面寫這段。我沒有主動提議做飯，因爲太急著上樓來，記錄今天下午看到的事，但他似乎並不在意。

「妳稍微睡一下。」他說：「大概四十五分鐘後就能吃飯了。」我點點頭。「好了我會叫妳。」

我看看手錶。如果寫快一點，時間應該夠。

我們在接近一點時出門，沒有走太遠，車子就停在一棟低矮寬闊的建築旁邊。建築看似廢墟，每扇以木板封死的窗口都蹲踞著一隻灰鴿，大門則被鐵皮浪板遮蔽住了。「那是公共露天泳池，」班恩下車時說道：「大概夏天才開放。走一下路好嗎？」

有一條水泥步道蜿蜒向山頂。我們靜靜走著，只偶爾聽見落腳在空曠足球場的某隻烏鴉厲聲啼叫，或是遠方某隻狗的嗚嗚、孩子的聲音、喧囂市聲。我想起父親，想起他的死和我至少記起了那麼一點的事實。有個獨自慢跑的人腳步輕輕地繞著田徑跑道轉，我注視她好一會兒，直到經過一道高高的樹籬，接著便往上朝山頂走去。蓬勃的生氣在我眼前展開；有個小男孩在放風箏，父親站在他身後幫忙，還有個女孩拉著長皮帶在遛一隻小狗。

「這裡是國會山。」班恩說：「我們經常來。」

我一聲不吭。低低的雲層下方，不規則的市景在眼前開展，顯得一派祥和，但比我想像中來得小。放眼望去是遠方另一端的低丘，視野可及高聳的電信塔、聖保羅教堂的圓頂、貝特西電廠，這些形狀我認得，但很模糊也不知何以認得。另外還有其他較不熟悉的地標：一棟貌似肥胖雪茄的玻璃建築、一個巨大的轉輪，在老遠的地方。和我自己的面容一樣，這景致既陌生又有點莫名的熟悉。

「我好像認得這個地方。」我說。

「對，」班恩說：「對，我們這陣子常常來，雖然景致隨時都在變。」

我們繼續走。長椅上大多坐了人，有落單的也有成雙成對的。我們走向山頂過去的第一張，坐了下來。我聞到番茄醬的味道，原來椅子底下有個紙盒，裡頭裝著吃了一半的漢堡。

班恩小心地拾起盒子丟進垃圾桶，又回來坐到我身邊。他指了幾個地標給我看。「那是加納利碼頭。」他指向一棟建築，儘管從這麼遠的距離看去仍是無比高大。「大約是九〇年代初期建的，裡面全都是辦公室之類的。」

九〇年代。聽到一段我不記得曾經活過的時期濃縮成短短四個字，感覺真奇怪。我肯定錯過了許許多多，許多音樂、許多電影與書籍、許多新聞。災難、悲劇、戰爭。當我渾渾噩噩地一天晃過一天之際，可能有些國家都四分五裂了。

還有我自己人生的許多部分。許多景觀雖然每天得見，卻認不出來。

「班恩，」我說：「跟我說說我們的事。」

「我們？」他問：「妳指的是什麼？」

我轉過去面向他。風颳上山來，冷冷地打在我臉上。不知什麼地方有隻狗在吠叫。我不確定該說多少；他知道我對他一點記憶都沒有。

「對不起。」我說：「我對你一無所知，甚至不知道我們是怎麼認識、何時結婚的，什麼都不知道。」

他微微一笑，挪坐過來了些，和我的身子碰在一塊，然後伸長手臂摟著我的肩膀。我縮了一下，隨即想起他不是陌生人，而是娶了我的人。「妳想知道什麼？」

「我也不知道。」我說：「我們是怎麼認識的？」

「這個嘛，我們上同一所大學。」他說：「妳剛開始攻讀博士。記得嗎？」

我搖搖頭。「不記得。我讀什麼？」

「妳是英文系畢業。」他說，忽然我眼前閃過一個畫面，迅速而清晰。我看見自己在圖書館，隱約記起彷彿在寫一篇關於女性主義理論與二十世紀初文學的論文，但其實也可能只是在爲我要寫的小說做準備，這種事母親可能不懂卻至少會視爲正當。這場景在腦中縈繞了一會兒，閃閃發亮，眞實得幾乎可以觸摸到，不料班恩又開口說話，它便消失了。

「我當時在念大學，」他說：「化學系。我常常看到妳，不管是在圖書館、酒吧或別處。妳美麗的外表總是令我驚嘆不已，我卻始終鼓不起勇氣和妳攀談。」

我笑了。「眞的嗎？」我無法想像令人生畏的自己。

「妳總是顯得胸有成竹，也非常用功。妳會在書堆裡坐上幾個小時，認眞地讀書、做筆記，一邊喝著咖啡或什麼的，看起來眞的好美。我做夢也想不到妳會對我感興趣。但有一天我去圖書館，剛好坐在妳旁邊，妳不小心打翻了杯子，灑得我書上全是咖啡。雖然沒什麼大不了，妳還是覺得很抱歉，我們一起把咖啡擦乾之後，我堅持要再買一杯請妳。妳說應該是妳請我才對，藉此表達歉意，我說那也無妨，我們便一起去喝咖啡。事情就是這樣。」

我試著想像那個情景，回想年輕時的我們倆，在圖書館裡，笑看四周溼答答的紙張。我想不起來，內心感覺到劇烈的悲傷刺痛。我想像每對情侶一定都很愛回顧初識的過程，誰先跟誰說話、說了些什麼等等，而我卻對我們的毫無印象。風吹打在小男孩的風箏尾巴上，聲音猶如臨終喘嗚。

「後來怎麼樣了？」我說。

「我們開始約會。就像一般人那樣啊，妳懂吧？我畢業了，妳也拿到博士學位，然後我們就結婚了。」

「怎麼結的？是誰跟誰求婚？」

「喔。」他說：「是我向妳求婚。」

「在哪裡？把過程告訴我。」

「我們非常相愛，」他說著轉頭望向遠方。「無時無刻不膩在一起。妳和人分租一間房子，卻很少在家，大部分時間都和我在一起。所以我們乾脆就結婚，住在一塊兒。於是情人節那天，我買了一塊肥皂送妳，妳非常喜歡的那種昂貴香皂，我拆掉玻璃紙包裝，把一枚訂婚戒指塞進肥皂裡，再重新包裝好送給妳。當天晚上，妳在梳妝打扮準備出門時發現了戒指，也就點頭了。」

我暗自竊笑。聽起來很費事，一枚戒指，塞進肥皂裡，還擔著我可能幾個星期都不會拿肥皂來用、也不會發現戒指的風險。但話說回來，這過程倒還算浪漫。

「我和誰分租房子？」我問道。

「喔，」他說：「我眞的不記得了，是一個朋友。總之，我們在第二年結婚，地點是曼徹斯特的一間教堂，離妳母親住的地方不遠。那是很美好的一天。當時我正在接受教師培訓，所以沒什麼錢，但還是很美好。陽光燦爛，大家都很快樂。接著我們去度蜜月，去義大利，在湖邊，很棒。」

我試圖想像教堂、新娘禮服、飯店房間的窗景。一無所獲。

「我一點都記不得了。」我說：「對不起。」

他掉頭望向別處，我看不到他的臉。「沒關係，我能理解。」

「照片不多。」我說：「我是說剪貼簿裡面，都沒有我們婚禮的照片。」

「因為遇上一場火災。」他說：「在我們之前住的地方。」

「火災？」

「是啊。」他說：「房子幾乎燒個精光，很多東西都沒了。」

我嘆了口氣。這樣似乎不公平，記憶和過去的紀念，我都失去了。

「後來呢？」

「後來？」

「嗯，」我說：「發生了哪些事？結婚、蜜月過後？」

「我們就搬到一塊兒住，過得非常幸福。」

「然後呢？」

他只是嘆息，沒有說話。*不可能，我暗想，我的全部人生不可能只有這樣，我不可能努力到頭來只是這樣。一場婚禮、一個蜜月、一段婚姻。*但我還期望什麼呢？還可能有些什麼？

此時答案乍現。孩子。嬰兒。我心頭一凜，領悟到這似乎正是我的人生、我們家裡所缺失的。壁爐架上沒有兒子或女兒抱著畢業證書、在泛舟，或只是不耐地對著相機擺姿勢的照片，也沒有孫子的照片。我沒有生孩子。

我彷彿被失望狠狠摑了一掌，未獲得滿足的欲望烙在我的潛意識裡。儘管醒來時連自己幾歲都不曉得，但我內心裡肯定有一部分知道自己想要有孩子。

忽然間，我看見母親把生物時鐘描述得有如炸彈。「趕快打起精神，把妳這一生想完成的事都做完，」她說：「因為今天妳還好好的，隔一天呢……」

我知道她的意思：轟！我的野心會消失，一心一意只想生小孩。「這發生在我身上，」她說：「將來也會發生在妳身上，會發生在每個人身上。」

但我想並沒有，又或者是發生了其他的事。我看著我的丈夫。

「班恩，」我說：「後來呢？」

他注視著我，緊捏我的手。

「後來妳就喪失記憶了。」他說。

我的記憶。到最後，總會回到這一點。每次都是。

我的視線越過市區遙望遠方。太陽低低掛在空中，微弱的光線穿過雲層，在草地上投下長長的影子。我發現天馬上就要暗了。最後，太陽會西下，月亮會升上天際。另一天又結束了，另一個失落的一天。

「我們一直沒有生孩子。」我說。這不是疑問句。

他沒有應聲，卻轉頭看我。他拉起我的手握在手中，輕輕搓揉，像是爲我驅寒。

「沒有。」他說：「我們沒有。」

悲傷刻印在他臉上。是爲了他自己，還是爲了我？無法分辨。我任由他搓揉我的手，握著我的手指。雖然思緒紊亂，我卻發覺自己在這裡，和這個男人在一起，覺得很安全。看得出來他很善良、很體貼、很有耐心。不管我的情況有多糟，原本還可能更糟得多。

「爲什麼？」我問道。

他不發一語，凝視著我，臉上的表情是痛苦的。痛苦，還有失望。

「事情是怎麼發生的，班恩？」我說：「我是怎麼變成這樣的？」

我發覺他緊繃起來。「妳眞想知道？」他問。

我雙眼緊盯遠方一個騎三輪腳踏車的小女孩。我知道這不可能是我第一次問他這個問題，不是他第一次必須向我解釋。說不定我每天都問。

「對。」我明白這次不同，這次我會把他告訴我的話寫下來。

他深吸一口氣。「當時是十二月。路上結了冰。妳白天出去工作，當時正要回家，要走一小段路。沒有目擊者。我們不知道妳是正要過馬路，還是撞到妳的那輛車衝上人行道，但無論如何妳肯定是被撞飛了出去。妳傷得很重，兩隻腿都斷了，還有一隻手臂和鎖骨。」

他不再說下去。我可以聽到城市的低沉脈動。車聲、頭頂上的飛機聲、在樹葉間呢喃的風聲。班恩握緊了我的手。

「他們說妳應該是頭先著地，所以才會喪失記憶。」

我閉上眼睛。我絲毫記不起這場事故，所以不覺得憤怒，或甚至不快，反而充滿一種平靜的遺憾。一種空虛。記憶的湖面泛起一絲漣漪。

他緊握我的手，我又把手疊到他手上，感覺到他那冷冷、硬硬的婚戒。「妳能活下來，很幸運。」他說。

我忽然全身發冷。「那個司機怎麼樣了？」

「他沒有下車。是一起肇事逃逸，不知道是誰撞的。」

「可是誰會做這種事？」我說：「誰會撞了人之後直接開車逃跑？」

他沒有作聲。我不知道自己期望聽到什麼。我想起在日記裡讀到的關於和奈許醫師的會面。神經方面的問題，他告訴我，可能是構造，或是化學問題。內分泌失調。我以爲他指的是疾病。就這樣莫名其妙出現的病，諸如此類的。

但情況似乎更糟；是人爲的，原本可以避免的。如果那天傍晚我走另一條路，或是開車撞我的那個駕駛走另一條路，我現在還會是個正常人。甚至很可能已經當奶奶了。

「爲什麼？」我問道：「爲什麼？」

這不是他能回答的問題，因此班恩一聲不吭。我們靜靜坐了片刻，手緊緊交握。天黑了。市區明晃晃，建築裡都亮了燈。很快就要入冬了，我心想。十一月馬上就要過去一半，接著十二月到來，再來是聖誕節。我難以想像自己該如何從現在捱到那時候，如何度過這一連串一模一樣的日子。

「要走了嗎？」班恩問道：「回家了嗎？」

我沒有回答，卻說：「我在哪裡？我是說被車撞的那天。我都做了些什麼？」

「妳下班正要回家。」他說。

「是什麼工作？我在做什麼？」

「喔。」他說：「妳在某個律師事務所找到一份短期的秘書工作，其實應該說是私人助理，我想是這樣。」

「可是爲什麼……」我沒把話說完。

「妳得去工作，我們才付得起房貸。」他說：「有一陣子過得很辛苦。」

但我不是這個意思。我想說的是：**你說我拿了博士，那何必屈就於這種工作？**

「但我爲什麼去當秘書？」我說。

「那是妳唯一能找到的工作。景氣很差。」

我想起了稍早的感覺。「我有沒有在寫作？寫書？」我問道。

他搖搖頭。「沒有。」

如此說來，那只是一時的野心，又或許我試過，但失敗了。我轉頭問他時，天上的雲忽然變亮，須臾之間，傳出轟然巨響。我嚇了一大跳，往外一看，遠方的天空火花四射，紛紛落到下方的市區。

「那是什麼？」我問道。

「煙火。」班恩說：「煙火節就在這星期。」

不一會兒，又一串煙火照亮天空，又是一聲巨響。

「看來會有煙火表演。」他說：「要不要看看？」

我點頭答應。反正沒有壞處，雖然有點想飛奔回家拿出日記，寫下班恩告訴我的事，卻也想留下來，希望他多說一點。「好，」我說：「我們看看。」

他咧嘴一笑，伸手環抱我的肩膀。天空暗了片刻，接著一陣劈里啪啦、嘶嘶響聲，一記小火花衝上高空，發出細細尖鳴，緩緩懸空片刻後才爆發出橘色光輝，回聲隆隆。好美。

「通常我們會去看煙火。」班恩說：「規模最大的煙火秀之一。但我忘了是今天晚上。」他用下巴在我的頸間磨蹭。「沒關係吧？」

「嗯。」我說，同時望向市區上空那爆裂開來的五彩繽紛，那刺眼光芒。「沒有關係，在這裡反而一覽無遺。」

他嘆了口氣。我們吐出的氣息在各自面前凝成薄霧，又與對方的混合交融。我們默默坐著，觀賞天空變得多采多姿、燦爛耀眼。倫敦城被猛烈地照亮，到處是紅光與橘光、藍光與紫光，煙從市區各個花園升起，夜晚的空氣中射過一股赤裸裸、硬生生的火藥味，也變得煙霧迷漫。我舔舔嘴唇，品嘗那股硫磺味，就在此時又想起另一段回憶。

如針一般尖銳。聲音太響亮，色彩太鮮明。我覺得自己不像旁觀者，倒像仍置身其中，並感覺自己在往後倒，連忙抓住班恩的手。

我看見我自己，還有一個女人。她一頭紅髮，我們正站在屋頂上看煙火，腳底下的房間傳出音樂聲，有節奏地鼓動，一陣冷風吹過，嗆人的煙也連帶飄了過來。雖然我只穿了件薄洋裝卻感到暖和，酒精加上還夾在指間的大麻菸讓我整個人陶陶然。腳下有沙沙的觸感，這才想起我把鞋脫了，丟在樓下這個女孩的臥室裡。她轉頭面向我，我也看著她，覺得充滿生氣，有種暈眩的快樂。

「克莉絲汀，」她取過大麻，說道：「想不想吃一粒沙？」

我不懂她的意思，便老實說了。

她笑著說：「妳明明知道！一粒沙，又叫作搖腳丸、Acid。我敢說奈吉有買一些。他跟我說過他會買。」

「不知道耶。」我說。

「拜託！很好玩的！」

我笑了一聲，拿回大麻菸深吸一大口，彷彿想證明自己不是個無趣的人。我們曾暗自期許永遠不要變得無趣。

「還是不要了。」我說：「我對那個沒興趣。我只想抽這個就好，還有啤酒，好嗎？」

「那好吧。」她說著回頭望向欄杆外面。看得出她很失望，但沒有生我的氣，即使沒有我參與，她還是會去做嗎？

我想應該不會。以前我從來沒有過像她這樣的朋友，她對我的一切瞭若指掌，讓我信任，有時更勝於信任我自己。此時我看著她，只見她紅髮被風吹亂，快抽完的大麻菸在黑暗中閃閃發光。她對自己人生的發展滿意嗎？或者現在還太早，說不準？

「妳看！」她指向一道爆開來的煙火，那絢麗的紅光將群樹都投進陰影中。「眞他媽的漂亮，對吧？」

我笑著應和她，然後我們又靜靜站了幾分鐘，大麻菸不停地遞來遞去。最後她將溼溼的菸屁股遞給我，見我拒絕，便丟在柏油地面用靴子踩熄。

「該下樓去了。」她抓著我的手臂說：「想介紹一個人給妳認識。」

「不要了吧！」我嘴裡這麼說，但還是去了。我們跨過樓梯上一對正在接吻的男女。「該不會又是你們班上的討厭鬼吧？」

「去妳的！」她邊說邊快步奔下樓梯。「妳不是很愛艾倫嗎？」

「我是啊！」我說：「直到他跟我說他愛上一個名叫克里斯欽的男生爲止。」

「喔，好吧。」她笑著說：「我怎麼知道艾倫會決定選妳當出櫃的告白對象。這次這個不一樣，妳會愛上他的，我知道。只是打個招呼，不必有壓力。」

「好吧。」我說著推開門，和她一起進入派對現場。

房間很大，四面是水泥牆，沒有燈罩的燈泡從天花板垂掛下來。我們好不容易擠到廚房區，拿了罐啤酒，然後在窗邊找到一個位置。「好啦，這個男生在哪？」我問道，但她沒聽見。我感覺到酒氣和大麻的勁道衝上腦門，便開始跳起舞來。房裡滿滿都是人，大多是黑色穿著。該死的藝術系學生，我心想。

這時有個人走過來，站在我們面前。我認得他。奇斯。以前見過，在另一個派對上，最後我們還在某間臥室裡擁吻。但此刻他在和我朋友說話，手指著她掛在客廳牆上的一幅畫。不曉得他是故意對我視若無睹，還是不記得以前見過我。無論如何，我都覺得他是個笨蛋。我把啤酒喝完。

「要再來一罐嗎？」我問道。

「好啊。」我的朋友說：「可不可以趁我應付奇斯的時候去拿？待會再跟妳介紹我說的那個人，好嗎？」

我笑起來。「好，隨便啦。」我信步走開，進入廚房。

忽然，有個聲音，在我耳邊大喊。「克莉絲汀！莉絲！妳還好嗎？」我有些困惑；那聲音聽起來很耳熟。我睜眼一看，驚覺自己在戶外、在夜風中、在國會山上，班恩喚著我的名字，而眼前的煙火將天空染成血紅。「妳把眼睛閉上了，」他說：「怎麼回事？哪裡不舒服嗎？」

「沒什麼。」我雖這麼說，腦袋卻是天旋地轉，簡直要無法呼吸。我別開頭，假裝觀賞接下來的煙火秀。「對不起。沒事，我很好，我很好。」

「妳在發抖。」他說：「會冷嗎？要不要回家？」

我發覺的確如此，我是在發抖。我想記錄下剛才看見的。

「好，」我說：「可以嗎？」

返家途中，我回想看煙火時所見的景象，那麼清晰、那麼稜角分明，著實令我震驚。它攫住了我，將我吸納進去，我彷彿又重新經歷了一遍。一切都感覺得到、品嘗得到，那涼風、那啤酒的氣泡、大麻在喉嚨深處的燒灼感。奇斯的口水在我舌尖上溫溫的，感覺很眞實，幾乎比溫度消失後我睜開眼回歸的生活更加眞實。

我並不確知那是什麼時候的事。應該是大學吧，或者剛畢業不久。我看見自己參加的派對，是我想像學生會喜歡的那種。沒有責任感，無憂無慮，輕輕鬆鬆。

雖然記不起她的名字，但這個女人對我很重要。是我最好的朋友。**一輩子的**，我這麼想，儘管不知道她是誰，和她在一起卻覺得很安心，有安全感。

有一剎那我心想也許我們還很親近，因此在開車途中曾試著和班恩談論。他很安靜，不是不高興，而是心不在焉。我一度考慮把有關那個情景的一切告訴他，但臨時改變主意，轉而問他我有哪些朋友、什麼時候認識的。

「妳有很多朋友，人緣很好。」

「我有很要好的朋友嗎？比較特別的？」

他瞄我一眼，說道：「沒有，應該沒有，沒有特別好的。」

不知道爲什麼記不得這個女人的名字，卻記得奇斯和艾倫。

「眞的嗎？」我問。

「是啊，我很確定。」他說完又轉頭看路。這時開始下起雨。商店和上方廣告招牌的燈光映射在路面上。我心裡有太多問題要問他，但卻什麼都沒說，又過了幾分鐘，便已太遲。我們到家了，他開始準備晚飯。太遲了。

我剛寫完，班恩就叫我下樓吃飯。他已經擺好餐具、倒了白酒，可是我不餓，魚肉也很乾。我幾乎沒吃多少。既然是班恩做飯，餐後我便主動提議要洗碗。我把盤子端過去，在洗碗槽裡放了熱水，始終盼望著待會能找個藉口上樓看日記，也許能再多寫一點。但我不能，因爲獨自一人在房裡關太久會讓他起疑，於是我們一整晚都在電視機前度過。

我無法放鬆，一直想著日記，眼看壁爐架上時鐘的指針悄悄從九點移到十點，再到十點半。最後，接近十一點時，我發覺今晚再也沒時間了，便說：「我想去睡了。眞是漫長的一天。」

他微微一笑，偏著頭說：「好的，親愛的。我馬上上去。」

我點點頭說好，但離開客廳後，我隱隱感到懼怕。**這個男人是我丈夫，我告訴自己，我嫁給他了**，但不知怎地，似乎仍覺得跟他上床是不對的。我完全不記得以前這樣做過，也不曉得該預期些什麼。

我在浴室裡上了廁所、刷了牙，沒有照鏡子，也沒看鏡子周圍的照片。之後走進臥室，發現睡衣摺放在枕頭上，便開始更衣。我想在他進來之前準備好，先鑽進被窩裡。我一度有個荒謬的念頭，自認可以裝睡。

我脫下套頭毛衣，看著鏡子裡的自己，看見今早穿上的乳白色胸罩，這時腦海閃過兒時的一個景象：我在問母親爲什麼她穿了胸罩而我沒有，她說總有一天我也會穿。如今那天來臨了，但並不是一步步慢慢地，而是一眨眼的工夫。這裡明擺著我不再是小女孩，而是成年女人的事實，這比我臉上的細紋和手上的皺紋都更加明顯。就在這裡，在我柔軟豐滿的胸部。

我將睡衣往頭上一套，順平下來，然後伸手到睡衣裡解開胸罩，同時也感受到胸部的重量，接著拉下長褲拉鍊脫去褲子。我不想再進一步檢視自己的身體，今晚不想，因此一脫下今早穿上的褲襪和襯褲，便立刻溜進被毯，閉上眼睛，側轉過身。

我聽到樓下的鐘響了，不一會兒班恩便進房來。我動也沒動，卻聽著他脫衣的聲音，接著感覺他坐到床沿，床隨之下陷。安靜片刻後，我感覺到他的手重重壓在我的臀部。

「克莉絲汀，」他略微壓低聲音說道：「妳還醒著嗎？」我喃喃應聲。「妳今天想起某個朋友了嗎？」他問道。我睜開眼睛，翻身仰躺，看見他寬闊赤裸的背，以及散布在肩膀上的細毛。

「對。」我說。他轉向我。

「妳想起了什麼？」

我說給他聽，但只是模糊的大概。「有個派對。我想我們都還是學生。」

這時他站起來，轉身準備上床。我發現他全身光溜溜的，陰莖從深色毛髮巢穴懸吊下來，我不得不忍住吃吃傻笑的衝動。我不記得曾見過男性的生殖器，即便在書中也不曾，但看起來並不陌生。不知道我看過多少，又可能有過什麼樣的經驗。我幾乎是不由自主別過頭去。

「妳以前也想起過那個派對。」他說著拉開被褥。「妳大概很常想起這個，好像有幾段回憶會定期冒出來。」

我嘆了嘆氣。所以不是什麼新鮮事，他的意思似乎是這樣，沒什麼值得興奮的。他躺到我身邊，拉起被毯蓋住我們兩人。他沒有關燈。

「我經常想起過去的事情嗎？」我問道。

「對，會想起一些，大部分的日子都會。」

「同樣的事情？」

他轉頭面對我，並以手肘撐起上身。「有時候。」他說：「通常是這樣沒錯。難得有意外的驚喜。」

我將視線從他的臉上移開，望向天花板。「我曾經想起你嗎？」

他轉向我。「沒有。」他說完拉起我的手，捏了捏。「不過沒關係，我愛妳，沒關係的。」

「我一定造成你很大的負擔。」我說。

他的手開始在我的手臂上游移撫摩。由於產生靜電而發出劈啪一聲。我縮了一下。「不會，」他說：「完全不會。我愛妳。」

他扭動身子貼到我身上，然後親吻我的唇。

我闔上雙眼，有點心慌。他想做愛嗎？對我而言，他是個陌生人；雖然理智上知道我們每晚都睡同一張床，自從結婚後便是如此，但我的身體卻只認識他不到一天。

「我覺得好累，班恩。」我說。

他放低聲音，開始呢喃。「我知道，親愛的。」他輕吻我的臉頰、我的雙唇、我的眼睛。「我知道。」他的手在被毯裡往下移動，我覺得體內開始凝聚一股近乎恐懼的焦慮。

「班恩，」我說：「對不起。」我抓住他的手，阻止他再往下摸，並忍住彷彿因嫌惡而想甩開的衝動，反倒溫柔地摩娑著。「我累了，」我說：「今晚不要，好嗎？」

他默不作聲，但縮了手，平躺回去。失望從他身上一波波湧現，我不知道該說些什麼。內心有一部分認爲我該道歉，但更大的一部分告訴我，我並沒有做錯什麼。於是我們默默躺在床上，身體沒有接觸，我一面暗想這種事發生的頻率有多高。他有多常在上床後渴望做愛？我自己是否曾主動想要，或甚至覺得能滿足他？假如沒有，是否每次都會出現這種尷尬的沉默？

「晚安，親愛的。」數分鐘後他開口了，緊張氣氛隨之解除。我等到他發出輕微鼾聲才溜下床，來到這裡，客房裡，坐下來寫這些。

我眞的好希望能想起他。哪怕只是一次。

十一月十二日　星期一

四點的鐘聲剛剛響起，天色已漸漸變暗。班恩暫時還不會回家，但當我坐著寫日記時，仍留意著他的車聲。鞋盒安放在我腳邊的地上，包日記的薄紙從盒內半露出來。他要是回來，我會把本子放進衣櫥，跟他說我在休息。這樣並不誠實，但也不盡然，想為日記內容保密又沒有錯。我必須將我看到、我得知的寫下來。但這並不表示我想讓某個人或任何人讀它。

今天去見了奈許醫師。我們在他辦公桌兩側，對面而坐。他身後有一個資料櫃，最上層放了一個大腦的塑膠模型，從中切半，像橘子一樣剖開。他問我進行得如何。

「還不錯。」我說：「應該是。」這個問題很難回答，因為早上醒來後這短短幾小時，是我唯一清楚記得的。我見到了我丈夫，雖然知道不是，卻彷彿初次見面，又接到醫師打電話告知日記的事。午餐過後，他來接我，載我到他的診所。

「我寫了日記。在你來電之後。星期六。」我說。

他顯得很高興。「妳覺得有絲毫幫助嗎？」

「應該有。」我告訴他關於我記起的事，派對上那個女人的影像，以及得知我父親罹病的情形。他邊聽邊做筆記。

「妳現在還記得那些事嗎？」他問道：「今天早上醒來時還記得嗎？」

我有點遲疑。其實我不記得，或至少只記得一些。今天早上讀了星期六的日記，關於我和丈夫共進早餐、關於國會山之行。那種不真實感就像讀小說，和我毫無關係。我發覺自己一再反覆讀同一段，想讓內容在心裡扎根、固定。前後花了一個多小時的時間。

我讀到班恩告訴我的事，讀到我們如何相識、結婚，讀到我們如何度日，而我毫無所感。但有其他事物卻留在我心裡。例如那名女子，我的朋友。除了煙火派對、和她在屋頂上、遇見一個叫奇斯的男人，我想不起更多明確的細節，但對她的記憶仍然存在，今天上午當我一讀再讀星期六的日記，還想起了更多細節。她那紅得亮眼的頭髮、她偏愛的黑色衣服、鉚釘腰帶、深紅色口紅，以及她抽起菸的神情，彷彿那是全世界最酷的事。我不記得她的名字，但此時想起了我們相遇那個晚上，在一個香菸煙霧繚繞、空氣汙濁沉悶的房間裡，不斷聽到口哨聲、彈珠台乒乓作響，加上自動點唱機，好不熱鬧。我問她有沒有火柴，她給了我一根，同時自我介紹並建議我加入她與友人的行列。我們喝了伏特加和窖藏啤酒，稍後，我把大半的酒都反吐出來，她還幫忙將我的頭髮撩出馬桶。「我猜現在我們眞的是朋友了！」她見我勉強站起身來，笑著說道：「妳知道嗎？我可不隨便幫人做這種事。」

我謝謝她，然後也不知爲什麼，好像爲了解釋自己方才的行爲，便告訴她我父親去世了。「媽的……」她咒了一聲，接著應該是她多次從酒醉蠢態轉變成發揮同情心的第一次展現，領著我到她的房間，然後我們一塊吃吐司、喝黑咖啡，一面聽唱片、聊各自的人生，直到天色開始轉亮。

她有幾幅畫倚在牆邊和床尾，素描簿散落一地。「妳是畫家？」我問道，她點點頭說：「所以才來上大學。」記得她跟我說她讀美術系。「最後當然會去教書，可是話說回來人總得有夢想。對吧？」我笑了笑。「那妳呢？妳讀什麼？」我告訴她是英文系。「啊！」她說：「那妳是想寫小說還是教書？」她笑起來，不帶惡意地，但我沒有提起下樓前在房裡寫的那個故事，反而只說：「不知。大概跟妳一樣吧。」她又笑了，說道：「那好，爲我們乾一杯！」我們拿起咖啡互敬對方時，我幾個月來頭一次覺得情況最終或許會好轉。

這一切我都記得。眞令人筋疲力盡，如此集中意志力搜尋空白的記憶，如此努力尋找任何可能誘發記憶的微小細節。但我與丈夫共同生活的回憶呢？不見了。讀完這些字句，卻絲毫激不起任何殘存的回憶。彷彿不僅是國會山之行從未發生過，就連他在那裡告訴我的事也一樣。

「我想起了一些事。」我對奈許醫師說：「我年輕時的事，昨天想起的事，都還在。而且也想起了更多細節。但我卻根本記不得昨天或上星期六做了什麼。我能試著建構日記裡描述的情景，但也知道那不是記憶，只是我的想像。」

他點點頭。「妳記得星期六的任何事嗎？還記不記得妳寫下的任何小細節？例如晚上的事？」

我想到我寫的關於上床的事，發覺自己感到愧疚，愧疚的是儘管丈夫表現體貼，我卻無法獻身給他。「不記得，」我撒謊。「一點都不記得。」

我很好奇他是否曾以不同的方式，讓我想將他擁進懷裡，願意讓他愛我？例如送花、送巧克力？每次他想做愛，是否都得像初次上床一樣打造浪漫的前戲？我發覺他能利用的誘惑管道是多麼狹隘。他甚至不能播放伴著我們在婚禮共舞的第一首歌曲，或是重現我們初次一起上館子享用的餐點，因爲我都不記得了。無論如何，我是他的妻子，他應該不需要在每次想和我做愛時，都像初次邂逅般地引誘我。

但我是否曾經滿足他做愛的欲望，或甚至主動想和他做愛？是否曾經在醒來時知道得夠多，而自然而然產生了欲望？

「我連班恩都記不起來。」我說：「今天早上我完全不知道他是誰。」

他點頭道：「妳想記得？」

我差點笑出來。「當然了！」我說：「我想記得我的過去，想知道我是誰，我嫁給了誰。這些都屬於同一件事……」

「當然。」他說完略一停頓，把兩隻手肘撐在桌上，雙手交扣在面前，似乎在謹慎思考該說什麼或是該怎麼說。「妳說的事很令人振奮，這表示記憶並未完全喪失。問題不在於儲存，而在於取得。」

我想了一想，說道：「你是說我的記憶確實存在，只是我接近不了？」

他微微一笑，說道：「沒錯，也可以這麼說。」

我感到沮喪。還有渴望。「那要怎樣才能記起更多？」

他往後一靠，看著眼前的資料說：「上星期我拿日記給妳的那一天，妳有沒有寫下我讓妳看童年住家照片的事？我想我把照片給妳了。」

「有，」我說：「我寫了。」

「一開始我問過關於妳以前住的地方，但沒有讓妳看照片，相較之下妳看了那張照片後，似乎想起了更多。」他頓了一下。「就另一方面來看，這並不令人驚訝。但我想知道如果讓妳看到妳遺忘時期的照片，會有什麼情況發生。我想知道這樣妳會不會恢復任何記憶。」

我有點遲疑，不確定這個手段會導致什麼結果，只是確知這是非走不可的路。

「好的。」我說。

「很好！我們今天只看一張照片。」他從資料裡頭拿出一張照片，然後起身繞過桌子，坐到我身旁。「看之前先問一下，妳記得任何有關婚禮的事嗎？」

我已經知道絲毫沒有；對我來說，嫁給今晨醒來躺在我身邊那個男人的事，壓根就沒發生過。

「不記得，」我說：「一點都不記得。」

「確定嗎？」

我點點頭說：「確定。」

他將照片放到我面前。「妳是在這裡結婚的。」他說著敲敲照片。那是一間教堂，小小的，屋頂低矮，豎著一座小尖塔。完全陌生。

「有記憶嗎？」

我閉上眼，試著放空心思。看到了水。我的朋友。一片瓷磚地板，黑白的。再無其他。

「沒有，根本不記得見過這教堂。」

他露出失望神情。「妳確定嗎？」

我再次閉上眼睛。一片漆黑。我試著回想婚禮那天，試著想像班恩、我，穿著新郎新娘禮服，站在教堂前的草地上，但什麼都沒有。沒有記憶。哀傷自心中湧現。就像每個新娘一樣，我肯定花了好幾個星期籌備婚禮、選新娘服、迫不及待地等候這番改造、預約美髮師、想著新娘妝。我想像自己面對菜單深感苦惱，還要挑選聖歌、花束，自始至終都希望這一天能符合我不可理喻的期望。如今我卻無從得知婚禮是否成功。一切都從我這兒被奪走，不留一點蛛絲馬跡，除了和我結婚的那個男人之外。

「沒有，」我說：「什麼都沒有。」

他將照片放到一旁。「根據第一次治療時的筆記，妳是在曼徹斯特結婚的。」他說：「教堂叫聖馬克。這是最近拍的照片，也是我能取得的唯一一張，但我想應該和當時沒有太大差別。」

「沒有我們婚禮的照片。」我這麼說，既是提問也是聲明。

「沒有，照片都沒了，好像是在你們家發生火災時燒毀了。」

我點點頭。聽他這麼說多少有背書的作用，事情似乎更眞實了些。好像他是醫生，說的話就比班恩多了一分權威性。

「我是什麼時候結婚的？」我問道。

「應該是八〇年代中期。」

「在我發生意外之前。」

奈許醫師顯得不自在。我是否和他談過那場讓我喪失記憶的車禍？

「妳知道造成妳失憶的原因？」他說。

「知道。」我說：「前兩天我和班恩談過，他全都告訴我了。我日記裡有寫。」

他點點頭。「妳作何感想？」

「我也不知道。」我說。事實上我並不記得那場車禍，因此感覺不像眞的。我所有的只是事後帶來的影響、留下的後果。「我覺得應該憎恨那個對我做出這種事的人，」我說：「尤其是人一直沒抓到。他讓我變成這樣，毀了我一生，卻始終沒有受到懲罰。但奇怪的是我不恨他，眞的。我無法想像、描摹他的樣子，好像他根本不存在。」

他似乎頗爲失望。「妳這麼想嗎？」他問道：「覺得一生被毀了？」

「對。」我過了一會兒才回答。「對，我是這麼想的。」他默默不語。「難道不是嗎？」

我不知道我期望他做些什麼，或說些什麼。有一部分的我大概希望他說我大錯特錯，希望他試著說服我，說我的人生是有價值的。但他沒有，他只是直視著我。我登時發覺他的眼睛好令人難忘。藍色眼珠，灰點斑斑。

「很遺憾，克莉絲汀，」他說：「我很遺憾。但我正在盡一切努力，我自認能幫助妳，眞的可以。妳一定要相信這點。」

「我相信。」我說：「我相信。」

他伸手蓋住我放在我們倆中間桌上的手，感覺沉重、溫暖。他捏捏我的手指，剎那間我覺得爲他、也爲自己感到不好意思，但緊接著我注視他的臉，看到那哀傷的神情，才了解到此舉只是一個年輕人在安慰一個年紀較長的女人，如此而已。

「對不起，」我說：「我得上個洗手間。」

我回來時他已倒了咖啡，我們隔著他的辦公桌面對面坐下，各自啜飲咖啡。他似乎不太願意接觸我的目光，便隨意翻閱桌上的文件，尷尬地將紙張混在一起。起初我以爲他是因爲捏我的手而難爲情，但後來他抬起頭來對我說：「克莉絲汀，我想問妳一件事，其實應該說是兩件事。」

我點點頭。「第一件事，我決定把妳的案例整理成論文。這在相關領域相當罕見，我認爲若能讓更多科學界的人得知細節，將會大有助益。妳介意嗎？」

我看著胡亂堆在辦公室各個架上的雜誌，他打算藉此讓自己的事業更上一層樓，或是更加穩固嗎？*這就是我來這裡的原因嗎？*我一度很想告訴他最好別利用我的故事，最後卻只是搖搖頭說：「不介意，沒關係。」

他微微一笑。「很好，謝謝妳。現在我有個問題，或者應該說有個想法。有件事我想試一試。妳介意嗎？」

「什麼想法？」我覺得緊張，但也因爲他終於打算說出內心話而鬆了口氣。

「這個嘛，」他說：「根據妳的資料顯示，妳和班恩結婚後，仍繼續住在倫敦東區你們原本同住的房子。」他停頓下來。這時冷不防傳來一個聲音，肯定是我母親。*同居*——她搖著頭、嘖嘖兩聲，意思再明顯不過。「後來，大約過了一年，你們搬到另一間房子，差不多就住到妳入院爲止。」他又頓一下。「和妳現在住的地方距離很近。」我慢慢了解到他可能想說什麼。「我想我們可以現在就走，回家的路上順道去看看那棟房子。妳覺得如何？」

我覺得如何？不知道。這簡直是個無法回答的問題。我知道這樣做很合理，而且可能會以某種難以界定、我們倆都仍無法理解的方式，對我產生助益，但我仍感到猶豫。彷彿我的過去忽然變得危險，前去造訪恐怕是不智之舉。

「我也不知道。」我說。

「妳在那裡住了幾年。」他說。

「我知道，可是……」

「我們可以只看一下，不一定要進去。」

「進去？」我說：「怎麼能……？」

「可以，我寫了信給目前住在那裡的夫妻，還通過電話。他們說如果有幫助，很歡迎妳進去四處看看。」他說。

我十分驚訝，問道：「眞的嗎？」

他微微別開頭，很快速，但已足以讓人感受到他的窘迫。我心想他是否隱瞞了些什麼。「眞的。」他說道：「我不是爲每個病人都這麼不辭辛苦。」我沒有作聲。他笑了笑。「我是眞覺得這會有幫助，克莉絲汀。」

我還能怎麼辦？

途中我本打算寫日記，然而路程不遠，才剛讀完最後一篇，我們的車已經停在一棟屋子外。我闔上本子抬起頭。這間屋子和我們早上離開、我得不斷提醒自己現在住在裡頭的那間很相似，都有紅磚與漆木，有相同的凸窗和精心照顧的花園。眞要說的話，這間看起來比較大，而且屋頂上開了一扇窗，顯示那兒有個閣樓，而我們家並沒有。難以理解的是爲什麼要離開此地，搬到僅僅相隔數哩、幾乎一模一樣的房子。片刻後我了解了：是記憶。那是我出事前，一段較美好的記憶，當時我們很幸福，過著正常生活。儘管我失去了記憶，班恩應該還記得。

我頓時很肯定這間屋子會對我有所啓發。啓發我的過去。

「我想進去。」我說。

我到此打住。雖然想寫完，但這很重要，重要到不能倉促完事，而且班恩馬上就要回家。他已經晚了，天色已暗，眾人漸漸下班回家，街上回響著砰砰的關門聲。車輛一一在屋外放慢速度，不久班恩的車也會出現其中。我最好還是馬上結束，把日記擱下，安穩地藏進衣櫥裡。稍後再繼續寫。

我正要重新蓋上鞋盒，便聽到班恩插入鑰匙開門的聲音。他進屋後高聲呼喊，我告訴他我馬上就下樓。雖然沒必要假裝自己並未打開衣櫥找東西，我仍輕輕關上衣櫥門，才下樓去見丈夫。

整個夜晚感覺斷斷續續的。日記不停地召喚我。用餐時，我心想不知能不能在洗碗前寫一點，洗碗時又想是不是該佯稱頭痛，洗完後便上樓去寫。但當我收拾好廚房，班恩說他要做點事便進書房去了。我嘆了口氣，樂得輕鬆，並告訴他我要先上床了。

這正是我現在所在之處。這兒能聽到班恩答答敲著電腦鍵盤的聲音，老實說這聲響令人安心。我將我在班恩回家前寫的部分讀了一遍，此刻又能再度想像今天下午的自己，端坐在昔日住過的屋子外面。我又能重拾我的故事。

事情發生在廚房。

有個女人——亞曼妲——聽到響個不停的門鈴後前來應門，與奈許醫師握了手，並用一種游移在同情與迷惑之間的眼神看我。「妳就是克莉絲汀吧。」她微偏著頭，伸出修過指甲的手說道：「快請進！」

待我們進屋後，她隨手將門關上。她穿著乳白色上衣，戴著黃金首飾，自我介紹後說道：「妳想待多久都可以，好嗎？需要待多久就待多久。」

我點點頭，四下觀望。我們站在鋪著地毯、光線明亮的玄關，陽光從玻璃窗流瀉進來，正好射在一只擺放在茶几上、插了紅色鬱金香的花瓶上。冗長的沉默令人發窘。「這房子住起來很舒服。」最後是亞曼妲開口說道。我一度覺得奈許醫師和我有如看屋的買家，而她則是急於促成交易的房屋仲介。「我們大約是十年前買下的，我們眞的好喜歡這棟房子。採光好極了。要不要到客廳看看？」

我們隨她走進客廳，擺飾不多，頗有品味。我毫無感覺，就連隱約的一絲熟悉感都沒有；這就像任何一座城市的任何一間屋子裡的任何一個廳房。

「非常謝謝妳讓我們到處參觀。」奈許醫師說。

「怎麼這麼見外呢！」她說話時帶著一種特別的鼻音。我可以想像她騎馬或插花的模樣。

「你們搬來以後有沒有大肆裝潢過？」醫師問道。

「做了一點，」她回答：「零零星星的。」

我看著磨砂地磚與白牆、乳白色沙發、掛在牆上的現代複製畫，再想想自己今天早上離開的那個家，眞是天壤之別。

「妳還記得剛搬來時，房子是什麼樣子嗎？」奈許醫師問。

她嘆了口氣。「恐怕只有很模糊的印象。有鋪地毯，好像是一種餅乾色，還有壁紙，我沒記錯的話，應該是條紋圖案。」我試著想像她描述的房間。毫無反應。「我們拆了一座壁爐，現在我有點後悔，那其實滿特別的。」

「克莉絲汀？」奈許醫師對我說：「想到什麼了嗎？」見我搖頭，便又說：「我們能不能再看看其他地方？」

我們走上樓梯，二樓有兩間臥室。「蓋爾斯經常在家裡工作。」走進前側那間時，她解釋道。房內主要擺了一張書桌，還有資料櫃和書。「前任屋主想必是把這間當作臥室。」她看著我，但我不置一詞。「這間比另一間大一點，但蓋爾斯在這裡睡不著，因爲車聲太吵。」她略一停頓又說：「他是建築師。」我依然默不作聲。她接著又說：「說來也巧，因爲賣房子給我們的也是一個建築師。我們來看房子的時候遇見他，他們倆相談甚歡，好像因爲這個關係，他還給我們降了幾千塊。」她再次停頓，不知是否等著我們出言道賀。「蓋爾斯正在籌畫自己開業。」

*建築師，我暗忖，不像班恩，是個老師。*這房子不可能是他賣給他們的。我試著想像這房裡擺的是床，而不是玻璃面書桌，並以地毯和壁紙取代裸面木板與白牆。

奈許醫師轉向我。「有感覺嗎？」

我搖搖頭。「沒有，完全沒有。還是什麼都想不起來。」

我們去看另一間臥室、浴室。沒有絲毫記憶浮現，於是下樓來到廚房。「要不要喝杯茶？」亞曼妲說：「眞的不麻煩，已經沖好了。」

「不用了，謝謝。」我說。這個空間讓人覺得不舒服。冷硬風格。廚具鉻色與白色相間，流理檯看似水泥材質。唯一呈現出色彩的只有一盆萊姆。「我想我們馬上就得走了。」我說。

「這樣啊。」亞曼妲說。她輕鬆明快的態度似乎消失了，臉上被一抹失望之情所取代。我覺得內疚；她顯然很希望參觀過她家之後，我便能奇蹟似地康復。「我可以討杯水喝嗎？」我說。她立刻面露喜色，說道：「當然了！我去幫妳倒！」她將玻璃杯遞給我，而就在接過水杯之際，我看見了。

亞曼妲和奈許醫師都消失不見，只有我獨自一人。我在流理檯上看見一條生魚，溼溼亮亮地安放在一個橢圓盤中。我聽到一個聲音，男人的聲音。我想是班恩的聲音，但多少顯得年輕一些。「白酒？」那聲音說道：「還是紅酒？」我轉身看見他走進廚房。是同一個廚房——我和奈許醫師、亞曼妲此刻身處的這個——但牆上油漆的顏色不一樣。班恩兩手各拿著一瓶酒，是同一個班恩，只不過比較瘦、灰白頭髮比較少，而且留著山羊鬍。他光著身子，陰莖微微勃起，走路時晃來晃去的模樣很滑稽。他光滑的肌膚緊緊包住手臂與胸膛的肌肉，我感覺到欲望的強力拉扯。我看見自己在喘息，但也在笑。

「白酒對吧？」他邊說邊跟著我笑，然後將兩只酒瓶放到桌上，朝我站立處走來。他展開雙臂環抱我，接著我閉上雙眼，嘴巴彷彿不由自主地張開，我吻了他，他也回吻我，我感覺到他的陰莖頂住我胯下，我一手伸了過去。就連在吻他的當下，我心裡仍想著：**我得記住這個，記住這種感覺。得寫在日記裡，這是我想寫的東西。**

這時我跌入他懷裡，全身緊壓在他身上，他的雙手也開始撕扯我的洋裝，一面摸索拉鍊。「好了！」我說：「別這樣……」但儘管我嘴裡說不要，求他住手，心裡卻似乎從未如此渴望過一個人。「上樓，」我說：「快點。」接著我們離開廚房，同時一路拉扯衣服，前往樓上裝飾著灰色地毯與藍色圖樣壁紙的臥室，我心裡還不停想著：**沒錯，這一段應該寫入我的下一本小說，這正是我想捕捉住的感覺。**

我絆了一跤。有玻璃碎裂的聲音，眼前的影像隨之消失，就好像電影膠卷跑完了，銀幕上的畫面被一陣閃光與一粒粒微塵黑影所取代。

我仍在原地，在那個廚房裡，但此刻站在我面前的是奈許醫師，亞曼妲站得比他更前面一點，兩人都盯著我看，顯得擔心焦慮。我這才發覺手上的玻璃杯掉了。

「克莉絲汀，」奈許醫師說道：「克莉絲汀，妳還好嗎？」

我沒有回答。我不知道該有什麼感覺。就我所知，這是我有史以來第一次想起丈夫。

我閉上眼睛，試圖喚回影像，試圖去看魚、酒、丈夫，看他留著小鬍子、全身赤裸、生殖器上下晃動的模樣，但什麼都沒有。記憶沒了，煙消雲散，彷彿從未存在過，也彷彿被當下給燃燒殆盡。

「嗯，」我說：「我很好，我……」

「怎麼了嗎？」亞曼妲問道：「妳沒事吧？」

「我想起了一些事。」我說完便看見亞曼妲兩手飛快地摀住嘴巴，臉上表情轉爲欣喜。

「眞的嗎？」她說：「太好了！是什麼？妳想到了什麼？」

「請說……」奈許醫師踏上前一步，抓住我的手臂。碎玻璃在他腳下吱嘎作響。

「我丈夫。」我說：「在這裡，我想起了我丈夫……」

亞曼妲垮下臉來，彷彿在說：就這樣？

「奈許醫師，我想起班恩了！」我說著開始顫抖。

「很好，」奈許醫師說：「很好！好極了！」

他們一同帶領我走過客廳。我坐到沙發上，亞曼妲端了一杯熱茶給我，還在盤子上放了一塊餅乾。我想她並不明白，她沒法明白。我想起了班恩，想起了我，年輕時的我，想起了我們倆在一起。我知道當時我們很相愛，再也無須只聽他的片面之詞。這很重要。她絕不可能知道這有多麼重要。

回家這一路上我一直很興奮，焦躁的能量令我神采奕奕。我看著外面的世界，那個奇怪、神秘、陌生的世界，在裡頭看見的不是威脅，而是可能性。奈許醫師告訴我說他認爲我們眞的有些進展了。他顯得很興奮。**這樣很好**，他不斷地說，**這樣很好**。我不確定他指的是對我還是對他，或是對他的前途很好。他說他想安排做個掃描，我幾乎想也沒想就答應了。他還給了我一支手機，說是他女友的舊手機，外觀和班恩給的不一樣。這支比較小，機身可以掀開，裡頭有鍵盤和螢幕。**當作備用的**，他說，**隨時可以打給我，有重要的事隨時都能打。妳就隨身帶著，我會打這支手機提醒妳日記的事**。那是幾個小時前了。現在我了解到他之所以給我這支手機，是爲了能打電話給我，又不讓班恩知情。他甚至親口這麼說了。**前幾天我打去，是班恩接的。情況可能會變得彆扭，這樣的話會簡單一點**。我毫無質疑便接過手機。

我想起班恩了，想起了我愛過他。也許晚一點，等我們上床後，我會彌補昨晚的怠慢。我覺得自己活了過來，全身充滿電流，吱吱作響。

十一月十三日 星期二

現在是下午。班恩很快便會再次結束一天的工作回到家。我坐著，這本日記攤在眼前。午餐時有個叫奈許醫師的男人打電話給我，告訴我在哪可以找到這日記。他來電時我正坐在客廳裡，一開始並不相信他認識我。**去看看衣櫥裡的鞋盒，**他最後說道，**妳會發現有一本日記。**我原本不相信他，但我去看的時候他始終沒掛斷，結果他說得沒錯。那兒有我的日記，用薄紙包著。我小心翼翼將它取出，彷彿拿取一項易碎物品，接著向奈許醫師道別後，便跪在衣櫥旁讀了起來。每一個字都不放過。

我覺得緊張，卻不明所以。這日記像是被禁的危險物品，但或許只是因為我藏得太謹慎，才引發這種感覺。我一再抬頭瞄時間，每次聽見屋外有車聲，甚至會迅速地闔上日記，放回薄紙內。但此時的我很平靜，就坐在臥室的凸窗前寫這段日記。不知怎地，這裡感覺很熟悉，彷彿是我經常坐的地方，可以俯視街道，一邊有一排高大的樹，樹背後的公園隱約可見，另一邊則是一排房子和另一條較熱鬧的道路。我明白雖然我選擇不讓班恩知道我寫日記，但即便他發現了，也不會發生什麼可怕的事。他是我丈夫，我可以信任他。

我又讀了一遍昨天回家途中感受到的興奮。那感覺已經消失了，現在我覺得滿足、平靜。車輛來來往往。偶爾有人走過，一個男人吹著口哨，或是年輕母親帶孩子到公園去，稍後又離開。遠方一架即將降落的飛機，幾乎看似靜止不動。

對面的屋子空無一人，街上除了男人的口哨聲和一隻可憐的狗嗚嗚哀鳴之外，一片悄然。早晨由關門聲、平板的道別聲與引擎加速聲交混而成的騷動，已然消失無蹤。這世上彷彿只有我孤身一人。

開始下雨了。豆大的雨滴噴濺在我面前的窗上，停駐片刻後，會同其他雨滴慢慢滑落窗玻璃。我舉起手碰觸那冰涼的玻璃。

有太多東西將我與世界其餘的部分隔離開來。我讀到去參觀昔日與丈夫同住的家。這些字句真的是昨天才剛寫的嗎？感覺並不像出自我的手。我也讀到我想起許久許久以前的那一天，我在我們合買的屋子裡親吻丈夫。當我閉上眼，還能看見那個情景。起初模模糊糊、無法聚焦，但接著影像開始晃動、分解，轉瞬間忽然清晰得近乎刺眼。我的丈夫，撕扯著我的衣服。班恩抱住我，他的吻愈來愈熱切、深入。我記得我們既沒有吃魚也沒有喝酒，做愛後反而盡可能地待在床上，四腿交纏，我的頭枕在他胸口，他的手輕撫我的頭髮，精液乾凝在我的上腹。我們靜默無語。幸福像雲朵般籠罩著我們。

「我愛妳。」他說得很輕，彷彿從未說過這句話似的，而儘管他必然已說過無數次，聽起來卻很新鮮。像危險的禁語。

我抬起頭看他，看他下巴的鬍碴、唇肉和唇上方的鼻型。「我也愛你。」我貼在他胸前低聲說，好像字字都很脆弱。他將我的身軀緊緊抱攏，然後溫柔地吻我。吻我的頭頂、眉毛。我閉上雙眼，他吻了我的眼皮，只是雙唇輕掠一下。我覺得很安全，很自在。我覺得這裡，緊靠在他身旁，是我唯一的歸屬，是我自始至終唯一想待的地方。我們默默躺了一會兒，彼此擁抱，肌膚交融、氣息同步。我感覺沉默似乎能讓這一刻無止境地延續，而這樣卻仍嫌不夠。

班恩破除了魔咒。「我得走了。」他說。我睜開眼睛拉他的手，感覺很溫暖、很柔細。我把他的手拉到嘴邊親一下，有玻璃和泥土的味道。

「這麼快？」我說。

他又吻了我。「是啊，時間可不早了，我會趕不上火車。」

我感覺身體往下沉。分離似乎難以想像、難以承受。「再多待一會兒好嗎？」我說：「搭下一班嘛。」

他笑著說：「不行啊，莉絲，妳明知道的。」

我又親他一下。「我知道，」我說：「我知道。」

他離開後我沖了個澡。我不疾不徐，慢慢抹上肥皂，感受水流過肌膚，彷彿那是種新的感覺。進臥室後我噴了香水，穿上睡衣睡袍，然後下樓走進餐廳。

裡頭暗暗的。我打開燈，眼前桌上有一部插著白紙的打字機，旁邊有薄薄一疊紙張，字面朝下。我在打字機前坐了下來，開始打字。第二章。

我隨即停頓了。想不出接下來該寫什麼，該如何起頭。我嘆了口氣，十指安放在鍵盤上。指下的按鍵感覺十分自然，冰涼、平滑，順著指尖的高低起伏。我閉上眼又開始打字。

幾乎想也沒想，手指便自動在鍵盤上躍動。再次睜眼時，已打出一個句子。

莉琪不知道自己做了什麼，也不知道該如何挽救。

我看著這個句子。硬邦邦的，端坐在紙頁上。

廢話一句，我暗想。心裡覺得氣惱。我知道可以寫得更好。我曾經做得到，兩年前的夏天，我曾文思泉湧，故事的字字句句有如五彩碎屑般揮灑在紙上。但如今呢？如今不知哪兒不對勁，文字變得生硬、僵滯、艱澀。

我拿起鉛筆，將句子畫掉。這麼一畫之後，覺得舒坦了些，但這時腦子又空了，無處下筆。我站起來，從班恩留在桌上的菸包裡抽出一根菸點上。我將煙深深吸入肺部，屏住呼吸，然後吐出。有一度真希望這是根大麻菸，心想不知能從哪兒弄一點來，下次抽。我給自己倒了杯酒——用威士忌大酒杯盛的純伏特加——喝了一口。肯定會有用的。**作家的瓶頸，我暗忖，我怎**

會變得這麼老套？

上一次。上一次是怎麼做的？我走到餐廳牆邊的書架前，菸叼在唇間，從最上方的架子取下一本書。*這裡頭肯定有線索，一定會有吧？*

我放下伏特加，將手中的書翻過來，指尖輕放在封面上，像對待一本很脆弱的書，然後輕輕拂過書名。《*晨鳥*》，上面印著，*克莉絲汀．盧卡斯*。我翻開封面後，迅速地翻動書頁。

影像消失了。我睜開眼睛。此時身處的房間顯得單調灰暗，但我的呼吸急促而不順暢。我對自己曾經抽菸一事隱隱感到驚訝，但很快便被另一件事所取代。是眞的嗎？我寫過小說？有出版嗎？我站起身，日記從腿上滑落。若眞是如此，那麼我曾經是一個有人生、有目標與野心、有成就的人。我奔下樓梯。

是眞的嗎？今天早上，班恩什麼都沒告訴我，完全沒提到我是作家。今天早上我讀到我們去了趟國會山，在那兒他說我出事時在做秘書的工作。

我視線掃過客廳的書架。有字典、一本地圖、一本DIY指南、幾本精裝小說，看樣子應該還沒讀過。但沒有我寫的書，沒有任何跡象顯示我出版過小說。我轉來轉去，呈現半瘋狂狀態。*一定在這裡*，我心想，*一定在*。但這時腦海又冒出另一個念頭。也許我看到的景象並不是記憶，而是幻想。也許，在沒有眞實故事做爲思量依據的情況下，我的心自己創造了一個。也許是因爲我一直想成爲作家，才會下意識如此認定。

我又跑上樓。書房的架上全是文件盒和電腦說明書，而當天早上探巡屋子時，兩間臥室裡也都沒看到書。我呆立片刻，忽然看見電腦就在眼前，安安靜靜、黑沉沉。我知道該怎麼做，卻不明白是怎麼知道的。我按下開關，電腦在桌子底下轟然啓動，稍後螢幕亮了起來。一陣音樂從螢幕旁嘰喳作響的喇叭中傳出，接著一個畫面出現。是班恩和我的合照，兩人都面帶微笑。在我們的臉中央有一個框格，寫著「使用者名稱」，底下還有另一個框格寫著「密碼」。

在方才看到的景象中，我不必看鍵盤就能打字，手指彷彿憑直覺在按鍵上飛快跳動。我將游標移到標示著「使用者名稱」的框格內，雙手懸在鍵盤上方。是眞的嗎？我學過打字？我讓手指放到凸起的字母上，兩隻小指毫不費力地找到所屬的按鍵，其餘的手指也一一就定位。我閉上雙眼，想也不想便打起字來，專注地傾聽自己的呼吸聲與塑膠按鍵的撞擊聲。結束後我看著自己打出的東西，看著框格內寫了些什麼。本以爲會是毫無意義的字串，不料卻讓我大吃一驚。

敏捷的棕色狐狸從懶洋洋的狗身上跳過。

我瞪著螢幕。是眞的。我會打字。或許我腦中浮現的景象並非虛構，而是記憶。

或許我寫過小說。

我跑進臥室。這沒道理。有一度我幾乎覺得難以承受，整個人就要瘋了。小說似乎既存在又不存在，既眞實又完全虛幻。我毫無一點印象，不管是情節或人物，或甚至取這個書名的原因，但它依然有眞實感，就像一顆心臟在我體內跳動。

班恩又爲什麼沒告訴我？沒擺一本在書架上？我想像著，書被藏在屋裡，用薄紙包住，放在閣樓或地下室的某個箱子裡。爲什麼？

我忽然想到一個理由。班恩說我當過秘書，或許是因此才會打字：這是唯一的原因。

我從袋子裡掏出一支手機，也不管是哪一支，甚至不在乎要打給誰。丈夫還是醫生？這兩人對我似乎都一樣陌生。我掀開蓋子，搜尋著名單，直到看見一個認識的名字，才按下通話鍵。

「奈許醫師？」電話接通後，我說道：「我是克莉絲汀。」他正要開口說話，卻被我打斷了。「我問你，我有沒有寫過文章？」

「妳說什麼？」他問道，口氣有些困惑。我一度覺得自己做了大錯特錯的事，說不定他根本不知道我是誰。但這時他說話了：「是克莉絲汀嗎？」

我把剛才的話又重複一遍。「我剛剛想起一些事，想起我幾年前寫過東西，大概是我剛認識班恩的時候吧。是一本小說。我有沒有寫過小說？」

他好像不明白我的意思。「小說？」

「對，」我說：「我好像記得自己小時候想當作家，只是很好奇我有沒有寫過什麼。班恩說我當過秘書，但我只是覺得……」

「他沒有告訴妳嗎？」他說：「妳喪失記憶的時候正在寫第二本小說，第一本已經出版了，相當成功。雖然稱不上暢銷書，但確實賣得很不錯。」

這些語句相互交旋。小說，成功，出版。是眞的，我的記憶是眞的。我不知該說些什麼，想些什麼。

我說了再見，便上樓寫下這段。

床邊的時鐘顯示十點半。我猜班恩很快就會上床，但我仍坐在床沿寫著。晚飯後我找他談了。我一整個下午都很焦躁，從這個房間踱到另一個房間，所有事物都像第一次見到，怎麼也想不通他何必將這麼一個小小成就的證據移除得如此徹底。實在沒道理。他感到羞愧？尷尬？我寫了關於他、關於我們一起生活的事嗎？或者有更糟的原因？有更黑暗、但我還不知道的原因？

他回家之前，我已經決定直接問他，但現在呢？現在似乎不可能，這樣好像在怪他說謊。

我盡可能說得漫不經心。「班恩，我以前靠什麼謀生？」原本在看報的他抬起頭來。「我有工作嗎？」

「有。」他說：「妳做了一陣子秘書，就在我們婚後不久。」

我盡量讓聲音保持平穩。「眞的嗎？我有個感覺，我以前好像一直想寫作。」

他摺起報紙，將注意力都放到我身上。

「感覺？」

「是啊，我眞的記得我小時候很愛看書，也似乎隱約記得自己想當作家。」他伸出一隻手越過餐桌面，拉起我的手。眼神顯得哀傷、失望，好像在說：多可惜啊！很不幸，我想妳永遠也不可能了。「你確定嗎？」我又說：「我好像記得……」

他打斷我的話。「克莉絲汀，別這樣，這是妳在幻想……」

晚上接下來的時間我都沉默不語，只聽見腦中不斷有一些念頭在回響。他爲何這麼做？爲何要假裝我從未寫過文章？爲什麼？我看著他在沙發上熟睡，輕輕發出鼾聲。何不告訴他我知道自己寫過小說？我就這麼不相信他？我記得我們躺在彼此懷裡，在天色逐漸轉暗之際，呢喃傾訴對彼此的愛。我們是怎麼從那一步走到這一步？

但接著我開始想像，萬一我眞的無意中在某個櫥櫃或高架背後發現自己的小說，會如何呢？它會代表什麼意義？頂多只是：看看妳墮落成什麼樣子。看看妳本來能做些什麼，結果卻被一輛在冰上打滑的車全部剝奪，讓妳變得比廢物還沒用。

那不會是快樂的時刻。我看見自己變得歇斯底里，尖叫、哭喊，比今天下午還嚴重，畢竟當時至少是在一段渴望成眞的記憶誘發後逐漸明白的。要是我果眞發現自己的小說，後果恐怕不堪設想。

難怪班恩想把它藏起來。此刻我想像他將所有的書搬走，用後院走廊上的烤肉架加以焚毀，再決定要怎麼對我說。如何重新塑造我的過去，讓我能夠承受，才會是最好？該讓我在下半輩子相信些什麼？

但如今一切都結束了。我知道眞相。我自己的眞相，不是別人告知而是我自己想起的眞相。而且現在我把它寫下來了，銘刻在這本日記而不是我的記憶中，但卻將永恆不滅。

我知道我此刻在寫的書可能很危險，也同時是必要的。我傲然領悟到，這是我的第二本書。這不是小說。它可能會揭露一些最好不要被揭發的事，一些應該永不見天日的秘密。

但我的筆依然在紙上移動著。

十一月十四日　星期三

早上我問班恩有沒有留過山羊鬍。我仍感到困惑，不確定什麼是眞什麼是假。今天起得很早，而且不像前幾天那樣自認還是個孩子。我感覺像成年人。有性愛的念頭。內心的疑問不是**我怎麼會和一個男人同床？而是他是誰？我們做了些什麼？**進浴室後，鏡中的容貌讓我驚恐不已，但鏡子旁的照片卻似乎反映出事實。我看見那個男人的名字「班恩」，覺得有點熟悉。我的年齡、婚姻，這些事實似乎是爲了提醒我，而不是第一次告知。事實被埋藏起來，但埋得不深。

班恩才剛出門上班，奈許醫師就打電話來了。他提醒我關於日記的事，然後說稍晚會來接我去做掃描，之後我就讀了日記。或許我能想起裡頭的某些事，又或許能記得寫過其中一大段，就好像經過一夜後，仍有部分記憶殘渣存留下來。

也許正因如此，我必須確認日記裡寫的事情是眞的。我打電話給班恩。

「班恩，」他說現在不忙之後，我問道：「你有沒有留過山羊鬍？」

「好奇怪的問題！」他說。我聽到湯匙敲在杯上的叮叮聲，腦中出現他正往咖啡裡加糖、面前攤著一張報紙的畫面。我覺得爲難。不知該吐露多少。

「我只是……」我開口道：「回想起一些事，大概吧。」

一陣沉默。「回想起？」

「嗯，」我說：「應該是。」我心中閃現出我所寫下關於那天的事情——他的山羊鬍、他的裸體、他的勃起——和我昨天想起的事。我們倆躺在床上，接吻。這些畫面在瞬間照亮後，又再次沉入黑暗深處。我突然感到害怕。「我只是好像想起你留了山羊鬍。」

他笑起來，我聽到他放下杯子。我感覺到堅實的地面開始崩滑。說不定我寫的一切全是謊言。我畢竟是個小說家，我心想，或者曾經是。

我驚覺自己的推論毫無意義。我以前寫過小說，因此我自稱曾是小說家或許也是杜撰的，這麼說來我並沒有寫過小說。我的頭開始暈眩。

可是感覺很眞實，我如此告訴自己。而且我會打字。又或者我在日記中寫過我會打字……

「你有嗎？」我絕望地說：「我只是……這很重要。」

「我想想。」他說。我想像他閉上眼睛、咬著下唇，東施效顰般做出沉思的模樣。「我想我可能留過，」他說：「很短的時間。很多年前，我都忘了……」暫停片刻，接著又說：「對，沒錯，很可能是有的，留了一個星期左右。已經好久了。」

「謝謝。」我鬆了口氣。腳下的地面又穩固了些。

「妳還好嗎？」他問道，我說還好。

奈許醫師在十點左右來接我。他事前要我先吃點午餐，但我不餓。大概是緊張吧。「我們要去見我一位同事，派克斯頓醫師。」他在車上說，但我沒應聲。「他是功能性造影方面的專家，尤其是針對像妳這樣的病患。我們一直在合作。」

「好。」我說。此時我們坐在他的車內，卡在車陣中動彈不得。「我昨天有打電話給你嗎？」我問道。他說有。

「妳讀了日記嗎？」

「看了大部分，跳過了一些。已經寫了不少。」

他顯得頗感興味。「妳跳過了哪些部分？」

我想了一會兒。「有些地方我覺得熟悉，好像只是在提醒我已經知道、已經記得的事……」

「那很好。」他瞄了我一眼。「非常好。」

我感到臉上洋溢著喜悅。「那我打電話給你做什麼？我是說昨天。」

「妳想知道妳是不是眞的寫過小說。」他說。

「我有嗎？」我問道：「我寫過嗎？」

他回轉向我，面帶笑容。「是的，妳寫過。」

車陣又動了，我們也跟著啓動。我鬆了口氣。我知道日記裡寫的是眞的，終於放鬆心情上路。

派克斯頓醫師比我想像中還老。他穿了一件粗呢夾克，白毛恣意地從他的耳朵和鼻子冒出來，看起來該退休了。

奈許醫師爲我們引見後，他說：「歡迎妳來文森霍爾造影中心。」然後和我握手，他的目光始終沒有離開我，還對我眨眨眼。接著他又說：「別擔心，聽起來好像很嚴重，其實不然。來，請進，我帶妳到處看看。」

我們走進大樓。「我們附屬於這裡的醫院和大學，」我們進入大門後，他說道：「這是幸也是不幸。」我不明白他的意思，等著他進一步說明，但他沒有再多說什麼。我微微一笑。

「眞的嗎？」我說。他試著要幫我，我想表達善意。

「每個人都希望我們包辦所有事，」他笑著說：「卻是誰都不想付錢。」

我們走進一間候診室，裡面散置著幾張空椅、幾份雜誌——和班恩留在家裡給我看的一樣：《廣播時間》《哈囉！》，現在又多了《鄉居生活》和《美麗佳人》——以及丟棄的塑膠杯。好像剛剛開完派對，大夥已匆忙離去。派克斯頓醫師在另一扇門前停下。「妳想看看控制室嗎？」

「好啊，」我說：「麻煩你。」

「功能性ＭＲＩ是相當新的技術，」我們參觀完之後他說：「妳聽過ＭＲＩ嗎？就是核磁共振造影。」

我們站在一個小房間裡，只有一堆電腦顯示器發出鬼魅般的亮光。有一面牆上嵌了一扇窗，窗的另一邊又有一個房間，幾乎被一個大大的圓筒型機器占滿，機器口伸出一張床，活像嘴裡吐出的舌頭。我開始感到害怕。我對這個機器一無所知。沒有記憶的我，怎能知道呢？

「沒有。」我說。

他微微一笑。「很抱歉。ＭＲＩ是相當基本的程序，有點像替全身照Ｘ光。我們現在會用到幾個和Ｘ光同樣的技術，但實際上卻是觀看大腦如何運作，看它的功能。」

這時奈許醫師開口了。這是他沉默許久之後首度開口，聲音很小，幾乎顯得膽怯。不知道是對派克斯頓醫師心有敬畏，或是太想給他留下好印象。

「如果有人長腦瘤，我們就得掃描他的頭部，找出腫瘤的位置，看它影響到大腦哪個部分。那是看構造。而功能性ＭＲＩ卻能讓我們看到當妳執行某些工作時，會使用哪個部分的大腦。我們想看看妳的大腦如何處理記憶。」

「也就是說，看看哪些部位會亮起，」派克斯頓說：「腦液往哪兒流。」

「那會有幫助嗎？」我問道。

「希望能幫助我們確認損傷的部位，」奈許醫師說：「確認哪裡出了錯，哪裡無法正常運作。」

「這能幫助我恢復記憶？」

他頓了一下，才說：「但願如此。」

我脫下婚戒和耳環，放到一個塑膠盤上。「妳的袋子也得放進來。」派克斯頓醫師說，接著又問我有沒有其他地方打洞。他見我搖頭便說：「要是有的話妳會嚇一大跳，親愛的。現在這機器就像一頭嗜呼的老野獸，妳會需要這個。」他說著遞給我幾個黃色耳塞。「準備好了嗎？」

我略顯猶豫。「我不知道。」恐懼之情開始襲將上來。房間似乎縮小變暗，透過玻璃，掃描器本身就迫在眼前。我覺得以前見過它，也可能是和它很相似的機器。「我不太有把握。」我說。

奈許醫師走到我身邊，一手按著我的手臂。

「這完全不會痛。」他說：「只是有點吵。」

「安全嗎？」

「絕對安全。我會在這裡，就在玻璃的這一邊。我們全程都能看到妳。」

我想必仍顯得缺乏信心，因爲就在此時，派克斯頓醫師接了一句：「放心吧，妳會受到安全的照護，親愛的。絕不會出任何差錯。」我看著他，只見他微笑著說：「妳可以把妳的記憶想成是遺失在內心某處，而我們現在要用這部機器把它們找出來。」

他們用毯子把我裹住，但還是很冷，也很暗，只有一盞紅燈在房裡一閃一閃，和一面鏡子從懸掛在我頭上幾吋高的框架上垂下，角度正好可以反射一部安置在另一處的電腦螢幕影像。除了耳塞，我還戴了一副耳機，他們說可以透過耳機和我交談，但他們暫時並未出聲。我只能聽見一個遙遠的嗡嗡聲、我自己粗重的呼吸聲，以及我模糊沉重的心跳。

我右手緊抓著一個充氣塑膠球。「如果需要跟我們說什麼，就捏一下。」派克斯頓醫師說：

「否則即使妳說話，我們也聽不到。」我撫摸它的橡膠表面，靜候著。我想閉上眼睛，但他們要我睜開眼，看著螢幕。泡棉楔子將我的頭完全固定住，就算想動也辦不到。毯子包覆著我，像一條裹屍布。

靜定片刻後，喀嗒一聲。儘管戴著耳塞，我還是被那巨大聲響嚇了一跳，接著又響一聲，再來又一聲。一個深沉的噪音，是來自機器或是我的頭，我無法分辨。一頭笨重的猛獸甦醒過來，這是攻擊前的靜默時刻。我抓緊橡膠球，但決定不去捏它，接著一個有如鬧鐘或電鑽的噪音響了一次又一次，聲音大得不可思議，大得每一回我全身都會跟著顫晃。我閉上了眼睛。

耳邊傳來一個聲音。「克莉絲汀，」那聲音說：「請妳睜開眼睛好嗎？」看來他們的確能看到我。「放心，一切都很好。」

很好？我心想。他們知道什麼叫很好嗎？他們知道我躺在這裡，在這個我想不起的城市裡，和從未謀面的人在一起，是什麼感覺嗎？我在飄流，我心想，完全無法拋錨下碇，只能隨風飄蕩。

又有另一個聲音。是奈許醫師。「妳能看著圖片嗎？想著那是什麼，說出來，但只在心裡告訴自己，別說出聲來。」

我睜開眼睛。頭頂上的小鏡子裡，有一張接一張的黑白圖樣。一個男人。一張梯子。一張椅子。一支鐵鎚。每出現一張圖片，我就說出個名稱，然後螢幕上閃出幾個字：「謝謝妳！現在放鬆一下！」我也把這些字說出來，不讓自己得閒，同時也暗想躺在這種機器裡面，誰還能放鬆得來。

螢幕上閃出更多指令。「回想過去的一個事件。」接著底下又閃出兩個字：「派對。」

我閉上了眼睛。

我試著回想和班恩看煙火時想起的那場派對，想像自己和友人一起在屋頂上，傾聽底下傳出的派對喧鬧聲，試著感受空氣中的煙硝味。

影像出現了，但似乎並不真實。我分辨得出這不是回憶，而是虛構。

我試著去看奇斯，去記起他無視我的存在，但什麼也想不起來。那些記憶又再次失去了，埋藏起來，彷彿再也不會出土，但我現在至少知道它們存在，被鎖在某個地方。

我的心思轉向兒時派對。生日派對，有我的母親、阿姨和露西表姊。玩著扭扭樂、傳包裹、搶座位、音樂木頭人。母親拿了大包小包的糖果要分裝成獎品。切了邊、塗上罐頭碎肉和魚醬的三明治。蛋糕、布丁和果凍。

我記得一件袖子滾花邊的白色洋裝，滾邊短襪，搭黑鞋。我的頭髮還是金黃色。我坐在餐桌前，面對一塊插了蠟燭的蛋糕，深吸一口氣，身子往前傾，吹一口氣。空中揚起煙霧。

這時擠進了另一個派對的記憶。我看見自己在家，望向臥室的窗外。我光著身子，大約十七歲左右。外頭街上有木架撐起的桌子，擺成長列，桌上全是放滿香腸捲和三明治的托盤，還有一壺壺柳橙飲料。英國國旗隨處可見，家家戶戶的窗口都懸掛著彩旗，藍色、紅色、白色。

孩子們穿著奇裝異服，有海盜、巫婆、維京人，大人則試著將他們分隊進行湯匙盛蛋接力賽。我看見母親正在對街替馬修．索柏將披風繫在脖子上，而父親則坐在我窗子正下方的一張摺疊椅上，手裡端著一杯果汁。

「回床上來吧。」有個聲音說。我轉過身，大衛．索柏坐在我的單人床上，上方是我珍藏的七〇年代龐克搖滾「裂縫樂團」的海報。白色床單纏在他身上，布滿斑斑血跡。我之前沒告訴他這是我的第一次。

「不要，」我說：「起來！你得在我爸媽回來以前穿好衣服！」

他笑起來，但並無惡意。「拜託！」

我套上牛仔褲。「別這樣。」我說著，一面伸手去拿T恤。「起來好不好！」

他露出失望神情。我沒想到會發生這樣的事（但並不代表不希望它發生），現在只想一個人靜靜。和他完全無關。

「好吧。」他說著站起身。他的身體看起來蒼白瘦弱，陰莖簡直小得可笑。他穿衣時我別開頭，看向窗外。我的世界變了，我心想。我跨越了界線，無法回頭。「那麼再見了。」他說，但我沒吭聲，直到他離開後才回轉過頭。

耳邊有個聲音將我帶回當下。「很好。現在再看幾張圖片，克莉絲汀。」派克斯頓醫師說：「妳看著每一張，然後告訴自己那是什麼或是誰，好嗎？可以了嗎？」

我艱難地嚥下口水。**他們會讓我看什麼？**我暗想。**看誰？情況會有多糟？**

可以了，我對自己說，接著便開始了。

第一張照片是黑白照。是一個小孩，四、五歲的女孩子，抱在一個女人懷裡。女孩不知指著什麼東西，兩人都在笑，略微失焦的背景裡有一道圍籬，圍籬另一邊趴著一頭老虎。**母親**，我暗想，**女兒**，**在動物園**。接著，我在一股熟悉感的衝擊下看著小孩的臉，認出那小女孩正是我，女人則是我的母親。氣息頓時哽在喉頭。我不記得曾去過動物園，但我們確實去了，證據就在眼前。**是我**，我想起他們要我做的事，便默默地說。**母親**。我盯著螢幕，試圖將她的影像烙印在記憶中，但照片逐漸消失，被另一張所取代，還是母親的照片，這回年紀比較大，卻似乎還不至於老到需要撐著她倚靠的那根拐杖。她面帶微笑，但顯得十分疲憊，臉頰瘦削、雙眼凹陷。**我的母親**，我再次默想，並情不自禁地多接了幾個字：**很痛苦**。我下意識地閉上眼睛，不得不再次勉強睜開。我開始抓住手中的球。

接下來影像換得很快，我只認得一些。有一個是我在回憶中見過的朋友，幾乎一眼就認出她，這讓我內心一陣悸動。她和我想像中一樣，穿著藍色的舊牛仔褲和T恤，嘴裡抽著菸，紅色頭髮蓬鬆雜亂。另一張照片中的她頭髮剪短了、染成黑色，太陽眼鏡高高戴在頭頂。隨後是我父親的照片，是他在我小時候的模樣，帶著微笑，愉快地在我們家前廳看報，接下來是我和班恩的合照，還有一對我不認識的男女站在一塊。

其他都是陌生人的照片。一個穿著護士制服的女黑人，另一個女人穿著套裝，坐在書櫃前，目光越過老花眼鏡上緣往外凝視，表情嚴肅。一個紅色頭髮、臉圓圓的男人，另一個留了鬍子。一個六、七歲的小男孩，在吃冰淇淋，稍後又是同一個男孩坐在書桌前畫畫。一群人鬆鬆地排列，看著鏡頭。一個男人，很迷人，黑色頭髮略長，一副黑框眼鏡框住瞇起的眼睛，側臉上有一條疤。這些照片持續不斷地出現，我也跟著一一看過，試圖爲它們定位，試圖想起它們是如何——或甚至是否曾經——交織入我的生命錦圖中。我依照他們的吩咐去做。我做得很好，但也覺得自己開始慌張起來。機器轟隆隆的聲調與聲量似乎慢慢升高，最後變成警鈴聲，變成一種警告，我的胃不由得縮緊。我無法呼吸，接著閉上眼睛，毯子的重量開始往我身上壓，重得像大理石板，我有種快溺斃的感覺。

我用力握起右手，不料竟握成拳頭，什麼東西也沒抓到。指甲嵌入肉裡，手中的球被我弄掉了。我大叫一聲，無言的吶喊。

「克莉絲汀，」耳邊有個聲音叫著：「克莉絲汀。」我聽不出是誰，也聽不出他們要我做什麼，我再次放聲吶喊，並開始踢掉身上的毯子。

「克莉絲汀！」這回比較大聲，隨後警報噪音戛然而止，門砰地打開，房間裡有了人聲，有手按住我的身體、我的雙臂雙腿和胸口，我於是張開眼睛。

「沒事了，」奈許醫師附在我耳邊說：「妳沒事了，我在這裡。」

他們一再安撫說沒事，讓我冷靜下來，也把我的手提袋、耳環和婚戒還給我，接著奈許醫師和我來到咖啡吧。就在走廊邊，地方不大，擺了橘色塑膠椅和黃色美耐板面的桌子。一盤盤放了許久的糕點和三明治，在刺眼的燈光下顯得頹然垂喪。我錢包裡沒有錢，但我讓奈許醫師請我喝一杯咖啡、點一塊胡蘿蔔蛋糕，並趁他付錢時挑了一個窗邊座位。戶外陽光普照，中庭草坪上射下長長的影子，紫花點綴其間。

奈許醫師從桌下拉出椅子。此時我們兩人獨處，他顯得放鬆許多。「給妳，」他將托盤放到我面前，說道：「希望這樣可以。」

我發現他自己點了茶；他從桌子中央的缽裡舀糖加入時，茶包還浮在深濃的茶水中。我喝了一口咖啡，臉皺了一下。很苦，而且太燙。

「這樣可以，」我說：「謝謝。」

「對不起。」他過了一會才說。起初我以為他在為咖啡道歉。「我不知道那裡面會讓妳那麼難受。」

「很容易引起幽閉恐懼，」我說：「而且好吵。」

「是啊，的確是。」

「我把緊急按鈕弄掉了。」

他不置一詞，只是攪弄著茶。他撈出茶包放到托盤上，然後啜飲一口。

「結果如何？」我問道。

「很難說。妳慌張了，這並非太不尋常的事。就像妳說的，那裡面並不舒服。」

我看著桌上那塊蛋糕，都還沒碰，乾巴巴的。「那些照片，都是些什麼人？你從哪兒拿到的？」

「那些是混合的，有些是從妳的病歷資料裡拿到的。幾年前，班恩把照片捐出來。我也請妳從家裡帶了一些來，以便做這個練習，妳說這些都貼在妳的鏡子周圍。有些是我提供的，是妳從未見過的人，就是我們所謂的控制組。我們把所有照片都混在一起。照片中有些人妳從很小就認識，是妳應該或可能會記得的。像是家人、同學。其他人則來自妳肯定不記得的人生階段。我和派克斯頓醫師想看看妳是否以不同的方式取得這些不同階段的記憶。最強烈的反應當然是針對妳的先生，但妳對其他人也有反應。儘管妳不記得過去生命中的人，神經元的激發模式卻肯定存在。」

「那個紅頭髮的女人是誰？」我問道。

他微微一笑。「會不會是老朋友？」

「你知道她叫什麼名字嗎？」

「可惜不知道。照片夾在妳的檔案資料裡，並沒有標示。」

我點點頭。**老朋友**。這我當然曉得，我只是好想知道她的名字。

「不過，你說我對照片有反應？」

「是的，對其中一些。」

「這樣是好的？」

「我們得進一步研究，才能眞正下定論。這項測試還非常的新。」他說：「屬於實驗性質。」

「我明白。」我切下蛋糕的一角。咖啡味道太苦，糖霜又太甜。我們靜坐了片刻。我問他要不要吃一點蛋糕，他婉謝了，拍拍肚子說：「得注意這個！」但我覺得他還不必擔心，雖然看起來有可能長出大肚腩，小腹卻還算平坦。而且他現在還年輕，幾乎尚未留下歲月的痕跡。

我想到自己的身體。我並不胖，甚至沒有過重，但這身子仍舊令我吃驚。坐下時，它會變成我意想不到的形狀。臀部下垂，翹腳時大腿會摩擦，傾身向前端杯子時，胸罩裡的乳房會晃動，像是在提醒我它們的存在。淋浴時，隱隱約約會感覺到臂膀下方的表皮在微微搖晃。我比自己以爲的更大，我占的空間比自己意識到的更多。我不是個小女孩，不結實，表皮不會緊繃地包住骨頭，我甚至不是青少女，我身體的脂肪已開始層層出現。

我看著還沒吃的蛋糕，好奇著將來會有何進展。也許我會繼續膨脹，會變胖、變肥，像派對氣球一樣不斷脹大。也或者我會保持現在的體型，卻永遠無法適應，只能在浴室鏡子裡看著臉上的皺紋變深、手上的皮膚變得薄如洋蔥皮，就這樣一個階段一個階段變成老女人。

奈許醫師低下頭搔搔頭頂。從他的髮絲之間可以看見頭皮，正中間有一圈特別明顯。我想他還不會注意到，但總有一天會的。他會看到照片中自己的背影，或是在更衣室裡大吃一驚，或是美髮師或女友會告知他。他抬起頭時，我心中暗想歲月不會饒過任何人。只是方法不同罷了。

「喔，對了，」他帶著一種強自雀躍的聲音說道：「我有樣東西要給妳，一樣禮物。其實，也不算是禮物，只是一樣妳可能會想要的東西。」他彎身從地上拿起公事包。「妳很可能已經有一本了。」他邊說邊打開，從中取出一包東西。「喏，拿去。」

我拿到手時就知道了。還會是什麼呢。拿在手中沉甸甸的。他裝在氣泡紙袋內，用膠帶封起，還用粗粗的黑色馬克筆寫上我的名字。**克莉絲汀**。「這是妳的小說，」他說：「妳寫的那本。」

我不知該有何感覺。萬一明天需要的話，這是證據，我心想，證明了我日記裡寫的是真的。信封袋裡只裝了一本書。我拿了出來。是一本平裝書，不新了。封面上沾了一圈咖啡漬，書頁邊緣也因日久而泛黃。奈許醫師是否把自己的書給了我？這本書現在還在發行嗎？書拿在手上時，我又像前幾天那樣看到自己；較年輕，年輕得多，拿起這本小說，企圖爲第二本鋪路。但不知怎地我知道沒有成功——第二本小說始終沒有完成。

「謝謝你。」我說：「謝謝你。」

他淡淡一笑。「別客氣。」

我把書放進大衣裡頭，回家這一路上，它都像心臟般跳動著。

我一回到家裡就開始看我的小說，但只是迅速翻閱。我想趁班恩回家前，盡可能把記得的事寫到日記裡，但一寫完日記、收藏好之後，便又匆忙下樓，仔細端詳我得到的東西。

我把書翻過來。封面設計是一張書桌的素描，桌上安放著一部打字機，有隻烏鴉棲在滑動托架上，頭歪到一邊，彷彿正讀著穿插在裡頭的紙頁。烏鴉上方印著我的名字，再往上是書名。

《晨鳥》，上面寫著，**克莉絲汀．盧卡斯**。

翻開書時，我兩手抖個不停。書中的扉頁有句獻詞。給父親，接著還有幾個字，我想念你。

我閉上雙眼，一段記憶翩然而至。我看見父親躺在床上，白光耀眼，他的皮膚呈半透明，覆著一層汗水，幾乎閃閃發光。我看見他手臂上有一根管子，點滴架上掛著一袋清澈液體，還有一個紙盤和一管藥錠。有個護士正在替他量脈搏、血壓，他卻昏迷不醒。母親坐在床榻另一邊，極力忍住不哭，而我卻強逼著自己掉淚。

這時傳來一股氣味。剪下的花和低處骯髒的土，香甜也令人作嘔。我看見他火化的那天。我身穿黑衣，而且隱約知道這是正常的，但這回沒有化妝。母親坐在祖母身旁。布簾拉開，靈柩滑離，我哭了，腦中想像著父親化爲灰燼。母親緊抓我的手，然後一起回家，喝便宜的氣泡酒、吃三明治，隨著太陽慢慢落下，她也沒入半明半暗之中。

我嘆了口氣。影像消失了，我睜開眼睛。我的小說，就在眼前。

我翻到第一頁，開場白。就在這時候，我寫道，在引擎呼嘯聲中，她的右腳猛踩下油門，手放開方向盤，闔上雙眼。她知道會發生什麼事。她知道會有何下場。她一直都知道。

我迅速翻到小說的中間部分，讀了其中一段，隨後又讀了接近尾聲的一段。

我寫的是關於一個名叫露兒的女人，和一個名叫喬治的男人（我猜應該是她丈夫），故事似乎發生在戰時。有點失望。我不知道自己在期望什麼——也許會是篇自傳？——但這部小說能給我的答案似乎很有限。

然而，當我翻到封底時仍暗忖，我至少把書寫出來了，出版了。

本該放置作者照片的地方空空的，倒是有一段短短的簡介。

克莉絲汀．盧卡斯，一九六〇年生於北英格蘭，簡介中寫道。她曾在倫敦大學學院主修英文，現今定居於倫敦。這是她的第一部小說。

我暗自一笑，感到既快樂又得意。**這是我寫的。**我想讀它，想解開它的秘密，但同時卻又不想。我擔心現實會剝奪我的快樂，要嘛我會喜歡這本小說，進而為自己永遠再也寫不出第二本而傷心；要嘛我不喜歡，然後為自己始終未能一展長才而沮喪。很難說哪個可能性比較大，但我知道總有一天，當我無法抗拒自己唯一成就的拉引，到時就會明白。我將會發現答案。

但不是今天。今天我有其他東西要發現，這東西比傷心更悲慘許多、比純粹的沮喪更傷人，這東西可能讓我身心俱裂。

我試著將書偷偷塞回信封袋，發現裡頭還有樣東西。是一張字條，對摺了兩次，邊緣微捲。奈許醫師在上頭寫著：**我想妳對這個應該會有興趣！**

我打開紙張，最上面他寫了《**標準報**》，**一九八六年**。底下是一篇新聞報導，旁邊還有張照片。我盯著文章看了一、兩秒，才察覺這是我的小說的評論，照片中的人是我。

我拿著紙，雙手顫抖。不知道為什麼。這是幾年前的文章，不管是好是壞，不論有何影響，都已是陳年舊事。它如今已成歷史，泛起的漣漪已完全消逝。但對我來說很重要。那許多年前，我的作品獲得什麼樣的風評呢？我是成功的作家嗎？

我將文章瀏覽一遍，希望在不得不分析其中細節之前，先了解大致的論調。文字迸現在我眼前，大多是正面的。**深思熟慮、觀察入微、筆法純熟、體現人性、冷酷寫實。**

我看著照片，是黑白的，只見我坐在書桌前，身子轉向鏡頭，以怪異的姿勢抱著自己。有個東西讓我不自在，不知是鏡頭後面那個人，或是我的坐姿之故。儘管如此，我仍面帶笑容。我的頭髮長而蓬鬆，雖然是黑白照，似乎仍看得出頭髮比現在黑，好像染過或是溼溼的。我身後有兩扇落地窗，從照片角落剛好能看見窗外一棵光禿禿的樹。照片下方有一排字：**克莉絲汀・盧卡斯，在北倫敦家中。**

這想必是我和奈許醫師曾造訪的那棟房子。剎那間，我幾乎有一股難以抑制的衝動想回那兒去，帶著這張照片一起，說服自己：沒錯，這是眞的，當時我存在過。這曾經是我。

但這點我當然已經知道。雖然不記得，但我知道當時在那裡、站在廚房裡的我曾想起班恩，班恩，還有他搖晃勃起的性器。

我笑了笑，摸摸照片，指尖輕輕撫過，像個盲人在摸索隱藏的線索。我摸過頭髮邊緣，摸過臉頰。照片中的我看起來很不自在，但某方面也顯得容光煥發。我彷彿有一個秘密，像符咒般收藏著。是的，我的小說出版了，但還有點其他的什麼，不只如此而已。

我仔細端詳，看出身上那件寬鬆洋裝底下隆起的胸部，還有我一手橫抱在肚子上。忽然間，記憶又無端冒出——我正坐著等候拍照，面前的攝影師站在三角架後面，剛剛和我討論過這本著作的女記者在廚房裡晃來晃去。她朝這邊高喊，詢問情況如何，我們倆愉快地齊聲回答：「很好！」並笑了起來。「就快好了。」他邊說邊換底片。女記者點了根菸，又衝著我喊，但不是問我介不介意，而是問有沒有菸灰缸。我有點氣惱，但只是有點。事實上，我自己也好想抽菸，但我戒菸了，自從我發現……

我再次望著照片，知道了。照片裡的我，懷著身孕。

我的心思暫停了一下，接著開始飛奔，就在眞相大白的危險邊緣被自己給絆了一跤，眞相就是我坐在餐廳等著拍照時不僅懷了孕，而且事先已經知道，也很高興。

這沒道理啊。發生了什麼事呢？這孩子現在應該……多大了？十八？十九？二十歲？

可是我沒有孩子，我心想。**我兒子哪兒去了**？

我感覺到世界再度傾覆。那個詞：**兒子**。我想到了，並斬釘截鐵地對自己說。不知怎地，在我內心深處某個角落，就是知道自己懷的是個男孩。

我抓住椅子邊緣想坐穩，這時又有一個詞迸出表面、爆裂開來。**亞當**。我覺得我的世界從一道溝槽滑入了另一道溝槽。

我有過孩子。我們替他取名叫亞當。

我站起身來，裝著小說的袋子滑落到地上。我的心思有如終於啓動的引擎呼嘯奔馳，能量在體內四處彈跳，彷彿亟欲宣洩而出。客廳的剪貼簿裡也沒有他，這我知道，否則今天早上翻看的時候，我會記得看過自己孩子的照片，我會問班恩那是誰，我會寫在日記裡。我把剪報連同小說一起塞回信封袋，然後奔上樓。我進到浴室，站在鏡子前，看都沒看自己的臉一眼，卻是環顧四周，看著過去的照片，當我失去記憶時，必須藉以重建自我的照片。

我和班恩。我的獨照，班恩獨照。我們倆和另一對夫妻，年紀較大，我想是他的父母。我，年輕得多，圍著圍巾，正面帶微笑、愉快地拍著一隻狗。但沒有亞當。沒有嬰兒，沒有學步的幼兒。沒有他第一天上學、運動會、假日拍的照片。沒有他在堆沙堡的照片。一張也沒有。

這沒道理。這肯定是每個家長都會拍，而且絕不會丟棄的照片，不是嗎？

一定有的，我心想。我將照片掀起，看看底下還有沒有貼其他的，像地層一樣層層覆蓋的歷史。但是沒有。除了淡藍色壁磚、平滑的鏡面之外，什麼也沒有。一片空白。

亞當。這兩個字在我腦中旋轉。我閉上眼睛，想起了更多記憶，每個都以猛烈的力道衝撞而來，閃爍片刻後消失不見，卻隨即誘發下一波。我看見亞當，看見他那總有一天會變成棕色的金髮，看見他堅持穿到早已太小、非丟不可的那件蜘蛛人T恤。我看見他在嬰兒車裡睡覺，想起當時覺得他是我見過最完美的嬰兒、最完美的事物。我看見他騎著一輛藍色腳踏車，一輛塑膠三輪腳踏車，隱約知道那是我們買給他的生日禮物，他到哪兒都騎。我看見他在公園裡，頭弓在把手上方，咧嘴笑著衝下斜坡朝我騎來，一轉眼間，腳踏車不知撞到小徑上什麼東西扭了一下，他立刻往前撲，摔倒在地。我看見自己抱著哭泣的他，抹去他臉上的血，在仍舊不停打轉的車輪旁找到他掉在地上的一顆牙齒。我看見他拿自己的畫給我看——藍藍的一條是天空，綠色是地面，中間有三個不成形的人物和一間小房子，我還看見他到哪兒都要抱著的玩具兔。

我瞬間又回到現實，回到我站立的浴室，但我再次閉上眼睛。我想記起他上學或是青少年時期的模樣，或者想像他和我或他父親在一起的模樣。但想不起來。當我試圖組織這些記憶，它們便幡然消失，就像隨風翻飛的羽毛，一旦伸手去抓便會改變方向。我反倒是看見他拿著不停往下滴的冰淇淋，接著是他臉上沾滿甘草糖漬，接著是他在車後座睡著了。我只能眼看這些記憶浮現，再以同樣快的速度消失。

我使勁克制自己才沒有把眼前的照片撕掉。我眞想把它們從牆上撕下，尋找兒子的蹤跡。不過，就好像擔心任何一舉一動都可能導致手腳不聽使喚，我只是呆立在鏡子前，繃緊身上的每一吋肌肉。

壁爐架上沒有照片，沒有在牆上貼著明星海報的青少年臥室，洗衣籃或待燙的衣堆裡沒有T恤，樓梯下方的櫥櫃裡沒有磨損不堪的運動鞋。即使他已離家，也肯定會有他存在過的跡象吧？會留下些許痕跡吧？

但沒有，他不在這棟屋裡。我不禁打了個寒噤，因爲他好像並不存在，從未存在過。

我不知道自己在浴室裡站了多久，看著他的缺席。十分鐘？二十分鐘？一小時？有一刻，我聽見前門傳來鑰匙轉動、班恩在腳墊上擦鞋的刷刷聲。我沒有動。他走進廚房，接著進餐廳，然後往樓上喊我，問我是否一切安好。他的口氣聽起來很焦急，聲音裡有一種緊張尖銳的聲調是我今天早上沒有聽到的，但我只是喃喃答道沒事，一切都很好。我聽見他走進客廳，打開了電視。時間就此打住。我將所有的心思掏空，只剩下一項需求與一絲恐懼完美地維持平衡：我一方面必須知道兒子發生了什麼事，一方面又害怕可能得知的答案。

我將小說藏在衣櫥後，隨即下樓。

我站在客廳門外，試著緩和呼吸卻辦不到，熱切的氣息大口大口上湧。不知道該怎麼跟班恩說，該如何告訴他我知道亞當的事？他會問我怎麼知道的，到時該如何回答？

不過無所謂，什麼都無所謂，除了打聽兒子的事情之外。我閉上眼睛，直到自覺已恢復往常的平靜，才輕輕推開門。我感覺到門滑過粗粗的地毯。

班恩沒有聽見我開門的聲音。他坐在沙發上看電視，大腿上擺了一個盤子，上頭有半塊餅乾。我感覺一股怒氣上騰。他看起來是那麼逍遙快活，嘴邊掛著一抹微笑。他笑了起來。我好想衝過去抓住他、大聲尖叫，直到他吐露一切，告訴我爲什麼把我的小說藏起來，爲什麼把我兒子的形跡藏起來。我要他把我失去的一切都還給我。

但我知道這麼做無濟於事。於是我咳了一聲，輕輕、細細的一聲，意味著：**我不想打擾你，可是……**

他看見了我，露出笑容。「親愛的，妳來啦！」

我步入客廳。「班恩，」我叫了一聲，聲音很緊，聽起來不像我。「班恩，我得和你談談。」

他臉色轉爲憂慮，並起身走向我，腿上的盤子滑到地板。「怎麼了，親愛的？妳沒事吧？」

「沒事。」我說。他來到離我一公尺左右停下，伸出雙臂等我投入他懷裡，但我沒有。

「到底出了什麼事？」

我看著我的丈夫，看著他的臉。一切似乎都在他的掌控中，就好像他已經歷過，已習慣這種歇斯底里的場面。

我再也無法不提起兒子的名字。「亞當在哪裡？」我喘著氣說出這串話。「他在哪裡？」

班恩臉色驟變。是詫異？是震驚？他嚥了一下口水。

「告訴我！」我說。

他將我擁進懷裡。我想把他推開，但沒有這麼做。「克莉絲汀，求求妳，冷靜一點。這一切我都可以解釋，好嗎？」

我想跟他說不好，事情一點也不好，但還是沒出聲。我把臉埋進他的衣褶中，不讓他看到。

我開始顫抖。「告訴我，拜託你馬上告訴我。」

我們坐在沙發上，我在這一頭，他在另一頭。這是我希望我們保持的起碼距離。

我並不希望他說話，但他說了。

他又說了一遍。

「亞當死了。」

我感覺自己繃緊起來，像是把硬殼緊緊閉上的軟體動物。他的話，一如有刺的鐵絲網般鋒利。

我想到得知父親罹病消息的那一幕，想到從祖母住處返家的途中，擋風玻璃上那隻蒼蠅。

他又開口了：「克莉絲汀，親愛的。對不起。」

我很生氣，生他的氣。王八蛋，我暗想，雖然明知不是他的錯。

我強迫自己說話：「怎麼死的？」

他嘆氣道：「亞當去當兵。」

我啞口無言。一切都在消退，直到只剩痛苦與我同在，再無其他。痛苦，濃縮成一個點。一個我不知道曾有過的兒子，他成了軍人。一個念頭閃過腦際。荒謬的念頭。*我母親會怎麼想？*

班恩又說話了，聲音斷斷續續的。「他進了皇家海軍，被派駐到阿富汗。他戰死了，去年的事。」

我嚥了一下口水。喉嚨很乾。

「爲什麼？」我問道，接著又問：「怎麼會？」

「克莉絲汀……」

「我想知道。」我說：「我必須知道。」

他伸手牽著我，我由著他，但見他並未挪近身子，倒是鬆了口氣。

「妳一定不會想知道詳情的。」

我頓時怒火上升。實在忍不住。憤怒，又恐慌。「他是我兒子！」

他別過頭去，望向窗戶。

「他當時在一輛裝甲車內，」他說得很慢，簡直像喃喃自語。「他們在護送軍隊。遇上了炸彈，在路邊。其中一名士兵大難不死，亞當和另一人卻沒能活下來。」

我閉上眼睛，聲音也壓得低低的。「他當場就死了嗎？有沒有受苦？」

班恩嘆了口氣，片刻後才說：「沒有，他沒有受苦。他們認爲應該是很快就結束了。」

我望向他坐的那一端。他沒有看我。

你在撒謊，我暗想。

我看見亞當在路旁失血致死，又連忙將這念頭驅除，專心一意地什麼都不想，讓腦子一片空白。

我的心思開始打轉。許多問題。我不敢問的問題，只怕答案會要我的命。他小時候、青少年時期、長大後是什麼樣子？我們親不親近？會不會吵架？他快樂嗎？我是個好母親嗎？還有，這個曾經騎過塑膠三輪車的小男孩，最後怎會死在世界的另一端？

「他跑到阿富汗做什麼？」我問道：「爲什麼會去那裡？」

班恩說我們在打仗，是一場反恐戰爭，但我不明白那是什麼意思。他說美國發生了攻擊事件，很可怕的攻擊，死了數千人。

「結果我的孩子就死在阿富汗了？我不懂……」

「事情很複雜，他一直很想從軍，他認爲這是在盡義務。」

「盡義務？你認爲他這樣是在盡義務嗎？他的義務？我也這麼想嗎？你爲什麼不說服他去做其他事情？任何事都好。」

「克莉絲汀，這是他想要的。」

有那麼可怕的一刻，我差點笑出來。「讓自己送命？這是他想要的？爲什麼？我甚至從來不曾認識他。」

班恩陷入沉默。他緊握住我的手，一滴淚水從我腮邊滑落，如酸液般滾燙，又一滴，接著滴落更多。我揩去淚水，深怕一哭再也停不下來。

我覺得我的心開始封閉，開始放空，縮入虛無。「我甚至從來不曾認識他。」我說。

稍後，班恩拿來一個盒子，放在我們面前的矮几上。

「我把這些收在樓上。」他說：「爲了保險起見。」

保什麼險？我暗想。盒子是灰色的，金屬製。是一般人可能用來放錢或重要文件的那種。無論裡面是什麼，想必都很危險。我想像著野獸、蛇蠍、飢餓的大老鼠、毒蟾蜍。或是一種無形的病毒，一種放射性物質。

「爲了保險起見？」我說。

他嘆了嘆氣。「有些東西若是妳一個人的時候撞見不太好，這些最好由我來向妳解釋。」

他坐到我身邊，打開盒子。我看見裡面除了紙沒有其他東西。

「這是亞當小時候。」他說著拿出一疊照片，遞了一張給我。

那是我的照片，在某條街上。我正朝著鏡頭走來，有個嬰兒——是亞當——用嬰兒袋綁在我胸前。他的身體向著我，卻轉頭看著拍照的人，臉上的笑容像極了沒有牙齒的我。

「這是你拍的？」

班恩點點頭。我又看了看照片，已經破損，邊緣有點髒汙，褪色程度彷彿正慢慢地漂白。我。一個嬰兒。看起來不像眞的。我試著告訴自己，我是個母親。

「這是什麼時候？」我問道。

班恩的視線越過我肩頭。「當時他應該六個月大。算算大概是一九八七年吧。」

也就是我二十七歲那年。好像已經過了一輩子。

我兒子的一輩子。

「他是幾月出生的？」

他又把手伸進盒子裡，然後交給我一張紙。「一月。」他說。那紙發黃、脆弱。是一紙出生證明。我默默讀著。上面有他的名字。亞當。

「亞當・惠勒。」我念出聲來，給自己聽也給班恩聽。

「惠勒是我的姓。」他說：「我們決定讓他跟著我姓。」

「當然了。」我說著把紙舉高到面前，感覺好輕，輕得不像能承載如此重大的意義。我想把它吸入體內，成爲我的一部分。

他又遞給我幾張。

「來，」班恩取過我手上的紙摺起來，說道：「這裡還有更多照片，如果妳想看的話。」

「我們手邊的照片不多。」我看照片時他說道：「很多都沒了。」

他說得好像是把照片遺落在火車上或是送給陌生人保管似的。

「嗯，我記得，我們家發生火災。」我不假思索便說。

他用力瞇起眼睛，神情怪異地看著我。

「妳記得？」他問道。

忽然我又不確定了。是他今天早上跟我說了火災的事，還是我記得他前幾天跟我說過？又或者只是早餐後在日記裡讀到的？

「其實是你告訴我的。」

「我有嗎？」他問道。

「有。」

「什麼時候？」

什麼時候呢？是當天早上，或是幾天前？我想到我的日記，想起他出門上班後我讀了日記。他是在我們坐在國會山上時，向我提起火災的事。

我原本可以趁機告訴他寫日記的事，但不知爲何退縮了。對於我想起某事他似乎不太高興。

「你去上班之前，」我說：「我們翻看剪貼簿的時候。我想你應該說過。」

他皺皺眉。對他說謊的感覺很難受，但我覺得若再吐露更多，恐怕便應付不來了。「否則我怎麼會知道？」

他直視著我。「大概吧。」

我安靜了片刻，看著手上那疊照片。眞是少得可憐，而且盒子裡看來也所剩不多。眞的只有這些能用來敘述我兒子的一生，再也沒有其他了嗎？

「火災是怎麼發生的？」我問道。

壁爐架上的鐘響起。「那是很多年前的事了。在我們的舊家，我們搬到這裡來以前住的地方。」我納悶他指的是不是我去過的那間。「我們失去了許多東西，書啊、文件啊，之類的。」

「但當時是怎麼起火的？」我問。

他沉默了一會，一度欲言又止，之後才說：「是場意外，純粹是場意外。」

不知他隱瞞了我什麼。是我沒將菸蒂捻熄，或是沒拔掉熨斗的插頭，還是任由水燒乾了？我想像自己在前天待過的那個有水泥流理檯和白色廚具的廚房裡，但卻是多年以前。我看見自己站在一只滋滋作響的油鍋前面，手搖著網籃，裡頭裝了正在油炸的馬鈴薯片，一面看著薯片浮出油面又隨即翻滾而下。我看見自己聽到電話鈴響，手往腰際的圍裙上抹了抹，走進玄關。後來呢？我接電話的時候，油爆炸起火了嗎？還是我信步走回客廳，或到樓上浴室去，根本不記得自己開始做晚飯了？

我不知道，永遠不可能知道，但很感謝班恩告訴我那是一場意外。對一個沒有記憶的人而言，家事充滿無數危險，換作另一個丈夫可能會指出我的錯誤與缺點，可能會忍不住給予斥責。我碰了碰他的手臂，他微微一笑。

我用拇指翻弄著照片。其中有一張是亞當戴著塑膠牛仔帽、繫著黃色領巾，正舉起塑膠步槍瞄準拍照的人，還有一張是大了幾歲的他，臉變瘦了、髮色也開始轉深，身上穿著襯衫，連領釦都扣上了，還打著一條兒童領帶。

「那是在學校拍的。是正式的大頭照。」班恩指著照片笑說：「妳看，眞可惜，照片拍壞了！」

領帶的鬆緊帶露出來，沒塞進衣領下。我用手摸摸照片。沒有拍壞，我心想，拍得好極了。我努力去回想兒子，想看見自己拿著鬆緊領帶跪在他面前，或是替他梳頭髮、爲他擦傷的膝蓋抹去乾涸的血跡。

什麼都想不起來。照片裡的男孩和我一樣有著厚厚的雙唇，眼睛則約略有我母親的影子，但除此之外，他和陌生人並無兩樣。

班恩拿出另一張照片遞給我。裡頭的亞當又大了一點，大概七歲吧。「妳覺得他像我嗎？」他問道。

他抱著一顆足球，穿著短褲和白T恤，短髮上結滿汗珠。「有一點，」我說：「可能吧。」

班恩面露微笑，我們又繼續一起看照片。大多是我和亞當的合照，偶爾才有一張他的獨照；這些想必多半是班恩拍的。有幾張是他和朋友合照、有對夫妻在派對上介紹他、他穿著海盜裝、拿著一把紙劍。還有一張是他抱著一隻小黑狗。

照片當中夾了一封信，是用藍色蠟筆寫給聖誕老公公的信。紙上寫了一串歪七扭八、龍飛鳳舞的字。他說他想要一輛腳踏車，或是一隻小狗，並答應會乖乖聽話。他不但署名還寫上自己的年齡。四歲。

不知道爲什麼，讀信時我的世界似乎瓦解了。悲傷的情緒像手榴彈在我胸口爆裂。我本來一直很平靜——不是快樂，甚至不是無奈，而是平靜——如今那份祥和消失無蹤，彷彿蒸發了。底下的我赤裸裸。

「對不起。」我說著將整疊照片交還給班恩。「我沒辦法，現在不行。」

他抱了抱我。我覺得喉頭就要嘔出東西來，卻硬將它往下嚥。他要我別擔心，告訴我一切都會沒事，提醒我他會陪在我身邊，說他永遠都會在。我依偎著他，我們就坐在那兒，一齊輕輕搖晃。我覺得麻木，整個人完全脫離我們所在的客廳。我看著他替我倒一杯水，看著他闔上裝照片的盒子。我在啜泣。看得出他也心煩，但他的表情卻似乎還帶點其他意味。可能是無奈，或是承受，但不是震驚。

我心中一凜，頓時明白這些他全都經歷過了。他的哀傷已是舊有，已有足夠的時間在他內心沉澱，成爲他根基的一部分，而不是會晃動根基的東西。

只有我的哀傷是初始的，每天都是。

我道了個歉，便上樓來到臥室。回到衣櫥。繼續往下寫。

這些趁機攫取的時刻。跪在衣櫥前或靠在床上。書寫著。我全身發熱。字句源源不絕地湧出，幾乎想都不用想。一頁接著一頁。現在我又動筆了，班恩卻以爲我在休息。我停不下來。我想寫下這一切。

不知道我寫小說時是否也如此滔滔不絕。或者當時速度比較慢，斟酌推敲得比較多？要是能記得就好了。

我下樓後，替我們倆各沖了一杯茶。加入牛奶攪拌時，我想到自己想必曾無數次爲亞當準備餐點、做蔬菜濃湯、打混合果汁。我端著茶回到班恩身邊。「我是個好母親嗎？」我把茶遞給他，問道。

「克莉絲汀……」

「我非知道不可。我的意思是，我怎麼應付得來？應付一個小孩？我……那時候他肯定還很小。」

「妳出意外的時候？」他接著說：「他當時兩歲。不過妳是個非常稱職的母親，在那件事之前一直都是。後來嘛……」

他不再作聲，任由接下來的句子消失不見，同時掉過頭去。不知他本來想說什麼，他轉念後決定不告訴我的是什麼。

不過，我知道的也已足以填補某些空白。我或許記不起那個時候，但可以想像。我能看見每天都有人提醒我已經結婚還有小孩，告知丈夫和兒子來看我了。我能想像自己每天都像初次見面似地問候他們，也許略顯冷漠，或純粹只是驚慌失措。我能看見我們必然承受的痛苦，我們每一個人的苦。

「沒關係，」我說：「我明白。」

「妳連自己都無法照顧。妳病得太重，我沒法接妳回家照顧。我不能留妳一個人，即使只有幾分鐘也不行。妳會忘記自己在做什麼，常常會走開來。我很擔心妳想放水洗澡卻忘了關水，或是想煮點東西卻忘了已經開火。對我來說負擔太重了，所以我留在家裡照顧亞當。我母親會幫忙。不過我們每天晚上都會來看妳，而且……」

我拉起他的手。

「對不起，」他說：「只是想起那時候，覺得好難。」

「我知道。」我說：「我知道。可是我母親呢？她有沒有幫忙？她當了外婆高興嗎？」他點點頭，似乎正想說些什麼。「她死了，對不對？」我問道。

他拉著我的手。「她在幾年前去世了。很抱歉。」

我想得沒錯。我感覺自己的心開始閉合，好像再也不能處置更多哀傷，更多這零零碎碎的過往，但我知道明天醒來，這一切都將不復記憶。

我能在日記裡寫下什麼，好讓我能安然度過明天、再隔一天、再之後的一天呢？

我眼前浮現一個影像。是個女人，紅頭髮。亞當入伍。一個名字自然而然地出現。*克萊兒會怎麼想？*

就是這個。我朋友的名字。*克萊兒*。

「那克萊兒呢？」我問道：「我的朋友克萊兒，她還活著嗎？」

「克萊兒？」班恩困惑的神情持續了好一會兒，接著變了臉色。「妳記得克萊兒？」

他顯得訝異。我提醒自己——起碼日記是這樣寫的——幾天前我就告訴過他我記得跟她去參加派對，在屋頂上。

「對，」我說：「我們是朋友。她怎麼樣了？」

班恩神色悲傷地看著我，我登時全身僵硬。他說得很慢，但說出的消息沒有我所擔心的那麼糟。「她搬走了。很多年前的事，大概將近二十年了吧。其實就在我們結婚幾年後。」

「搬去哪兒了？」

「紐西蘭。」

「我們還有連絡嗎？」

「本來還連絡了一陣子，但沒有了，後來就沒有了。」

我最好的朋友，在國會山上憶起她後我是這麼寫的，而今天想起她時，也感好像不太可能。受到相同的親密感。否則我何必在乎她怎麼想？

「我們吵架了？」

他遲疑不答，我再次感覺這其中有一種算計、一種調整。我領悟到班恩當然知道哪些事會影響我的情緒。這麼多年來，他已經知道哪些是我能接受的，哪些又是我們不該涉足的危險領域。畢竟這不是他第一次進行這番對話，他事先已有機會練習，有機會得知該走哪些路才不會蹂躪我的人生版圖，而讓我倉皇逃向他處。

「沒有。」他說：「我想應該沒有。妳們沒有吵過架，總之我沒有聽妳說過。我想妳們只是漸行漸遠，後來克萊兒交了男友、結了婚，他們就搬走了。」

這時腦海又出現一個畫面。克萊兒和我開著玩笑說我們永遠不會結婚。「沒用的人才需要結婚！」她邊說邊將一瓶紅酒舉到唇邊，我雖附和著，卻也知道總有一天我會當她的伴娘，她也會是我的伴娘，我們會穿著婚紗、坐在飯店房間裡，邊做頭髮邊啜飲杯中的香檳。

我忽然感受到一股濃濃的愛。雖然幾乎全然不記得我們在一起的時候、我們共度的生活，而到了明天就連這一點記憶都會消失，但多少能感覺到我們仍緊密相連，她曾一度是我生命中最重要的人。

「我們有去參加她的婚禮嗎？」我問道。

「有。」他點點頭，同時打開腿上的盒子翻找。「這裡有幾張照片。」

是婚禮的照片，但不是婚紗照；這幾張拍得模糊、灰暗，出自業餘者之手。我猜是班恩吧。

我愼重地端詳第一張。到目前爲止，我只在記憶中見過克萊兒。她正如我所想像，瘦瘦高高的，要說有什麼不同，就是更漂亮吧。她站在一座懸崖頂上，洋裝很透明，隨著微風輕颺，太陽正從她身後的海面慢慢沉落。好美。我將照片放下，又看了其他的。有幾張是她和丈夫——一個我認不得的男人——合照，也有幾張我加入了他們，身穿淡藍色絲質衣裳，美麗程度僅僅略遜一籌。的確，我當過伴娘。

「有沒有我們婚禮的照片？」我問道。

他搖搖頭。「照片放在另一本相簿，相簿沒了。」

可不是。火災。

我將照片交還給他。感覺好像在看另一個人的人生，不是我自己的。我一心只想趕緊上樓，寫下這些發現。

「我累了。我需要休息。」

「好啊，」他說著伸出手來。「給我。」他從我手上拿過那疊照片，放回盒內。「這些我會好好保管。」他闔上盒蓋，我則上樓拿出日記，寫下這段。

午夜時分。我上床了，獨自一人。試著去理解今天所發生的一切，我所得知的一切。我不曉得能不能辦到。

我決定在晚餐前泡個澡。我隨手鎖上浴室門，迅速瀏覽貼在鏡子周圍的照片，此時卻只注意到缺漏的部分。我轉開熱水龍頭。

我了解到大多數的日子裡我根本不記得亞當，但今天只看到一張照片就想起他了。難道這些照片是刻意挑選的，好讓我專注在自己身上，不讓我想起失去的一切？

浴室裡開始熱氣蒸騰。我聽見丈夫在樓下的動靜。他打開了收音機，爵士樂聲飄上來傳入我耳中，模糊不明。樂聲掩蓋著刀子切在砧板上的規律聲響，他應該是在切胡蘿蔔、洋蔥、甜椒，正在做晚飯，就好像今天和其他日子並無不同。

我發覺，對他而言並無不同。我內心充滿哀傷，他卻沒有。

我不怪他沒有每天告訴我，關於亞當、我母親或克萊兒的事。換成是我，也會這麼做。這些都是痛苦的事，倘若能一整天不想起來，我便能免去憂傷，他也能免去帶給我憂傷的痛苦。他知道我隨時隨地帶著這些破碎記憶，猶如帶著許多迷你炸彈，任何一刻都可能有一顆炸彈穿破表面，迫使我每一次都像初次體驗這番痛苦，同時還要拉著他一起。這樣的他該有多想保持緘默，他的人生又該有多辛苦啊。

我緩緩脫下衣服，摺疊好放在浴缸旁的椅子上。我光著身子站在鏡子前，注視著這個不熟悉的身體，並強迫自己端詳皮膚上的皺紋、下垂的胸部。我心想，我並不認識自己。我記不得我的身體，也記不得我的過去。

我往鏡子靠前一步。就在那裡，在我的小腹、我的臀部與胸部上。細細的、銀白的線條，參差的歷史疤痕。之前沒有見過，因爲沒有尋找過。我想像自己畫出它們的成長圖，期望線條隨著身體膨脹而消失。現在卻慶幸它們仍在，是一種提醒。

鏡中的我開始消失在霧氣中。我想我很幸運，很幸運能有班恩，能有一個人在這裡，在我的家照顧我，儘管我並不記得這個家。我不是唯一受苦的人。今天他也和我經歷了同樣的事，但上床時卻知道明天或許還得重來一遍。換作另一個丈夫，很可能會覺得無力或無意應付。另一個丈夫很可能會拋棄我。我凝視自己的面容，彷彿想把這影像烙入腦海，將它留在靠近表面之處，等我明天醒來就不會感到那樣陌生、那樣震驚。倒影完全消失後，我轉身跨入水中。我睡著了。

我沒有做夢，也可能是感覺沒有，但醒來後有點迷糊。浴室變得不一樣，水依然溫熱，有人在敲門。我睜開眼，什麼也認不得。鏡子很樸素，沒有裝飾，鑲在白色而不是藍色的瓷磚上。一道浴簾從頭上的橫桿垂掛下來，洗臉槽上方的置物架上倒蓋著兩只杯子，馬桶旁邊還設置了一個坐浴桶。

我聽到有人說：「我馬上就來。」卻發覺是我的聲音。我從浴缸坐起，望向上了栓的門。對面牆上的掛鉤掛著兩件浴袍，都是白色，而且同款，上面繡著RGH的字樣。我站了起來。

「快點！」門外傳來聲音。聽起來像是班恩，又不太像。接著叫喊聲變得像念經似的。「快點！快點，快點，快點！」

「是誰啊？」我問道，但聲音並未停止。我踏出浴缸，地板鋪了瓷磚，黑白斜紋。地上溼溼的，我感覺自己滑了一跤，雙腳、雙腿都沒站穩，猛摔到地上，連同浴簾一起扯落蓋在身上。跌倒時，頭撞到洗臉槽，我高聲大喊：「救救我！」

這時我真的醒了，而且有另一個不同的聲音在叫我。「克莉絲汀！莉絲！妳沒事吧？」我認出那是班恩，而剛才只是一場夢，不禁鬆了口氣。我睜開眼睛，人還躺在浴缸裡，衣服摺放在旁邊的椅子上，我的生活照貼在洗臉槽上方的淡藍色瓷磚上。

「沒事，」我說：「我沒事，只是做了個惡夢。」

我起身，吃了晚飯，然後上床。我想寫，想趁著我所得知的一切消失前全部記下來。我不確定在班恩上床前，會不會有時間。

但還能怎麼辦？我心想，今天已經花了好多時間書寫，他一定會起疑，會好奇我一個人在樓上都做些什麼。我總是告訴他我累了，需要休息，而他也相信我。

不能說我不內疚。我聽到他躡手躡腳地在屋裡走動，開關門也盡可能放輕聲音以免吵醒我，而我卻埋首於日記本，振筆疾書。但我別無選擇。我必須記錄這些事。寫日記似乎比任何事都重要，因爲若不這麼做，我將會永遠記不得。我必須找藉口繼續寫日記。

「我今天就睡客房吧。」我說：「我心情不好，你懂吧？」

他說他懂，說他明天早上會來看我，會在他上班前來確認我沒事，然後便和我親吻道晚安。現在我聽見他關掉電視，轉動前門的鑰匙。把我們鎖在屋裡。到處遊蕩對我沒好處吧，我想，至少以我目前的狀況而言。

眞不敢相信再過一會兒，當我入睡後，將會再次把兒子忘得一乾二淨。對他的記憶曾顯得如此眞實、如此生動，到現在都還是。而且即使在浴室小睡之後，我也仍記得他。一段較長的睡眠會抹煞一切，似乎很難置信，但班恩，還有奈許醫師，都說這是千眞萬確的事。

我膽敢期望他們錯了嗎？現在每天都能記起更多，醒來時對自己的了解也更多。也許情況正在好轉，書寫日記正逐漸帶出我的記憶。

將來回顧時，我會發現一個關鍵的突破日，說不定那個突破日就是今天。有可能。

現在我累了。我不久就會停筆，接著藏起日記，關上燈。睡覺。暗自禱告明天醒來時還會記得我兒子。

十一月十五日星期四

我人在浴室。不知在那兒站了多久。只是呆呆看著我和班恩那些幸福微笑的合照，原本該有三個人的。我直盯著照片，動也不動，彷彿這樣便能讓亞當的影像浮現，以意志力化虛為實。但並沒有。他仍然不見影蹤。

我醒來時並不記得他，一點也不記得，心裡仍以為當母親是一件坐落在未來、光芒閃耀且令人憂心的事。即便是看到自己的中年面孔、得知自己已為人妻、很快就要老得可以當祖母了，即便在這些事實讓我頭暈目眩之後，當奈許醫師來電告訴我日記藏在衣櫥裡，我仍未做好心理準備。我沒有想到會發現自己竟也是個母親，竟然已經有小孩。

我將日記捧在手上，一讀就知道這是事實。我生過孩子。我感覺得到，那感覺充滿了我的毛細孔，就好像他還跟我在一起。我讀了一遍又一遍，試著牢記在心。

然後我繼續往下讀，卻發現他死了。好像很不真實，不太可能。我的心在抗拒這項情報，明知是事實卻仍試圖否定。我感到一陣噁心，膽汁溢升至喉頭，將它往下嚥時，房間竟然開始飄浮。頃刻間，我覺得自己開始往前倒向地板，日記本從我的大腿滑落，我強忍住痛苦的嘶喊，站起身來，驅使自己走出臥室。

我走進浴室，再次看著理應有他的照片，內心感到絕望，不知道班恩回家後我該怎麼辦。我想像著他進屋來、親吻我、做晚飯，想到我們一起用餐，然後看電視，或是做平常晚上做的事，而我卻得從頭到尾假裝不知道曾經失去一個兒子。然後我們會一起上床，接著……

這似乎已超過我能承受的範圍。我停不下來，甚至不太清楚自己在做什麼。我開始抓照片，撕著、扯著。好像只是一轉眼的時間，照片就不見了。散落在浴室地板上，飄浮在馬桶水面上。

我抓起這本日記，放進袋子。錢包裡空空如也，我想起日記寫著壁爐架的時鐘後藏了兩張二十英鎊鈔票，於是便抽出一張，接著跑出屋外。我不知道要往哪裡去。我想見奈許醫師，卻不知道他人在何處，就算知道也無法前往。我覺得無助，孤單。於是我拔腿就跑。

到了街口我往左轉，朝公園跑去。今天下午陽光露臉，橘色光線從停放的車輛與上午暴風雨後留下的水坑反射出來，但氣溫很低，吐出的氣息在臉龐周圍凝成白霧。我把大衣拉緊一些，圍巾攏住耳朵，繼續匆匆而行。樹葉從樹上掉落，在風中翻飛，最後在排水溝上堆成一灘褐色爛泥。

我步下人行道。一陣剎車聲，有輛車戛然停止。玻璃後面傳來男人的聲音，悶悶的不太清楚。

滾一邊去！聲音喊道。**愚蠢的賤女人！**

我抬頭一看，人竟在馬路中央，一輛車停在我面前，駕駛正怒吼著。我產生一種幻覺，是我自己，金屬與骨頭對撞，皺縮、扭曲，接著滑倒在汽車引擎蓋上，或是在車身底下，躺了下來，全身糾結成一團，結束一段已毀的人生。

眞能這麼簡單嗎？那許多年前由第一次撞車所開啓的人生，能由第二次撞車加以終結嗎？我覺得好像已經死去二十年，但這一切最終都非得走向死亡嗎？

有誰會想念我？我丈夫。也許還有一個醫生，雖然我只是他的病患。但別無他人了。我的圈子有可能就這麼小嗎？難道我的朋友都一一棄我而去？如果我死了，會多快便遭人遺忘？

我看著車裡那個男人。他，或者某個像他的人，對我做了這樣的事。剝奪了我的一切，甚至剝奪了我的自身。而他卻安然健在。

還不行，我心想，**還不行**。無論生命要如何結束，我都不希望是這個樣子。我想到曾寫過的小說、曾撫養過的孩子，甚至多年前和摯友參加過的煙火派對。我還有回憶要去挖掘，還有事情要去探索，還有我自己的眞相要去發現。

我喃喃說了聲「對不起」，便繼續往前跑，越過馬路、衝過一道柵門，進入公園。

草地中央有間小屋，是一間咖啡館。我走進去買了咖啡，然後找一張長椅坐下，兩手捧著保麗龍杯取暖。對面有一個遊戲場，一座滑梯、幾張鞦韆、一個旋轉木馬。有個小男孩坐在一個金龜子形狀的座位上，位子底下用粗粗的彈簧固定在地上。我看著他自己前搖後擺的，一手拿著冰淇淋，也不怕冷。

我心中閃過一個畫面，是我自己和另一個小女孩在公園裡。我看見我們倆爬階梯進入一個木籠，再順著一條金屬滑梯滑到地面。那麼多年前，那感覺多高啊，但如今看看這個遊戲場，當時的滑梯想必只比我的身高高不了多少。我們把洋裝弄得髒兮兮的，被母親痛斥，便拎著幾袋彩色軟糖或亮橘色脆糖離家出走。

這是記憶嗎？或是虛構？

我看著那個男孩。他孤單一人。公園裡顯得冷清清，烏雲罩頂的寒天裡，只有我們兩人。我喝了一口咖啡。

「喂！」男孩喊道：「喂！阿姨！」

我抬起頭，接著又低頭看自己的手。

「喂！」他喊得更大聲了：「阿姨！來幫我！幫我轉！」

他站起來走向旋轉木馬。「妳幫我轉！」他說著便動手去推那金屬裝置，但儘管臉上露出使勁的表情，木馬卻幾乎動也沒動。他只得放棄，滿臉失望。「拜託好嗎？」他說。

「你可以自己玩。」聽我這麼一喊，他顯得失望。我又啜飲一口咖啡，決定在這裡等著，不管他母親人在哪兒，我都會等到她回來。我會看著他。

他爬上旋轉木馬，扭動身子直到站定在正中央。「妳幫我轉！」他又說。這回聲音變低了，是哀求。要是沒來這裡，要是能把他趕走就好了。我彷彿脫離了人世，感覺很不自然，很危險。我想到方才從牆上撕下、散落在浴室裡的照片。來這裡是爲了求安靜，不是爲了這個。

我看了看男孩。他已經走開，又再次試著自己推轉木馬，他人站在木馬的平台上，雙腳幾乎搆不到地。看起來好脆弱、好無助。我朝他走去。

「妳推我！」他說。我把咖啡放到地上，咧嘴一笑。

「抓緊了！」我說完，將全身重量放到金屬桿上。沒想到如此沉重，但可以感覺木馬動了起來，我於是跟著走，好讓它加速。「要轉囉！」我說，接著往平台邊緣坐了下來。

他興奮地咧開嘴笑，雙手緊抓住金屬桿，好像轉圈轉得比實際上快得多似的。他的手看起來好冷，幾乎都發青了，身上穿著一件看似太過單薄的綠色外套，牛仔褲褲腳捲到腳踝。我尋思著不知是誰沒給他戴手套、圍圍巾或戴帽子，就讓他出門。

「你媽媽呢？」我問道。他聳聳肩。「你爸爸呢？」

「不知道。」他說。「媽媽說爸爸走了，說他不愛我們了。」

我望著他。他說得不帶一點難過或失望，對他而言，這純粹是陳述事實。有一度旋轉木馬彷彿完全靜定，變成世界繞著我們轉，而非我們在其中旋轉。

「但是媽媽肯定很愛你，對吧？」我說。

他靜默了數秒，說道：「有時候。」

「有時候不愛嗎？」

他頓了一下。「我覺得不愛。」我感覺胸腔裡砰咚一聲，像有什麼東西翻落，或是醒轉。「她說不愛。有時候。」

「眞可惜。」我說道，同時看著剛才所坐的長椅朝我們靠近，接著倒退。我們轉啊轉，一圈又一圈。

「你叫什麼名字？」

「阿菲。」他說。我們漸漸慢下來，世界在他的頭後方定住。我的腳碰到地面，用力一踢，讓我們再次旋轉。我叫著他的名字，卻像叫給自己聽。*阿菲*。

「有時候媽媽說要是我住在別的地方，她會比較好過。」他說。

我試著保持笑臉，保持愉悅的聲音。「她一定是在開玩笑吧。」

他聳聳肩。

我全身緊繃起來。我看見自己問他願不願意跟我走，跟我回家，一塊兒生活。我想像他面露喜色，儘管嘴裡說不能跟陌生人走。*但我不是陌生人啊*，我會這麼說。我會抱起他——他很重也很香，像巧克力似的——然後我們會一起走進咖啡館。*你想喝什麼果汁？*我會問，他會點蘋果汁。我會給他買飲料和一些糖果，然後離開公園。走路回家時，他會牽著我的手，回到我和丈夫同住的屋子，當天晚上我會替他切肉、做馬鈴薯泥，等他換上睡衣，我會讀故事給他聽，接著將被褥塞到他沉睡的身子底下，並輕輕親一下他的頭頂。明天。明天……

明天？我沒有明天，我心想。正如我沒有昨天。

「媽媽！」他大喊。我一度以爲他在叫我，卻見他跳下旋轉木馬，朝咖啡館奔去。

「阿菲！」我喊他，但旋即看到一個女人走向我們，兩手各握著一個塑膠杯。

男孩跑到她跟前，她見狀蹲了下來。「你沒事吧，小老虎？」她對著衝進懷裡的男孩說，接著抬起頭，視線越過他望向我。她瞇起眼睛，臉沉了下來。**我又沒做什麼壞事！**我想大喊，**別再煩我了！**

但我沒有，反而別過頭去，等她帶著阿菲離開後，才跳下木馬。此時天色轉暗，變成墨藍色。我坐在長椅上，不知道時間，也不知道出來了多久，只知道不能回家，現在還不能。我無法面對班恩，無法面對自己必須假裝對亞當一無所知、假裝不知道自己有過孩子的事實。有那麼一刻，我想對他全盤托出，說出我的日記、奈許醫師，說出一切。但我將這念頭從心中屏除。我不想回家，卻又無處可去。

當天色轉黑，我站起身離去。

屋裡一片漆黑。推開前門時，我不知道該有何期待。班恩可能會擔心我，他說過五點就會回家。我想像他正在客廳踱步——不知爲何，雖然今天早上沒看見他抽菸，我想像的畫面卻添加了一根點燃的香菸——又或許他出去了，開著車在大街小巷裡找我。我想像成群的警察和志工出動，拿著我的影印照片挨家挨戶地詢問，不禁感到愧疚。我試著告訴自己，雖然我失去記憶卻不是小孩，不是失蹤人口，目前還不是，即便如此，進屋時我還是準備好要道歉。

我喊道：「班恩。」無人回應，但我感覺到——不是聽到——屋裡有動靜。頭頂上某處，地板咿呀一聲，在屋子的平衡狀態中，幾乎難以察覺的移動。我又喊一聲，這回大聲了些。「班恩。」

「克莉絲汀？」一個聲音傳來，聽起來虛弱、嘶啞。

「班恩，」我說：「班恩，是我，我在這裡。」

他出現在上方，站在樓梯頂端，看起來像在睡覺。他身上仍是早晨出門上班的打扮，但此時襯衫已經發皺，鬆垮垮地掛在長褲外頭，頭髮也橫七豎八的，滑稽到有點像是被電擊，因此更強調了他震驚的表情。一段記憶飄掠而過——科學課堂和范德格拉夫起電機❺——但並未浮現。

他起步走下樓梯。「莉絲，妳回家啦！」

「我……我得出去透透氣。」我說。

「謝天謝地！」他走向我，拉起我的手。他的動作感覺像要握手，也像要確認我的手是眞的，但並無其他動作。「謝天謝地！」

他看著我，眼睛睜得大大的，閃著光。在昏暗光線下熠熠然的雙眼，像是哭過似的。**他多愛我啊**，我暗想，罪惡感也加深了一層。

「對不起，」我說：「我不是故意……」

他打斷我的話。「算了，別說這個好嗎？」

他將我的手拉到唇邊，臉上表情變得歡愉、快樂，所有焦慮一掃而空。他吻了我。

「可是……」

「妳現在回來了，這才要緊。」他扭開燈，然後稍微把頭髮撥整齊。「好啦！」他說著把襯衫塞進褲頭，「妳要不要先去梳洗一下？然後我們一塊兒出去，妳覺得如何？」

「我不太想，我……」

「克莉絲汀，我們該出去走走！妳看起來一副需要打氣的樣子！」

「可是班恩，我不想。」

「拜託好嗎？」他說完又拉起我的手，輕輕握著。「這對我意義重大。」他又拉起我另一隻手，將兩手合握在他的掌間。「我今天早上有告訴妳嗎？今天是我的生日。」

我能怎麼辦？我不想出門，但話說回來，我也沒有任何想做的事。我告訴他我會照他說的，先去梳洗，看看會不會覺得好些。我上樓去。他的情緒擾亂了我。之前他顯得那麼擔憂，但當我安然出現，那份擔憂立刻煙消雲散。他真的這麼愛我嗎？真的這麼信任我，以至於只在乎我的安全，不在乎我去了哪裡？

我走進浴室。或許他還沒看到散落一地的照片，由衷相信我出門散步去了。我還有時間湮滅跡證，隱藏我的憤怒、我的悲傷。

我隨手鎖上門，拉一下繩子把燈打開。地板已經掃乾淨了。照片就整齊地貼在鏡子周圍，彷彿從未撕下過，每一張都規規矩矩地回到原位。

我告訴班恩會在半小時後準備好，然後坐在臥室裡，以最快的速度寫下這段。

❺ Van de Graaff generator，為荷蘭裔美國物理學家范德格拉夫（1901-1967）所發明，用以產生靜電的裝置。

十一月十六日　星期五

後來發生什麼事，我不清楚。班恩告訴我昨天是他的生日之後，我做了什麼？上樓發現原本被撕下的照片又貼回原處以後，我做了什麼？不知道。或許我沖了澡、換了衣服，或許我們出門去了，上館子、看電影。說不準。我沒有寫下來，也不記得了，儘管只是幾小時前的事。除非去問班恩，否則永遠不得而知。我覺得我快瘋了。

今天早上，我醒得很早，發現他躺在我身邊。再度成爲陌生人。房裡很暗，很安靜。我躺著，不知道自己是誰、身在何處，因而害怕得全身僵硬。我腦子裡只想到逃跑，卻動彈不得。心像是被挖空，剩下一個洞，但接著一個個字詞浮現了。班恩、丈夫、記憶、車禍、死亡、兒子。亞當。

這些字詞懸在我眼前，時而清晰時而模糊。我無法將它們連繫起來，不知道它們的意義。這些字眼在我心裡旋轉、回響，像一篇咒語，隨後我又做夢了，想必是這個夢將我喚醒。

我在一個房間裡，躺在床上。懷裡有一個身軀，是個男人。他壓在我身上，很重，背很寬闊。我有種奇特而怪異的感覺，頭太輕、身子太重，房間在我身子底下搖晃，當我睜開眼，天花板也飄飄蕩蕩，無法聚焦。

我認不出這男人是誰——他的頭和我的頭靠得太近，看不見他的臉——卻能感覺到所有細節，甚至能感覺他的胸毛刺著我裸露的胸部。我的舌頭嘗到一樣東西，軟軟的、甜甜的。是他在吻我。他太粗魯了，我希望他停止，卻沒有出聲。「我愛妳。」他喃喃說道，話語沒入我的髮際、我的頸側。我知道我想說話——卻不知道想說什麼——但並不明白該怎樣才能做到。我的嘴巴似乎沒有和大腦連上線，因此當他吻我、湊在我的髮際說話，我只能躺著。記得當時我既想要他又希望他停止，記得他開始吻我時，我曾告訴自己我們不會做愛，但他的手順著我的背脊往下移到臀部，我並未反抗。同樣地，當他掀起我的上衣將手伸入，我心想：這個，這就是我容忍的極限。我不會阻止你，現在還不會，因爲我很享受。因爲你撫摸我胸部的手很溫暖，因爲我的身體起了愉悅的反應而微微震顫，因爲這是我第一次覺得像個女人。但我不會和你做愛。今晚不會。我們頂多只能到此爲止，就這樣，不能再深入。接著他脫去我的上衣，解開我的胸罩，這時碰觸我胸部的不是他的手，而是他的嘴，而我仍然自以爲很快就會阻止他。「不要」兩個字甚至已開始成形，在我心中凝固，但當我說出口的時候，他已將我往後推到床上，順手脫下我的內褲，情況起了變化，變成一種隱約讓我感到歡愉的呻吟。

我感覺到兩膝之間有個東西，硬硬的。「我愛妳。」他又說，我這才發覺是他的膝蓋，他正以一隻膝蓋強行打開我的雙腿。我不想稱他的意，卻同時也知道似乎該順應情勢，畢竟我已拖得太久，眼看著開口阻止他的機會一一消失。事已至此我別無選擇。當他拉下長褲拉鍊、笨拙地褪去內褲，我是想要他的，那麼現在，現在當我被壓在他身子底下，必定還是想要他。

我試著放鬆。他弓起身，發出呻吟，一個發自他臟腑深處、低低的驚人聲響。我看見他的臉了，我不認得，在夢中不認得，但現在我知道。是班恩。「我愛妳。」他說，我知道自己應該說些什麼，知道他是我丈夫，儘管我們好像當天早上才初次見面。我可以阻止他。我可以相信他會阻止自己。

「班恩，我……」

他用溼溼的嘴堵住我的嘴，我感覺到他猛力地撞擊著我。是痛苦，或歡愉。我分辨不出前者何時結束而後者何時開始。我抓著他汗溼的背，試著對他敞開自我，先試著去享受當下，接著當發現辦不到的時候，便試著去忽略。這是我自我的，我暗想，但同時也覺得，這從來不是我想要的。有可能同時想要又不想要某樣東西嗎？欲望有可能與恐懼並駕齊驅嗎？

我閉上眼睛，看見了一張臉，是個陌生人，深色頭髮，留著鬍子。臉頰上有一道疤。他看起來很面熟，卻不知道在哪兒見過。我注視他時，他的笑容消失了，這時我在夢裡放聲大喊。就在此時我醒過來，發現自己在一張平穩、安靜的床上，身旁躺著班恩，但我不知身在何處。

我下了床。要上廁所？逃跑？我不知道我要上哪兒去、要做什麼。如果當時知道有那本日記存在，我會悄悄打開衣櫥，拿出裝著日記的鞋盒，但我沒有。於是我走到樓下，前門上了鎖，藍色月光射過結霜的玻璃。我這才發覺自己光著身子。

我坐在樓梯底端。太陽升起，玄關從藍色轉爲橙褐色。沒有一件事說得通，尤其是那場夢境。感覺太眞實了，何況我正是在與夢中相同的臥室醒來，睡在一個出乎我意料的男人身旁。現在，奈許醫師已打過電話給我，我也讀過日記之後，有個念頭形成了。這會不會是一段記憶？前一晚留下的記憶？

我不知道。倘若眞是如此，這應該是進步的徵兆，但卻也代表班恩對我強行求歡，更糟的是這過程中，我竟看到一個留著鬍子、臉上橫過一道疤痕的陌生人影像。就所有可能的記憶而言，我似乎保留了殘忍的一段。

又或許它毫無意義，不過是一場夢，一場惡夢。班恩愛我，那個留鬍子的陌生人並不存在。

但我又怎能確知呢？

稍後，我見到奈許醫師。我們在車上等紅燈，奈許醫師用手指敲著方向盤邊緣，和收音機裡播放的音樂拍子不太合（那是我沒聽過也不喜歡的流行音樂），而我瞪視著前方。今天早上，我幾乎是一看完日記、一寫完關於那場有可能是記憶的夢，就打電話給他。我得找人談談，已身爲人母的消息原本像是我人生的一道細小裂縫，如今卻有造成威脅、導致我人生四分五裂的疑慮，於是他提議將下一次會面時間改到今天。他請我帶著日記。我沒有告訴他出了什麼事，打算等進了他的診所再說，但現在卻不知道能否說得出口。

燈號變了。他停止敲打，車身抖了一下重新移動。「班恩爲什麼不跟我說亞當的事？」我聽到自己說：「我不明白，爲什麼？」

他瞄我一眼，但沒有作聲。我們又往前開了一段路。前面那輛車的後置物板上，端坐著一隻塑膠狗，點頭如搗蒜的模樣十分滑稽，狗的後面出現一名幼兒的金髮。我想起阿菲。

原來是眞的。我一方面希望他會問我在說些什麼，但我一脫口說出「亞當」二字，便明白這是何等無益、何等錯誤的希望。感覺上，亞當是眞實的。他是存在的，在我體內、在我意識內，他占據的空間無人能比。無論是班恩，或是奈許醫師，甚至我自己。

奈許醫師輕咳一聲。「跟我說說發生了什麼事。」

我覺得憤怒。原來他一直都知情。

「還有你，你把我的小說給了我，那爲什麼沒告訴我亞當的事？」

「克莉絲汀，告訴我發生了什麼事。」

我從前側車窗凝望著外頭。「我記起了一些事。」我說。

他的目光橫掃過來。「眞的？」我沒答腔。「克莉絲汀，我試著想幫妳。」

我告訴了他。「是前幾天的事。你拿小說給我之後。我看到你一起放在信封袋裡的照片，忽然想起了拍照那一天。說不上來爲什麼，就是忽然想到了。我還想起自己當時懷孕了。」

他不發一語。

「你知道他的事？」我問道：「我是說亞當？」

他慢慢說道：「嗯，我知道。妳的病歷資料裡有寫。妳喪失記憶時他才幾歲大。」他頓了一下。「而且，我們以前談過他。」

我感到全身發冷，儘管車內很暖和，卻打了個寒顫。我知道自己有可能，甚至非常有可能曾經記起過亞當，但「我曾經歷過這一切，也因此還會再從頭經歷一次」這個赤裸裸的事實仍震撼了我。

他想必感覺到我的驚愕。

「幾個星期前，妳說妳在街上看到一個小孩，是個小男孩。起初妳不禁有股強烈的感覺，彷彿自己認識他，覺得他迷了路，但其實是要回家，回妳的家，而妳是他的母親。那時妳就想起來了。妳告訴班恩，他便跟妳說了亞當的事。當天稍後妳又告訴了我。」

這事我毫無印象。我提醒自己他說的不是陌生人，而是我。

「可是後來你沒有再跟我提起過他？」

他嘆了口氣。「沒有……」

我冷不防想起今天上午讀到的段落，關於我躺在掃描器中，他們讓我看的圖片。

「有他的照片！我做掃描的時候！其中他……」

「對，從妳的資料……」

「可是你沒有提到他！爲什麼？我不明白。」

「克莉絲汀，我不可能在每次療程一開始，就說出所有我知道但妳不知道的事，這點妳一定要接受。何況，我認爲這麼做對妳不一定有利。」

「對我有利？」

「沒錯，我很清楚，一旦讓妳知道自己曾有過孩子卻忘了他，妳會非常難過。」

我們停進一個地下停車場。溫和的日光逐漸消失，取而代之的是刺眼的螢光和汽油與水泥的氣味。我暗忖不知還有哪些是他基於職業道德而不曾告訴我的事，也不知我腦袋裡還裝了哪些已經設定好、開始倒數計時，隨時可能爆發的定時炸彈。

「還有沒有其他……？」我問道。

「沒有，」他沒有等我說完。「妳只生了亞當。妳只有過他這個孩子。」

有過。看來奈許醫師也知道他死了。我不想問，卻知道不得不問。

「你知道他死了？」

他停下車，熄掉引擎。停車場幽幽暗暗，只靠著幾盞日光燈照明，也很安靜，只偶爾聽見關門聲和電梯的隆隆聲。一度我以為還有機會。也許是我錯了，其實亞當還活著。這個念頭讓我心中燃起一絲希望。今天早上讀到日記中有關亞當的事，感覺很真實，但對於他的死訊卻不然。我試著去想像，或是去回想得知他死訊時的感受，然而我辦不到。好像不太對勁。我理應不勝哀傷，每天都應該充滿持續不斷的痛苦、充滿渴望、充滿「我的一部分已死、我將永遠無法再變得完整」的認知。對兒子的愛一定強烈得足以讓我記得自己的損失。假如他真的死了，那麼我的哀傷必然會強過我的失憶。

我發覺我並不相信丈夫，我不相信兒子死了。有一刻我的快樂殘存著，平衡著，但隨後奈許醫師開口了。

「是的，」他說：「我知道。」

激動之情在我內心噴射而出，猶如一場小爆炸，進而轉化為相反的情緒。比失望更慘，更具毀滅性的東西，與痛苦一起穿射而過。

「怎麼會……？」我幾乎無言。

他的說詞和班恩一樣。亞當，去當兵，路邊一顆炸彈。我傾聽著，決心鼓起勇氣不哭泣。他說完後停頓片刻，安靜無聲的片刻，之後伸出一隻手按著我的手。

「克莉絲汀，」他輕聲說道：「我很遺憾。」

我不知該說什麼，只是看著他。他傾身斜靠過來，我低頭看著他覆蓋在我手上的手，上頭有許多小刮痕縱橫交錯。我看見他稍晚回到家，逗著一隻小貓或是一隻小狗玩，過著正常的生活。

「我丈夫不跟我說亞當的事。他把他的照片全鎖在一個金屬盒裡，爲了要保護我。」奈許醫師不置一詞。「他爲何要這麼做？」

他看向窗外。我看見前面牆上噴著「婊子」兩個字。「讓我問妳同樣的問題好了，妳覺得他爲何要這麼做？」

我想了想，努力找出所有理由。如此一來他便能控制我、操縱我，如此一來他就能不給我這唯一可能讓我感到圓滿的東西。但我發覺自己根本不相信這些是眞正的理由。最後只剩下最平凡的事實。「我想這樣他會比較輕鬆。如果我不記得，就不告訴我。」

「爲什麼他會比較輕鬆？」

「因爲這事會讓我太難過吧。每天不僅要跟我說我有過孩子，還要說他已經死了，肯定是很可怕的事。更何況他死得這麼慘。」

「妳覺得還有其他原因嗎？」

我沉默不語，接著才懂了。「其實他一定也不好過，他是亞當的父親，而且……」我想到他是如何同時面對自己的哀傷，還有我的。

「克莉絲汀，妳覺得很難受，但妳一定要試著記住班恩也很難受，甚至就某些方面而言，他更難受。我想他非常愛妳，而……

「……而我甚至不記得他的存在。」

「沒錯。」他說。

我嘆了口氣。「我一定曾經愛過他，畢竟我嫁給了他。」他沒吭聲。我想到當天早上醒來時發現的陌生人，想到我所看見我們合拍的生活照，想到我夜裡做的夢，或是想起的記憶。我想到亞當、阿菲，想到我做過或打算要做的事。一陣恐慌油然而生。我覺得受困了，彷彿找不到出路，我的心像蜻蜓點水般從一件事跳到另一件事，找尋著自由與解脫。

班恩，我暗想。*我可以依附著班恩，他很強壯。*

「眞是一團亂。我只覺得好難承受。」

他回過頭來面對我。「我希望能做點什麼，減輕妳的負擔。」

他說得似乎很眞誠，似乎願意盡一切力量幫助我。他眼中流露出溫柔，就像他將手輕放在我手上那樣，此時此刻，在地下停車場的昏暗光線中，我竟然思忖著倘若將手輕覆在他手上，或是將頭略向前傾，凝視他的雙眼，並微微張開嘴，那會如何。他是否也會傾身向前？是否會想吻我？假如他這麼做，我會由著他嗎？

或者他會覺得我可笑？荒謬。或許今天早上醒來時，我自以爲才二十來歲，但事實並非如此。我已將近五十，老得都快能當他母親了。因此我沒採取任何行動，只是定定看著他。他不動如山地坐著，凝望著我，顯得很強壯，強壯到足以幫助我，幫我度過難關。

我張嘴想要說話，卻不知要說什麼，這時悶響的電話鈴聲打斷了我。奈許醫師沒有動，只是將手移開，想必是我其中一支電話響了。

我從袋子裡掏出響著的電話，不是掀蓋的，而是丈夫給我的那支。螢幕上顯示「班恩」。

看到他的名字，我才察覺自己有多不公平。他也遭受了剝奪，而他每天都得面對，卻無法和我談論，無法得到妻子的支持。

他做的這一切都出於愛。

而我竟然在這裡，和一個他幾乎不知其存在的男人坐在停車場內。我想到今晨在剪貼簿中看見的照片，我和班恩，一張又一張，面帶笑容、幸福快樂、充滿愛意。如果我現在回家去看，恐怕只會看到其中遺漏的部分。亞當。但照片還是一樣的，裡頭的我們彷彿眼中只有彼此，再無他人。

我們曾經相愛過，這點顯而易見。

「我晚點再打給他。」我說著將電話放回袋內。**今晚我要告訴他，我心想，關於我的日記、奈許醫師、一切的一切。**

奈許醫師清清喉嚨。「我們去診所吧，要開始做療程了。」

「好啊。」我說，眼睛卻沒看他。

奈許醫師載我回家途中，我開始寫下那段，字跡多半潦草難辨，像鬼畫符。我寫的時候，奈許醫師不發一語，但我發現當我在尋思正確的字眼或適當的句子，他會覷我一眼。不知他心裡想些什麼——離開診所前，他說自己受邀參加一場醫學研討會，並請我答應讓他在會中談論我的案例。「在日內瓦。」他說，語氣中難掩一絲驕傲。我說好，進而想像他很快就會問我能不能影印我的日記。**做為研究之用。**

回到家之後，他道別時加了一句：「我很驚訝妳竟然想在車上寫日記。妳好像非常……意志堅定。我想妳是不希望錯過任何一件事。」

然而我明白他的意思。他是說我瘋狂、急切渴望，渴望記錄下一切。他說得沒錯。我的確意志堅定。一進到屋裡，我便在餐桌前寫完那個段落，闔上日記、藏好之後才慢條斯理地更衣。班恩在電話上留了言。**我們今晚出去吧，他說，去上館子，今天是星期五……**

我褪去當天早上在衣櫥找到的海藍色亞麻長褲，脫掉我認爲和這條長褲最搭的淡藍色上衣。心中感到驚慌失措。療程當中，我把日記交給奈許醫師，因爲他問我能不能讓他看看，我說可以。這是在他提到受邀前往日內瓦之前，現在我懷疑他是否爲此才提出要求。「太棒了！」他讀完後說道：「眞的很好。妳記起了很多事啊，克莉絲汀。很多記憶都回來了，這情況沒道理不會繼續下去。妳應該非常振奮……」

但我並不覺得振奮。我覺得困惑。我是否在向他調情，或是他向我調情？是他把手放在我手上，但我卻讓他這麼做，而且放了很久。「妳應該繼續寫。」他把日記還給我的時候說道，我告訴他我會的。

此時我在臥室裡，試圖說服自己沒做錯什麼。但我仍感到內疚，因爲我確實很享受那種感覺，那種關注、那種連繫感。有一剎那，當其他事件仍持續發展之際，我有過那麼一丁點的喜悅，我自覺迷人、有魅力。

我拉開內衣抽屜，發現最裡面塞了一件黑色絲質半短內褲和一件款式相搭的胸罩。我將衣褲穿上——雖然感覺不像，但我知道這些衣物肯定都是我的——一面不停想著藏在衣櫥裡的日記。假如班恩發現了，會作何感想？假如他讀了我所寫的全部內容、我的所有感受，他會了解嗎？

我站在鏡子前。他會的，我告訴自己，他一定會的。我用雙眼和雙手檢視自己的身體，探索著，手指順著它的輪廓與起伏摸索，像在摸一樣新事物、一件禮物，一個必須從頭認識的東西。雖然知道奈許醫師並未與我調情，但在我以爲他在調情的那短暫瞬間，我不覺得老，我覺得又活了過來。

我不知道這樣站了多久。對我而言，時間綿延不斷，幾乎毫無意義。數年光陰就這樣溜走，無影無蹤。分鐘並不存在。我只能從樓下的鐘聲得知時間在流逝。我看著自己的身體，看著臀部與大腿的重量，還有腿上和腋下的深色毛髮。我在浴室找到一柄剃刀，在腿上抹了肥皂後，用冰冷的刀刃刮過皮膚。我想以前一定做過這件事，幾乎是無數次，但現在做來似乎仍覺得彆扭，有些荒謬。我刮破了小腿表皮，一陣細微的刺痛，接著湧出紅絨絨的血，顫晃了一陣才沿著腿往下流。我用一根手指抹起鮮血，當成蜜糖似的放到嘴邊，嘗到了肥皂與溫熱金屬的味道。血沒有凝固，我任由它流下剛剛變得平滑的表皮，再拿溼紙巾擦拭。

回到臥室後，我穿上絲襪和黑色緊身洋裝，並從梳妝檯的盒子裡選了一條金項鍊，和一對搭配的耳環。我坐在梳妝檯前化妝、上髮捲、噴髮膠，還在手腕和耳後噴灑香水。做這些事的當下，心中浮現了一段記憶。我看見自己將絲襪往上捲、迅速固定好吊襪帶的搭釦、扣上胸罩，但那是另一個我，在另一個房間。房裡安安靜靜，有音樂聲，但很輕柔，遠處傳來人聲、門的開關聲和模糊的汽車噪音。我感到平靜而快樂。我轉向鏡子，在燭光中檢視自己的臉。**還不錯**，我心想，**眞的很不錯**。

這記憶偏偏讓我搆不著，它在表面上微微閃動，雖能看見細節、斷續的影像與時刻，卻藏得太深，使我無法追隨而至。我看見一瓶香檳擺在一側的床頭櫃上、兩只杯子、一束花放在床上、一張卡片。我看見我在旅館房間裡，獨自一人，在等候心愛的男人。我聽到敲門聲，看見自己站起來，走向房門，但就到此爲止，好像電視看著看著，天線忽然收不到訊號了。我抬起頭，看見我又回到自己家裡。儘管鏡子裡的女人看起來很陌生，加上臉上的妝和噴了膠的頭髮，不熟悉的感覺肯定更加強烈，我卻覺得準備好了。準備好做什麼，我也說不上來，但就是覺得可以了。我下樓去等我的丈夫，我嫁的男人，我愛過的男人。

是現在，我提醒自己，*是我現在愛的男人*。

我聽見他插入鑰匙、推開大門、腳在踏墊上擦了擦。口哨聲嗎？或是我粗重的呼吸聲？聲音傳來。「克莉絲汀？克莉絲汀，妳還好嗎？」

「很好，我在這裡。」

他咳了一聲，接著是掛起雪衣、放下公事包的聲響。

他朝樓上喊道：「沒什麼事吧？我剛才打電話給妳，留了言。」

樓梯的吱嘎聲。我一度以爲他會直接上樓，進浴室或是書房，不會先來看我，不禁自覺愚蠢又荒謬，竟然如此盛裝、穿著他人的衣服等候這個不知和我結婚多久的丈夫。我眞想脫掉這身衣服、抹去彩妝，把自己變回原來的模樣，但我聽到他嘟噥一聲用鞋拔撬下一隻鞋，隨後是另一隻，這才發覺他正坐著換上拖鞋。樓梯又吱嘎作響，他走進了房間。

「親愛的，」他一開口隨即打住，目光游移過我的臉、順著我的身體下移，又往上與我的視線交會。看不出他怎麼想。

「哇，妳好……」他搖了搖頭。

「我找到這些衣服。」我說：「想稍微打扮一下，畢竟是星期五晚上，週末嘛。」

「沒錯，」他仍站在門口，嘴裡說著：「沒錯，可是……」

「你想去什麼地方嗎？」

這時我起身走向他，說道：「吻我。」雖然這不在計畫之中，卻似乎是該做的事，於是我伸出雙臂環抱他的脖子。他身上有肥皂、汗水和工作的氣味。有蠟筆般的甜味。片段的記憶浮現——我和亞當跪在地上畫畫——但稍縱即逝。

「吻我。」我又說一遍。他雙手摟住我的腰。

我們的唇碰在一起，起初只是輕觸，有如道晚安或再見的吻，公開場合的吻，給母親的吻。我沒有鬆開手，他又親我一下，還是一樣。

「吻我，班恩。認眞地吻。」

「班恩，」稍後，我問道：「我們快樂嗎？」

我們坐在一間餐廳裡，他說以前曾經來過，我當然沒有印象。牆上掛滿了裱框的人物照，我猜是一些三線名人；後面有個烤箱張開了口，等著披薩放入。我意興闌珊地吃著面前那盤甜瓜，卻想不起剛才有點這一道。

「我的意思是，」我接著說：「我們已經結婚……多久了？」

「我想想。」他說：「二十二年了。」聽起來久得有些不可思議。我想到今天下午更衣時產生的幻覺。旅館房中的花。想來我等的人也只有他了。

「我們快樂嗎？」

他放下叉子，啜一口我們點的乾白酒。隔壁桌剛剛來了一家人坐下，上了年紀的雙親、一名二十多歲的女兒。班恩說話了。

「我們很相愛，如果妳想問的是這個。我當然愛妳。」

就是這個，這是暗示，要我跟他說我也愛他。男人口中的我愛妳總是個問句。

然而我能怎麼說？他是個陌生人。無論我曾抱著多大的希望，愛情都不會在二十四小時內發生。

「我知道妳不愛我。」他說。我瞪著他，錯愕了半晌。「放心吧，我了解妳的處境，我們的處境。妳不記得了，但我們是相愛的，曾經。非常相愛，百分之百相愛。就像故事裡說的，妳懂嗎？羅密歐與茱麗葉之類的。」他想笑，卻反而顯得忸怩。「我愛妳，妳也愛我，我們過得很快樂，克莉絲汀。非常快樂。」

「直到我出了意外爲止。」

他聽到那個字眼畏縮了一下。是我說得太多嗎？我讀過日記，但今天他是否告訴過我肇事逃逸的車禍？我不知道，但無論如何，以我目前的情況，「出意外」應該是個合理的推測。我決定不再多想。

「對，」他語帶哀悽地說：「在那之前，我們很快樂。」

「現在呢？」

「現在？我很希望事情能有所不同，但我並不覺得不快樂。莉絲，我愛妳，其他人我誰也不想要。」

那我呢？我暗忖，我不快樂嗎？

我朝隔壁桌看去。那位父親正托著眼鏡，瞇眼端詳菜單，而他的妻子則幫女兒把帽子放好、解開圍巾。女孩自顧自地坐下，眼神空洞，嘴巴微張，右手在桌子底下扭動，一絲口水從下顎垂下來。她父親發現我在看，我連忙轉移目光回到自己丈夫身上，但速度太快，很難假裝不是在盯著他們瞧。他們想必已經習慣，習慣於人們晚了一步移轉的目光。

我嘆氣道：「但願我能記得發生了什麼事。」

「發生什麼事？」他說：「爲什麼？」

我想起所有先前想起的其他記憶，全都是短暫的、一時的，如今不見了，消失了。但我全寫了下來，我知道它們曾經存在過，也確實仍存在某處，只是暫時找不到罷了。

我很確定有一把關鍵之鑰，一定有一段記憶能解開其他所有記憶。

「我只是覺得，若能想起那場意外，說不定也能想起其他事。或許不是所有事，但也足夠了。好比我們的婚禮、蜜月。我連這些都不記得。」我啜飲一口酒，差點說出兒子的名字，幸好及時想起班恩不知道我讀到了關於他的事。「光是醒來能記得自己是誰，就很不錯了。」

班恩十指交扣，握起拳頭拄著下巴。「醫生都說不會有這種情形。」

「可是他們並不知道啊，不是嗎？是眞的嗎？他們可能弄錯了吧？」

「應該不會。」

我放下杯子。他錯了。他以爲一切都失去了，以爲我的過去已徹底消失。或許現在正是時候，可以告訴他關於我仍保有的片段時刻，有關奈許醫師、我的日記等一切。

「但我偶爾會想起一些事情。」我說。他顯得訝異。「我覺得記憶正在慢慢回來，斷斷續續地閃現。」

他鬆開手。「眞的嗎？哪些記憶？」

「喔，那不一定。有時也不是想起什麼事件，只是奇怪的感覺、體會。一些幻覺。有點像做夢，但實在眞實到不像我自己虛構的。」他沒有應聲。「那一定是記憶。」

我等著，期望他多問一些，並要我說說看到了什麼、又是怎麼知道自己經歷過哪些回憶。

但他沒有說話，只是繼續以哀傷的眼神望著我。我想到曾寫下的回憶，他在我們第一個家的廚房裡倒酒給我的那段。「我幻想過你，」我說：「比現在年輕得多……」

「我在做什麼？」他問道。

「沒什麼，」我回答：「只是站在廚房裡。」我想到坐在數呎外的女孩與她的父母，便將聲音壓到最低。「在吻我。」

他聽了微微一笑。

「我既然能想起一件事，就應該能想起更多……」

他伸手越過桌面，牽起我的手。「但重點是明天妳就不記得那段記憶了，這才是問題所在。妳沒有建立的基礎。」

我嘆了口氣。他說得沒錯，我總不可能一直把發生的事寫下來，寫一輩子，因爲我還得每天讀。

我望向隔壁桌那家人。女孩笨拙地舀起義式蔬菜湯送進嘴裡，把母親事先圍在她頸間的圍兜都弄溼了。我看得出來，他們的生活是破碎的，被困在照顧者的角色中，那是他們本以爲多年前便能卸下的角色。

我們都一樣，我心想。我也需要用湯匙餵食。而且我發覺，班恩愛我的方式很像那對夫妻對他們的孩子，永遠得不到回報。

然而，也許不盡相同。也許我們還有希望。

「你希望我好起來嗎？」我問道。

他似乎吃了一驚。「克莉絲汀，求求妳……」

「也許我可以找個人幫忙？像是醫生？」

「我們以前試過了……」

「但也許值得再試一次呢？醫學一直在進步，說不定有新的治療方式呢？」

他握緊我的手。「克莉絲汀，沒有的，相信我。我們全都試過了。」

「什麼？我們試過了什麼？」

「莉絲，拜託妳不要……」

「我們試過什麼？」我說：「什麼啊？」

「所有方法。一切都試了。妳不知道那是什麼情形。」他看起來不太舒服，兩隻眼睛左右滴溜溜地轉，好像隱約知道會有突擊，卻不知來自哪個方向。我大可以別再問了，但我卻繼續。

「什麼呢，班恩？我得知道，你說那是什麼情形？」

他默不作聲。

「告訴我！」

他抬起頭，艱難地嚥下口水，表情彷彿受到驚嚇，滿臉通紅、雙眼圓瞪。「妳陷入昏迷，每個人都以爲妳要死了，但我不。我知道妳很堅強，能撐得過去。我知道妳會好轉。後來有一天，醫院打電話給我，說妳醒了。他們認爲那是奇蹟，但我知道不是。是妳，是我的莉絲回到我身邊了。妳很茫然，很慌張，不知道自己身在何處，也想不起任何關於車禍的事，但妳認得我和妳的母親，只是不曉得我們是誰。他們說不必擔心，說受到這麼嚴重的傷害，喪失記憶是正常現象，說這只是暫時的。可是結果呢……」他聳聳肩，低頭看他手上的餐巾。我一度以爲他不再繼續說下去了。

「結果怎麼樣？」

「結果妳好像惡化了。有一天我去看妳，妳卻不知道我是誰，還以爲我是醫生。後來妳也忘了自己是誰，想不起自己的名字、出生年份，一切的一切。醫生發現妳同時也不再形成新的記憶，他們做了檢驗、掃描，什麼都做了，但毫無幫助。他們說那場意外損害了妳的記憶能力，而且是永久的，沒有辦法治癒，他們無能爲力。」

「無能爲力？他們什麼都沒做？」

「沒有。他們說妳的記憶若沒有恢復，以後也不會再恢復了，而且時間拖得愈長就愈不可能。他們說我唯一能做的就是照顧妳。這也是我一直在努力的。」他握住我的雙手，撫摸我的手指，同時輕撩過我的婚戒。

他傾身靠上前來，我們倆的頭僅有數吋之遙。「我愛妳。」他細聲說道，但我無法回應，接下來我們幾乎是沉默不語地吃完這一餐。我感覺內心生出一股怨氣，一股憤怒。他好像認定了我無藥可救，念頭如此堅定不移。霎時間，我忽然不太想告訴他關於日記或奈許醫師的事。我想把秘密多保留一陣子。似乎也只有這些東西堪稱屬於我了。

我們回到家，班恩給自己煮了咖啡，我走進浴室，在裡頭努力把今天的事寫下來，然後脫衣卸妝，穿上睡袍。一天又結束了，很快就要上床睡覺，大腦也將開始刪除一切。明天，全部都要重新再來一遍。

我發覺我並無野心，我不能有。我只想覺得正常，像每個人一樣過日子，經驗能一一累積，每一天都能形塑下一天。我希望能成長，能學習新事物，也能從事物中學習。在浴室裡的我，想到自己的老年，也試圖想像那會是什麼樣子。等我到了七老八十，是否每天醒來仍以爲自己的人生才剛要開始？當我醒來，是否不知道自己的骨頭已經老化、關節已然僵硬遲鈍？我無法想像自己該如何適應，當我發現人生已過了大半、能發生的都已發生，而我卻無一能展示證明，沒有回憶的寶庫、沒有經驗的財富、沒有累積的智慧能夠傳承。人若無記憶的累積，又有什麼意義？當我照鏡子，看見我祖母的倒影，會有什麼感覺？我不知道，但我現在不能讓自己去想這個。

我聽到班恩走進臥室，登時發覺已無法將日記放回衣櫥，便置於浴缸旁邊的椅子上，用我換洗的衣服蓋住。我心想，晚一點，等他睡著了再來拿走。我關了燈，進入臥室。

班恩坐在床上，看著我。我一言不發，只是爬上床到他身邊，這才發現他全身赤裸。「我愛妳，克莉絲汀。」他說著開始親吻我，頸間、臉頰、雙唇。他的氣息熾熱，帶著些許大蒜味。我不想讓他吻我，卻也沒有推開他。這是我自找的，我暗想。因爲穿了那身荒唐的洋裝，上了妝、噴了香水，出門前還要他吻我。

儘管心裡不情願，我仍轉身回吻他。我努力想像我們夫妻倆在合買不久的房子裡，一邊撕扯衣服一邊往臥室去，任由尚未烹煮的午餐在廚房腐壞。我告訴自己當時想必是愛他的，否則怎會嫁給他？因此現在沒有理由不該愛他。我告訴自己現在做的事很重要，這是愛、是感激的表達，當他一手移到我胸前，我沒有阻止他，反倒告訴自己這是自然的、正常的。當他的手滑向我兩腿之間弓握住，我也沒有阻止，只知道後來，過了好一段時間，我開始輕輕呻吟，但並非因爲他的舉動。那絕非歡愉，而是恐懼，原因在於我閉上眼睛所看到的景象。

我，在旅館房間裡。和我當天傍晚更衣時看見的是同一人。此時我看見蠟燭、香檳、花，聽見敲門聲，看見自己放下正在喝的酒杯，起身去應門。我感到興奮又期待，空氣中滿是承諾的氣氛。性愛與彌補。我伸出手，握住又冷又硬的門把，深吸一口氣。一切終究會沒事。

這時候，一個空洞。記憶中一段空白。門開了，朝著我開啓，但我看不見門後是誰。這時候，和丈夫躺在床上，恐懼卻無端襲來。「班恩！」我大喊，他卻沒有停止，甚至好像沒聽見。「班恩！」我又喊一聲，然後閉上眼睛，緊抱住他。我再次旋入過去。

他進了房間，在我身後。這個男人，他竟敢？我猛然轉身，但什麼也沒看見。一陣疼痛，灼熱的疼痛。喉嚨被緊扼。我無法呼吸。他不是我丈夫，不是班恩，但他卻在我全身上下其手，他的手和皮肉占滿了我。我試著呼吸，但辦不到。我的身體，顫慄著，癱軟無力，化爲烏有、化爲煙塵。水，進入我的肺部。我睜開眼，只看見一片猩紅。我就要死了，死在這裡，這間旅館房內。親愛的上帝，我心想，我從來不想要這個，從來不曾求過這個。一定要有人幫我，一定要有人來。我犯了一個可怕的錯誤，沒錯，但罪不至此吧。不至於要以死贖罪吧。

我感覺自己逐漸消失。我想見亞當，想見我丈夫，但他們不在。誰都不在，除了我和這個男人，這個用雙手掐住我脖子的男人。

我慢慢滑倒，往下，再往下。滑向黑暗。我不能睡。我不能睡。我。不。能。睡。

記憶驀然結束，留下可怕而空蕩的虛無。我雙眼倏地彈開，只見我又回到自己的家中，在床上，丈夫已進入我體內。「班恩！」我放聲大喊，但已經太遲。他射出時嗯哼了幾聲，小小聲地、模糊地。我以最大的力量緊緊抱住他，片刻過後，他親吻我的脖子，再一次告訴我他愛我，然後說：「莉絲，妳在哭……」

我啜泣起來，無法控制。「怎麼了？」他問道：「我弄疼妳了嗎？」

我能跟他說什麼？我搖搖頭，試著在心中思考方才看見的畫面。一個擺滿花的旅館房間。香檳和蠟燭。一個陌生人勒住我的脖子。

我能說什麼？我只能哭得更淒厲，將他推開，然後等著。等到他睡著，才能爬下床將這些全寫下來。

星期六 凌晨兩點零七分

我睡不著。班恩在樓上，又回床上去，而我在廚房裡寫下這段。他以為我在喝他剛剛替我沖泡的可可。他以為我很快就會回去睡覺。

我會的，但我得先寫寫日記。

此刻屋裡幽暗寂靜，但稍早時，一切都顯得栩栩如生，都放大了。寫完做愛過程中看到的景象後，我把日記藏回衣櫥裡，偷偷爬回床上，卻仍覺得焦躁不安。我聽見樓下時鐘的滴答聲、整點的鐘響、班恩輕微的鼾聲。我感覺到羽絨被單蓋在胸口的觸感，眼裡只看見身旁鬧鐘的微光。我背轉過身，閉上雙眼。我只能看見我用雙手緊掐喉嚨，讓自己無法呼吸。我只能聽見自己的聲音，一次次的回響。我就要死了。

我想到我的日記。多寫一點會不會有幫助？再讀一次呢？我眞的能從藏匿處取出日記而不吵醒班恩嗎？

他躺著，在黑影中幾乎看不見。*你在對我撒謊*，我心想。因為他的確是。不管是小說的事，或亞當的事。現在，關於我是怎麼走到這一步，像這樣被困住，我也很確定他在撒謊。

我很想把他搖醒，很想尖叫。*為什麼？為什麼你說我是在結冰的路上被車撞倒的？*我很好奇他想保護我不被什麼所傷。眞相會有多糟？

還有些什麼？什麼我不知道的？

我的思緒從日記轉移到班恩收藏亞當照片的金屬盒，心想也許那裡頭會有更多解答。也許我會找到眞相。

我決定下床。我將被子往後掀摺，以免吵醒丈夫，然後從藏匿處拿出日記，光著腳悄悄走到樓梯平台。此時，屋子浸潤在微藍的月光下，有一種不同的感覺。彷彿凍結了，凝滯了。

我隨手帶上房門，木頭擦過地毯窸窣作響，門關上時又輕輕喀嗒一聲。接著，我站在樓梯平台上，迅速翻閱先前所寫的，讀到了班恩說我被車撞到，讀到了他否認我寫過小說，讀到了我們的兒子。

我得看看亞當的照片。但上哪去看呢？「我把這些收在樓上，」他這麼說過：「為了保險起見。」這個我知道，我記下了。但確切位置在哪兒呢？客房？書房？我不記得曾經看過的東西，又該從何找起？

我將日記放回剛剛拿出的地方，走進書房，然後也將門關上。月光射過窗戶，在房內投下灰濛濛的光線。我不敢開燈，不能冒險讓班恩發現我在裡頭翻找。他會問我在找什麼，而我將無言以對，說不出理由來。到時會有太多問題要回答。

我在日記裡寫過，是個金屬盒子，灰色的。先看桌面。一部迷你電腦，附帶一面平坦得不可思議的螢幕，原子筆和鉛筆插在筆筒，一疊疊文件整理得整整齊齊，還有一個海馬形陶瓷紙鎮。桌子上方的牆面釘著行事曆，布滿彩色標籤、圓圈和星號。桌子底下有個皮包和字紙簍，都是空的，旁邊擺了一個文件櫃。

先從這兒找起。我慢慢拉開最上層抽屜，盡量不出聲。裡面都是紙，分門別類的檔案，標示著「家庭」「工作」「財務」。我迅速翻動文件夾，發現後面有一個塑膠藥瓶，但光線太暗看不清藥名。第二個抽屜裡全是盒子、紙本、筆、立可白等等文具，我輕輕關上後才蹲下來打開底層抽屜。

有條毯子，或是毛巾，在昏暗中很難辨識。我掀起一角，往下摸了摸，碰到冷冷的金屬，便順手拉出。底下是個金屬盒，比我想像的還大，大到幾乎把抽屜都塡滿了。我設法用兩手捧住它，卻發覺比我想像中還重，抱出來放到地上時差點打滑。

盒子就端坐在我眼前。有一會兒，我不確定自己想怎麼做，甚至不確定是否要打開它。裡頭會有什麼新的意外呢？就如同記憶本身，盒中可能也包藏我想都想不到的眞相。無法想像的幻夢和出乎意外的恐懼。我很害怕。但我領悟到，這些眞相是我僅存的了。這是我的過去，是這些才讓我得以爲人。沒有了這些，我什麼都不是，就和動物沒兩樣。

我深深吸一口氣，同時閉上眼睛，動手掀開蓋子。

打開了一點點之後便不再移動，我以爲是卡住了，又試一次，接著再一次，這才明白是上鎖了。班恩把它鎖起來了。

我試著保持鎭定，但怒火不由自主地上升。他有什麼資格鎖住這個記憶之盒？不讓我得到屬於我的東西？

鑰匙肯定就在附近，我找了抽屜裡面，攤開毛巾抖一抖。接著站起來，將筆都傾倒在桌上，再往筆筒裡瞧。什麼也沒有。

絕望之餘，我盡可能就著些許光線搜索其他抽屜，但找不到鑰匙，這才明白可能放在其他地方。任何地方都可能。我膝蓋一軟跪了下來。

忽然有個聲響。咿呀一聲，好輕好輕，我還以爲是自己的身體弄出來的。但隨即又傳來一聲。是呼吸，也可能是嘆息。

有人聲。班恩的。「克莉絲汀？」接著又喊得更大聲。「克莉絲汀！」

怎麼辦？我坐在他的書房裡，眼前地板上擺著班恩以爲我不記得的金屬盒。我開始驚慌。有一扇門開了，平台上的燈亮起，照亮了門周的縫隙。他來了。

我趕緊動作，將盒子放回，砰地關上抽屜，爲了爭取速度只好犧牲安靜。

「克莉絲汀？」他又喊道。平台上響起腳步聲。「克莉絲汀，親愛的？是我，班恩。」我一把將筆塞回桌上的筆筒，然後趴倒在地。門開始打開。

我不知該怎麼做，卻直接有所動作。這是直覺反應，比直覺更深層的本能。

「救我！」當他出現在開啓的門框中，我開口道。他背著平台上的燈光，我一度眞的感受到自己裝出來的恐懼。「求求你，救我！」

他開了燈，朝我走來。「克莉絲汀！妳怎麼了？」他一面問一面蹲下身子。

我往後縮，不讓他碰我，直到身子壓在窗戶下方的牆壁。「你是誰？」我說著，竟發現自己哭了起來，全身顫抖不能自已。我朝身後的牆面揮抓，抓住垂掛的窗簾，彷彿努力想拉直身子站起。班恩停在原處，在書房的另一端。他向我伸出一隻手，好像我很危險，是隻發狂的野獸。

「是我，」他說：「妳的丈夫。」

「我的什麼？」我說，接著又問：「我怎麼了？」

「妳患了失憶症。」他說：「我們已經結婚多年了。」接下來，當他替我沖這杯此時仍放在我面前的可可時，我便傾聽著他將我已經知道的事從頭道來。

十一月十八日　星期日

那是發生在星期六清晨的事。今天是星期日。中午左右吧。已經過了一整天，沒有留下紀錄。二十四小時，遺失了。二十四小時，一直相信班恩告訴我的一切，相信我從未寫過小說，從未有過兒子，相信是一場車禍剝奪了我的過去。

也許情況會和今天不同，奈許醫師沒有打電話來，我沒有發現這本日記。或者也可能他打來了，我卻選擇不去讀日記。我打了個冷顫。萬一有一天他決定再也不打電話來，會怎麼樣？我將永遠不會發現日記，永遠不會去讀，甚至永遠不會知道日記的存在。我不會知道自己的過去。

這簡直無法想像。我現在知道了。關於我喪失記憶的原因，我丈夫的說詞是一回事，我的感覺又是一回事。我有沒有問過奈許醫師我的遭遇？就算問過，他說的話能信嗎？我唯一擁有的事實就是寫在這本日記裡的內容。

我自己寫的。我必須記得這點。我自己寫的。

我回想今天早上，想起強烈的日光穿透窗簾，驀然將我喚醒。睜開雙眼見到陌生景物時，我感到困惑。然而，雖然想不起特別的事件，卻感覺自己回顧的是一段豐富的歷史，而不只是短短數年。我也知道——儘管只是懵懵然——這段過往包含了我的一個孩子。就在完全清醒前的那一剎那，我知道自己是個母親，曾經生過孩子，我有責任養育與保護的不只有我自身而已。

我翻轉身子，意識到床上有另一個人，一隻手臂勾在我的腰間。我並未覺得恐慌，反而很安心。快樂。我更清醒了些，影像與感覺開始連結事實與記憶。首先我看到我的小兒子，聽到我在叫他的名字，亞當，他正朝我跑來。接著想起我的丈夫，他的名字。我深深感受到愛意。我露出微笑。

平和的感覺並未持續。我望向身旁的男人，那張臉卻不是我預期見到的。片刻後，我才察覺我並不認得這個過夜的房間，也不記得是怎麼進來的，最後終於發現自己什麼事也記不清了。那些短暫而斷續的片段並非我最具代表性的記憶，而是所有的記憶。

當然，班恩曾對我解釋過，或至少解釋了一部分。當奈許醫師來電、我找到日記後，它又解釋了其餘的部分。我沒有時間全部讀完——我對著樓下喊，佯稱頭痛，接著便仔細留神樓下的一舉一動，只怕班恩隨時可能拿著阿斯匹靈、端著一杯水上樓來。但我讀得夠多了。日記讓我知道自己是誰、如何走到這一步、此時擁有些什麼，又失去了些什麼。它讓我知道尚未全盤皆輸，我的記憶正逐漸恢復，只不過速度很慢。我看著奈許醫師讀我的日記那天，他也這麼說。**很多記憶都回來了，克莉絲汀**，他說。**這情況沒道理不會持續下去**。日記告訴我肇事逃逸是個謊言，而且在我內心深處某個角落，還記得自己喪失記憶當晚發生的事。和結冰道路上的車輛無關，而是關於香檳、花和某個旅館房間的敲門聲。

現在我有了一個名字。今天早晨睜眼時預期看見的人，名字不叫班恩。是艾德。我醒來時以爲躺在旁邊的人叫艾德。

當時我不知道這個「艾德」是誰。我心想也許他不重要，只是我不知從哪兒看到，隨意瞎說的一個名字。又或許他是我的舊情人，是我沒有完全遺忘的一夜情對象。但現在讀過了日記，並得知自己在旅館房間內遭襲，所以我知道這個艾德是誰了。

他就是那天晚上在門外等候的人。他攻擊了我、竊取我的人生。

今天晚上，我試探我的丈夫。我並不想這麼做，甚至無此打算，但卻一整天憂心忡忡。*他為什麼對我說謊？為什麼？他每天都騙我嗎？他告訴我的過去只有一個版本，還是有好幾個？*我必須信任他，我心想，除了他我別無依靠。

我們吃著小羊肉，是廉價的帶骨肉塊，很肥，也煮得太老了。我把同一口肉在盤子裡推來推去，沾上肉汁、送到嘴邊，又重新放下。「我是怎麼變成這副模樣的？」我問道。我曾試著召回旅館房間的幻景，但始終朦朦朧朧、捉摸不定。就某方面而言，我還挺慶幸的。

班恩將視線從自己的盤子往上移，雙眼因詫異而瞪得大大的。「克莉絲汀，」他說：「親愛的，我不……」

「拜託你，」我打岔道：「我必須知道。」

他放下刀叉說：「那好吧。」

「我要你告訴我每一件事。原原本本的。」

他看著我，眼睛微瞇。「妳確定嗎？」

「確定。」我說，接著略一遲疑，但仍決定把話說完。「可能有人認為最好別告訴我所有的細節，尤其是讓我難受的細節。但我不這麼想。我覺得你應該一五一十全都告訴我，我才能自己決定作何感想。你懂嗎？」

「莉絲，」他說：「妳是什麼意思？」

我別開頭，目光落到餐具櫥上我們兩人的合照。「我不知道。我只知道我不是一直都這樣，而現在卻這樣，所以一定出了什麼事。不好的事。我只是想說我知道這點，我知道一定是很可怕的事。但儘管如此，我還是想知道。我一定得知道是什麼，知道我出了什麼事。別騙我，班恩，拜託。」

他的手伸過桌面握住我的手。「親愛的，我絕不會騙妳。」

接著他開始說了。「那是個十二月天，路上結冰……」我聆聽他敘述車禍經過，內心的恐懼感隨之不斷高漲。他說完後，拿起刀叉又繼續吃起來。

「眞是這樣嗎？」我問道：「眞的是車禍嗎？」

他嘆了口氣。「怎麼了？」

我盤算著該說多少。我不想披露自己重拾寫作、在寫日記的事，卻又想盡量對他坦白。

「今天稍早的時候，我有個奇怪的感覺。」我說：「簡直就像記憶。不知道爲什麼，似乎和我變成現在這樣的原因有關。」

「什麼樣的感覺？」

「我不知道。」

「記憶嗎？」

「有點像。」

「那麼妳記得當時哪一件特定的事嗎？」

我想到旅館房間、蠟燭、花。感覺上那不是班恩準備的，我在那個房間等的人不是他。我還想到不能呼吸的感覺。「什麼樣的事？」我問道。

「就是任何細節。比方是哪種車撞到妳？甚至只要想到顏色。妳有沒有看到駕駛？」

我想對他大吼。你爲什麼要我相信我出車禍？眞的是因爲無論發生什麼事，這都會是比較容易相信的說詞嗎？

是比較容易接受，我心想，還是比較容易陳述？

如果我說出來：其實沒有，我甚至不記得被車撞。我記得是在一個旅館房間，等一個不是你的人。不知他會作何反應？

「沒有。沒有什麼細節，比較像是籠統的印象。」

「籠統的印象？什麼叫『籠統的印象』？」

他拉高分貝，聽起來簡直像在生氣。我已經不太想繼續談下去。

「沒什麼，」我說：「那沒什麼，只是一種奇怪的感覺，好像發生了一件眞的很慘的事，有種痛苦的感覺。但我不記得任何細節。」

他似乎鬆了口氣。「應該是沒什麼。只是妳的心思在捉弄妳，盡量別多想就好了。」

別多想？我暗忖，他怎能要我這麼做？難道他怕我想起眞相？

有可能，我猜。今天他已經告訴我是被車給撞了，說謊被揭穿的滋味想必不好受，儘管時間不長，只有我能留住記憶的這一天裡所剩下的時間，尤其撒這個謊又是爲了我好。我可以了解，讓我相信自己出車禍對我們倆都會簡單一點。但我究竟該如何得知眞正發生了什麼事？

還有我在那個房間裡等的是誰？

「好吧。」我回答，否則還能怎麼說？「你說的應該沒錯。」我們又開始吃起冷掉的羊肉。

忽然，另一個念頭冒出。可怕又殘酷的念頭。萬一他是對的呢？萬一眞是肇事逃逸呢？萬一旅館房間和遭襲都是我想像出來的呢？一切都可能是虛構的，是想像而非記憶。會不會是因爲我無法理解結冰路上出車禍這麼簡單的事實，而捏造出這些來？

倘若如此，就表示我的記憶沒有正常運作，從前的事沒有回來。我根本沒有好轉，反而惡化了。

我找到我的袋子，往床上倒翻過來，東西一股腦兒掉出來，我的皮包、我的花卉日誌、一條口紅、一個粉餅、幾張紙巾、一支手機，接著又有一支。一包薄荷糖、幾枚零錢、一張黃色方形紙。

我坐在床上，翻弄這些零碎事物。先挑出那本小日誌，看見後面用黑筆潦草寫下奈許醫師的名字，正暗自慶幸，不料隨即看到名字底下的號碼旁有括弧標明了「診所」。今天是星期天，他不會在那裡。

那張黃紙的一側有黏膠，沾上了灰塵和毛髮，不過紙上卻是空白的。即便只是頃刻的念頭，我怎會認爲奈許醫師把私人電話給了我？我正開始狐疑，便想起日記裡提到他把電話寫在日記本前面，**如果感到困惑，就打電話給我**，他是這麼說的。

我找到日記，然後同時拿起兩支電話。我記不得奈許醫師給的是哪一支，便迅速查看較大的那支，發現每通電話不是班恩打來就是打給他的。另一支，掀蓋的那支，幾乎沒用過。**若非爲了這個**，我暗想，**奈許醫師爲什麼要給我電話？**我現在若非感到困惑，那又是什麼呢？我掀開電話撥了他的號碼，按下通話鍵。

安靜了半晌之後，響起一陣嘈雜的鈴聲，隨後被一個聲音打斷。

「喂？」他接起來了，聲音聽起來帶著睡意，但時間並不晚。「哪位？」

「奈許醫師，」我壓低聲音說。我聽得出班恩還在樓下，在我方才離開的地方，看著某個電視綜藝節目。有歌唱聲、笑聲，間或夾雜著罐頭掌聲。「我是克莉絲汀。」

那頭停頓了一下，他在重新調整思緒。

「喔，是妳。妳怎麼……」

我頓時感到一股意外的失望。接到我的電話，他似乎不太高興。

「對不起，我在日記最前面找到你的電話。」

「當然是，」他說：「當然是了，妳好嗎？」我沒有回答。「沒什麼事吧？」

「對不起，」話語頓時一瀉而出，一句接著一句。「我需要見你一面，現在，或是明天。對，明天。我想起一件事，是昨天晚上。我寫下來了。有一個旅館房間，有人在敲門，我沒法呼吸，我……奈許醫師？」

「克莉絲汀，慢慢說，發生了什麼事？」

我吸一口氣。「我想起了一件事。我敢說這和我想不起任何事情的原因有關，可是我想不通，班恩說我是被車撞到的。」

我聽見移動的聲音，像是他在調整姿勢，還有另一人的聲音，是個女人。「沒事，」他悄聲說道，接著又喃喃不知說了些什麼，我聽不清楚。

「奈許醫師？奈許醫師？我是出車禍嗎？」

「我現在不太方便說話。」他說，而我又聽見那個女人的聲音，這次抱怨得更大聲。我感覺內心有什麼在翻攪，是憤怒，或是驚恐。

「求求你！」這幾個字拔尖而出。

起初靜默無聲，接著他又開口了，這次語氣強硬：「很抱歉，我現在有事在忙。妳有沒有寫下來？」

我沒有答腔。在忙。我想到他和女友，心想不知自己打擾了人家什麼。他又說道：「妳想起來的事情，有沒有寫進日記？一定要記得寫下來。」

「好的，可是……」

他打斷我的話頭。「有話明天再說，我會打給妳，打這支電話。我保證。」

鬆了口氣，還混雜了一點其他的。一點意想不到的，很難界定。快樂？欣喜？不，不只如此。有一點焦慮，有一點確信，還充滿了細微的、即將到來的喜悅之悸動。即使在將近一個小時後，我寫下這一段時仍感覺得到，只是現在我知道是什麼了。一種我不知道自己是否曾體驗過的感覺——期待。

期待什麼呢？期待他會告訴我我需要知道的事，他會證實我的記憶正開始一點一滴恢復，證實我的治療有效？或者還有其他？

我想到他在停車場摸我的時候，我該有何感覺；忽視丈夫來電的時候，又該在想些什麼。也許事實沒這麼複雜。我迫不及待想和他說話。

「好。」他說他會打電話，我回道：「好的，拜託你了。」但這時電話已經斷線。我想到那個女人的聲音，這才明白他們在床上。

我將心中的念頭驅除。再想下去就真的是瘋了。

十一月十九日　星期一

咖啡館生意很好，是一家連鎖店。店裡的一切都是綠色或褐色，餐具全都是免洗的，但從點綴在壁布牆面上的海報看來，他們很重視環保。我整個人陷在扶手椅內，用一個大得嚇人的紙杯喝咖啡，奈許醫師則在我對面的扶手椅安坐下來。

這是我第一次有機會仔細打量他；起碼是今天的第一次，總之意思都一樣。我吃過早餐收拾完後不久，他便打電話來，打的是那支掀蓋手機，接著大約一小時後來接我，當時我已大致讀完日記。開車到咖啡館途中，我盯著窗外看，心中困惑不已。今天早上醒來時，儘管不確定是否知道自己的名字，卻隱約知道我已是成人，也身爲人母，只是完全沒想到已屆中年，兒子也死了。這一天到目前爲止，一個個打擊接踵而來——浴室的鏡子、剪貼簿，稍後出現這本日記，最後甚至認爲自己的丈夫不能信任——殘忍得令我驚慌失措，也讓我不太願意再過度仔細地檢視其他事。

不過，現在，我發現他比我預期中來得年輕，雖然曾經寫過他無須煩惱體重，卻不代表他和我想像中一樣瘦。他有一種合宜的結實，配上那件從兩肩吊掛下來、過於寬大的夾克尤爲明顯，偶爾還會從夾克裡露出兩隻毛髮濃密得驚人的前臂。

「妳今天感覺如何？」一坐定後他便問道。

我聳聳肩。「不知道，有點困惑吧。」

他點點頭。「繼續說。」

我將奈許醫師自作主張替我點的餅乾推開。「是這樣的，我醒來時隱約知道自己是成人。雖然沒有意識到已經結婚，但發現床上有另一個人的時候並不特別驚訝。」

「那很好，不過……」他說。

我打斷了他。「但昨天的日記寫說我醒來時，知道自己有丈夫……」

「這麼說妳還在繼續寫日記囉？」他問道，我點了點頭。「今天有帶來嗎？」

我有，就在袋子裡。但裡頭有些內容不想讓他看，不想讓任何人看。是私事。我的過往。我唯一擁有的過往。

還有我寫的關於他的事。

「我忘了。」我撒謊。看不出他是否覺得失望。

「好，」他說：「沒關係。某一天記得一些事，第二天好像又不見了，這一定很令人沮喪，我懂。不過還是有進步。大致上，妳記得的事愈來愈多了。」

我心想不知他說的是否仍屬實。根據日記最初的幾個段落所述，我回想起童年、我的父母、和我最好的朋友參加派對。我看見了年輕時剛與我墜入愛河的丈夫，看見我自己，在寫小說。但後來呢？最近我只看到我失去的兒子，以及害我淪落至此的攻擊之舉。都是一些也許忘掉比較好的事。

「妳說妳擔心班恩？因爲他說了妳失憶的經過？」

我吞了口口水。昨天寫的似乎已很疏離、很遙遠。幾乎像虛構的。車禍。旅館房間的暴力事件。好像兩者都跟我毫無關係。但我除了相信自己寫的是事實，相信班恩眞的沒有老實告知我失憶的始末，也別無選擇。

「說下去……」他說。

我把我寫的告訴了他，從班恩的車禍說詞，到最後我對旅館房間的記憶，但並未提及旅館房間的回憶浮現時我們正在做愛，也未提及回憶中包含的浪漫場景——花、蠟燭與香檳。

我邊說邊看著他。只見他偶爾喃喃說出一句鼓舞的話，甚至會搔搔下巴、瞇起眼睛注視某一點，不過表情比較像沉思而非訝異。

「你知道了，對吧？」我說完後問道：「這些你都知道了？」

他放下飲料。「不，不完全知道。我知道妳的記憶問題不是因為車禍，但前幾天讀過妳的日記，我才知道班恩一直是這樣告訴妳的。我也知道妳……妳……妳失去記憶那天晚上，想必是在旅館過夜。至於妳提到的其他細節都是新的。據我所知，這是妳第一次真正想起關於自己的事。這是好消息，克莉絲汀。」

好消息？莫非他認為我應該感到高興？「那麼是真的了？」我說：「不是因為車禍？」

他頓了一下說道：「不，不是。」

「可是你為什麼沒跟我說班恩在騙我？我是說你看了日記以後，為什麼沒告訴我實話？」

「因為班恩一定有他的理由。而且告訴妳說他撒謊，感覺不太對，我當時是這麼想的。」

「所以你也騙我了？」

「沒有，我從來沒騙過妳，我從來沒跟妳說是因為車禍。」

我想到今天早上讀到的。「可是前幾天，」我說：「在你的診所裡，我們談到過……」他搖搖頭。

「我說的不是車禍。妳說班恩解釋了事發經過，我才以為妳知道真相。別忘了，當時我還沒看妳的日記。我們兩個大概都搞混了……」

我可以理解這種情況何以發生。我們倆都繞著一個問題打轉，而誰都不想挑明了說。

「那麼到底發生了什麼事？」我問道：「在那個旅館房間裡，我在那裡做什麼？」

「我不是完全知情。」他說。

「那就把你知道的告訴我。」語句帶著怒火竄出，要收回卻已太遲。我看著他作勢撥掉褲子上的餅屑。

「妳眞的想知道？」他說。我覺得他彷彿在給我最後一次機會，像是在說：**妳還是可以撒手，就算不知道我即將告訴妳的事，依然能繼續過妳的人生。**

但他錯了。我做不到。不知道眞相，我過的根本不叫人生。

「眞的。」我說。

他的聲音緩慢、遲疑。每句話總是一開頭說出兩、三個字，便隨即中斷。整個故事有如螺旋，不斷繞著一件可怕的、最好絕口不提的事打轉。我心想咖啡館比較常見的是言不及義的閒聊，而這件事卻讓閒聊顯得可笑。

「的確，妳是遭到攻擊，情況……」他略一停頓。「怎麼說呢，情況很糟。妳被發現的時候，正在街上遊蕩，精神恍惚。身上沒有任何證件，也不記得自己是誰、發生了什麼事。妳頭部受傷了。警方起初以爲妳碰上搶劫。」又是一個停頓。「他們發現妳用毛毯裹著身體，全身是血。」

我覺得全身發冷。「是誰發現我的？」我問道。

「我不知道……」

「是班恩嗎？」

「不，不是班恩，是個陌生人。總之那個人安撫了妳的情緒，叫來救護車。妳當然是住院了。妳有內出血，需要緊急動手術。」

「但他們怎麼知道我是誰？」

我一度緊張地以爲他們也許始終沒查出我的身分。也許這一切，從頭至尾，包括我的名字，都是在我被發現那天給予我的。就連亞當也是。

奈許醫師開口說道：「這並不難。妳用自己的名字登記旅館住房。而早在妳被發現以前，班恩就已經向警方報案說妳失蹤。」

我想到那個敲房門的人，那個我在等候的人。

「班恩不知道我在哪裡？」

「是啊，」他說：「看來他是不知情。」

「也不知道我和誰在一起？誰對我做了這樣的事？」

「不知道。一直沒有人被捕。有助於警方破案的跡證少之又少，偵訊妳當然也沒有太大幫助。據推測，攻擊妳的人清除旅館房間的所有東西後，就丟下妳逃跑了。沒有人目擊任何人進入或離開。當天晚上，旅館的生意似乎很好，有個房裡在辦宴會之類的，來來往往的人很多。妳被攻擊之後，恐怕是失去意識好一會兒，直到午夜才下樓走出旅館。沒有人看見妳離開。」

我嘆了口氣，頓時察覺警方應該早在多年前就結案了。除了我之外，對每個人而言——甚至包括班恩——這都是舊聞，是老掉牙的往事。我永遠不會知道是誰幹的，又是爲什麼。除非我恢復記憶。

「後來怎麼樣了？」我說：「我被送進醫院以後。」

「手術很成功，但有些副作用。開完刀後好像很難讓妳的情況穩定下來，尤其是血壓。」他頓一下。「有一段時間，妳陷入昏迷狀態。」

「昏迷狀態？」

「沒錯。簡直危險萬狀，但妳還是很幸運，來對了地方，他們非常積極地治療，妳終究捱過來了。但妳顯然失去了記憶，起初他們認爲可能是暫時性的，同時出現頭部創傷和 anoxia，這是合理的推測……」

「抱歉，什麼是anoxia？」我被這個字眼卡住了。

「對不起，就是缺氧。」

我覺得頭開始暈眩，每樣東西都開始縮小、變形，好像東西愈來愈小，或是我愈來愈大。我聽到自己說：「缺氧？」

「對。」他說：「妳出現腦部嚴重缺氧的症狀，和二氧化碳中毒或被掐住脖子的症狀一致，不過關於前者並無其他證據，倒是妳的頸部留有勒痕。但醫生多半認爲原因是妳差點溺斃。」他稍微停頓，讓我消化他剛才說的內容。「妳有任何差點溺斃的印象嗎？」

我閉上眼睛，只看見枕頭上有張卡片，上面寫著「我愛妳」。我搖了搖頭。

「妳身體復原了，記憶卻沒有進展。妳在醫院待了幾個星期，起先住在加護病房，後來才轉到普通病房。當妳恢復到能夠移動之後，便轉院回到倫敦。」

「布萊頓。」他說：「妳知道妳怎麼會在那裡嗎？和那一帶有任何關連嗎？」

回到倫敦。可不是。我是在一間旅館附近被發現的，想必遠離了居處。我問說那是哪裡。

我試著回想假期，但毫無印象。

「沒有。一點也沒有。總之，據我所知是沒有。」

「到那邊去走走可能多少會有幫助，去看看妳記不記得。」

我又覺得全身發冷，連連搖頭。

他點了點頭說：「好吧。其實當然了，妳會去那裡可能有很多原因。」

沒錯，我心想。但會有搖曳燭光和幾束玫瑰，卻又不包含我丈夫在內的原因，卻只有一個。

「是啊，當然是了。」我尋思著我或他會不會有人先提起「外遇」這字眼，以及班恩發現我的所在與前去的理由時，該是什麼心情。

這時我靈光一閃，想到了班恩爲何不告訴我失憶的眞正原因。他怎麼會想提醒我，我曾一度——不管時間多麼短暫——拋棄他選擇另一個男人？我打了個寒噤。我曾經拋棄丈夫選擇另一個人，結果瞧瞧我付出了什麼代價。

「後來呢？」我問說：「我搬回去和班恩同住嗎？」

他搖搖頭。「沒有，」他說：「妳的病情還是非常嚴重，必須留在醫院。」

「多久？」

「妳一開始住普通病房，住了幾個月。」

「後來呢？」

「妳被轉到了……」他沉吟著。我正想開口催他繼續，他就接著說：「精神病房。」

我心一震。「精神病房？」想像中那是個可怕的地方，充滿高聲咆哮、精神錯亂的瘋子。我無法想像自己置身其間。

「對。」

「但爲什麼？爲什麼要去那裡？」

他的聲音很輕柔，卻難掩口氣中的厭煩。我頓時深信這一切以前都發生過，可能很多次，而且應該是在我開始寫日記之前。「這樣比較安全。」他說：「當時妳的傷勢恢復得相當不錯，但記憶問題卻嚴重惡化。妳不曉得自己是誰、身在何處。妳出現恐慌症狀，老是說醫生想合謀害妳，一直企圖逃跑。」他停了一下。「妳變得愈來愈難掌控，爲了妳自己和他人的安全，只好替妳轉病房。」

「他人的安全？」

「妳偶爾會攻擊人。」

我試著想像那會是什麼情況。我想到有個人每天醒來都滿心困惑，不知道自己是誰、身在何處，又爲什麼住院。向人詢問，卻得不到答案。身邊環繞的人個個都比他還了解他自己。那肯定有如人間地獄。

我想起我們談論的正是我自己。

「後來呢？」

他沒有回答。我看見他的視線往上飄、越過我、望向大門，好像盯著門口在等什麼。但那裡沒有人，門沒有開，沒有人出去或進來。我懷疑他會不會其實很想逃走。

「奈許醫師，後來怎麼樣了？」

「妳在那兒待了一陣子。」他說，聲音低得幾乎像在呢喃。我想，這個他已經告訴過我，但這回他知道我會記下來，會保留超過幾個小時。

「多久？」

他沒吭聲。我又問一遍。「多久？」

他抬頭看著我，表情混雜了憂傷與痛苦。「七年。」

他付了錢，我們便離開咖啡館。我感覺茫茫然。我不知道原本期待些什麼答案，原本以爲自己是在哪裡度過病情最嚴重的時期，只是沒想到會是那種地方，而且還是在那麼痛苦的時候。走著走著，奈許醫師轉向我說：「克莉絲汀，我有個建議。」我發現他說得很輕鬆，好像在問我想吃哪種口味的冰淇淋。這種口吻只可能是裝出來的。

「說啊。」我說。

「我想，如果去看看妳住過的病房，也許會有幫助。我是說妳那段期間所待過的地方。」

我不加思索，立刻反應：「不要！為什麼要去？」

「妳正在體驗記憶。想想我們去參觀妳的舊家時發生了什麼事。」我點點頭。「當時妳想起了一些事。我覺得同樣的情形有可能再發生，我們也許能誘發出更多。」

「可是……」

「妳不一定要去。只不過……其實，我坦白說好了，我已經和他們約好了，他們很歡迎妳，歡迎我們，隨時都可以。只要上路後打電話通知他們就行了。我會跟妳一起去。如果妳覺得難過或不舒服，我們就走。不會有事的，我保證。」

「你認為這可能會讓我好轉？真的嗎？」

「我不知道。」他說：「但有可能。」

「什麼時候？你想什麼時候去？」

他停下腳步。我想我們身旁那輛車應該是他的。

「今天。」他說：「我想應該今天去。」接著他說了一句很奇怪的話。「我們沒有時間可以浪費了。」

我不一定要去。奈許醫師沒有強迫我非走這趟不可。但雖然不記得有這麼做——事實上我根本什麼都不太記得——但我想必是答應了。

車程不遠，我們一直保持靜默。我什麼都沒法想，沒有話說，沒有感覺，內心一片空白，被掏得一乾二淨。我從袋子裡拿出日記，也不管剛剛才跟奈許醫師說我沒帶，就寫起了最後那一段。我想記錄我們談話的每一個細節。我默默地寫，幾乎想都沒想，我們一直都沒有交談，不管是停車或是穿越那些消毒過的走廊。走廊上傳來不新鮮的咖啡和剛剛油漆過的味道，有人坐在輪椅上、吊著點滴，被推著經過我們身旁。牆上的海報剝落，頭上的燈光閃爍不定且嗡嗡作響。我心裡只能想到自己曾在這裡待了七年，感覺像是一輩子的時間，我毫無記憶的一輩子。

我們來到一道雙層門前停下。費雪病房。奈許醫師按下牆上的對講機按鈕，然後嘟噥了幾句。**他錯了，門猛然打開時我心想，當時遭受攻擊的我沒有活過來。打開那扇旅館房門的克莉絲汀·盧卡斯已經死了。**

接著又是一道雙層門。「妳還好嗎，克莉絲汀？」當第一層門關起將我們封鎖起來，他問道。我沒作聲。「這是個嚴密保全單位。」瞬間，我忽然深信身後那扇門再也不會打開，我是出不去了。

我乾嚥一口，說：「我知道。」內層門漸漸打開，不知道門後會出現什麼景象，真不敢相信我曾待過這裡。

「準備好了嗎？」他問。

一條長廊。兩側各有幾扇門，經過時可以看見門後有嵌著玻璃窗的房間。每個房裡各有一張床，有些床整齊、有些床凌亂，有些床上面躺了人，大部分則都空著。「這裡的病患有各式各樣的問題。」奈許醫師說：「很多都有精神分裂的症狀，但也有些是雙重人格、急性焦慮症、憂鬱症。」

我往一扇窗內看去。有個女孩坐在床上，全身赤裸，眼睛直盯著電視。另一扇窗內有個男人蹲在地上，兩手抱膝前後搖晃，像是在禦寒。

「他們被鎖著嗎？」我問道。

「這些病人是根據精神衛生法被拘留在此，也稱爲分類安置。讓他們在這裡是爲他們好，卻違背他們的意願。」

「爲他們好？」

「是啊，他們要不是對自己就是對他人造成危險，必須被看管以確保安全。」

我們繼續往前走，經過一個房間時，裡面的女人剛好抬起頭，雖然和我四目交接，卻未流露任何表情。反倒是一面看著我，一面打自己嘴巴，見我嚇一大跳，她又打了一次。忽然有個影像掠過我腦海——小時候去動物園，看著老虎在籠內踱步——但我驅離影像繼續往前走，決定別再東張西望。

「他們爲什麼送我來這裡？」我問道。

「來這裡以前，妳住在普通病房。就跟其他人一樣，躺在床上。有時候週末會回家，和班恩一起度過。但妳變得愈來愈難應付。」

「難應付？」

「妳會走失，班恩只得把家裡的房門上鎖。有幾次妳變得歇斯底里，堅信他傷害了妳，並且違背妳的意願監禁妳。有一陣子，當妳回到病房情況還算好，但後來妳在病房也開始出現類似行爲。」

「所以他們只好設法把我關起來。」我說。這時我們已來到護理站。有個穿制服的男人坐在櫃檯後面，正在輸入電腦資料。待我們靠近後，他抬頭說醫生馬上就來，請我們先稍坐。我端詳他的臉——彎曲的鼻子、鑲金耳環——希望能點燃一絲熟悉感。完全沒有。這病房似乎完全陌生。

「對，」奈許醫師說：「妳走丟過一次，大概有四個半小時。警方在運河邊找到妳，當時妳只穿著睡衣睡袍。班恩還得去警局接妳，因為妳不肯跟任何一個護士走，他們也無計可施。」

他說班恩馬上就開始遊說院方將我轉出。「他覺得精神病房對妳並不是最好的選擇。其實他的想法沒錯，妳並不危險，不管是對妳自己或他人。而且身邊圍繞著那些比妳病得更重的人，恐怕還會讓妳惡化。他寫信給醫生、院長和下議員。但都沒有下文。」

「後來，」他又說：「有一家專門照顧慢性腦損傷患者的安養中心開幕。他想方設法去遊說，妳接受了評估，對方認為很適合，但費用卻是一大問題。班恩當初為了照顧妳不得不暫停工作，因此他自己負擔不起，但他非要院方答應不可，好像還威脅說要把妳的故事公諸媒體。經過一次次的開會、申訴，最後終於成功，安養中心收容了妳，國家也同意在妳生病期間支付住院費。妳大概是在十年前轉到那裡去的。」

我暗想，因為我受傷而性格轉變的不只我一人。

我想到我丈夫，努力想像他寫信、抗爭、威脅的場景。好像不太可能。我今天早上遇見的男人顯得謙虛、恭敬。倒也不是懦弱，只是逆來順受。他看起來不像會興風作浪的人。

「那家安養院很小。」奈許醫師說：「是個只有幾間房的復健中心，沒有太多其他院友。有很多人可以幫忙照顧妳。在那裡，妳有了稍微多一點的自主權，妳很安全，病情也有進步。」

「但是我沒有和班恩在一起？」

「沒有，他住在家裡。他必須繼續工作，無法同時照顧妳。他決定……」

這時候一段記憶閃現，倏地將我拉回過去。每樣事物都有點模糊，外圍還暈開來，影像明亮得讓我差點想轉移視線。我看見自己走在這幾條相同的長廊上，正被帶回一個房間，我隱約知道那是我的房間。我穿了一雙絨拖鞋，一件藍袍，帶子繫在背後。和我一起的女人是個黑人，穿著制服。「到了，親愛的，」她對我說：「瞧誰來看妳了！」她鬆開我的手，引我走向床邊。

那兒圍坐著一群陌生人，都在看著我。我看見一個深色頭髮的男人和一個戴著貝雷帽的女人，但看不清他們的臉。我想說我走錯房間了，我搞錯了，但沒說出口。

有個小孩，約莫四、五歲，站了起來。他剛才一直坐在床沿。他朝著我跑來，嘴裡喊著「媽咪」，我發現他在叫我，也才知道他是誰。是亞當。我蹲下來，他衝進我懷裡，我抱住他、親親他的頭頂之後，站起身來。「你們是誰？」我對著床邊那群人說：「你們在這裡做什麼？」

那個男人登時露出悲傷神色，戴貝雷帽的女人則起身說道：「莉絲，莉絲啊，是我，妳知道我是誰吧？」說著便向我走來，我看見她在哭。

「不，」我說：「不知道！出去！出去！」我隨即轉身就要離開房間，不料還有另一個女人，站在我後面，我不知道她是誰，又是什麼時候來的，我於是哭了起來。我癱軟倒在地上，那孩子卻來抱住我的膝蓋，我不知道他是誰，他卻一直叫我「媽咪」，一次又一次。媽咪、媽咪、媽咪，不知道爲什麼，不知道他是誰，也不知道他爲什麼抱著我……

忽然有隻手碰觸我的手臂，我像被螫到似的，畏縮了一下。有個聲音。「克莉絲汀？妳沒事吧？威爾森醫師來了。」

我張開眼睛，四面環顧。有個穿著白色外衣的女人站在我們面前。「奈許醫師，」她邊打招呼邊和他握手，隨後轉向我。「克莉絲汀是嗎？」

「是的。」我說。

「很高興見到妳。」她說：「我是希拉蕊．威爾森。」我握了握她伸出的手。她比我年紀稍長，頭髮已開始轉白，一副老花眼鏡用金鍊子掛在胸前。「妳好。」她說，不知怎地我很確定以前見過她。她朝走廊另一端點了點頭，說：「請。」

她的辦公室很大，裡頭全都是書，還堆滿一箱箱滿出來的文件。她坐到辦公桌前，指了指對面的兩張椅子，我和奈許醫師各自坐下。我看著她從桌上那疊資料抽出一個文件夾，翻開來。「好了，親愛的，」她說：「我們就來看一看。」

她的影像凝結了。我認識她。我躺在掃描器裡面時見過她的照片，雖然當時沒有認出來，但現在認出了。我來過這裡，很多次。就坐在我此刻坐的地方，同樣是這張或是另一張很類似的椅子，看著她在檔案資料裡做紀錄，雙眼透視過鬆鬆地掛在鼻梁上的眼鏡，眼神專注。

「我以前見過妳……」我說：「我記得……」奈許醫師轉頭看我，隨後又回頭看威爾森醫師。

「沒錯。」她說：「妳的確見過我，但是不太常見。」她說明我轉院時她才剛到這裡工作，而且一開始我根本不是她的病患。「但妳竟然記得我，這的確很令人振奮。妳住在這裡已經是很久以前的事了。」奈許醫師傾身向前，說若能讓我看看以前住過的房間，也許會有幫助。她點點頭，瞇眼看著資料，片刻過後才說她不知道是哪一間。「無論如何，妳可能搬動得相當頻繁，」她說：「很多病患都是這樣。能不能問問妳先生呢？根據資料看來，他和妳兒子幾乎天天都會來看妳。」

今天早上我在日記裡讀到亞當的事，此時聽見他被提起，心頭不禁掠過一絲喜悅，得知自己曾參與他的些許成長過程，這也令我欣慰。但我搖搖頭說：「不，我想最好別打電話給班恩。」

威爾森醫師並未堅持。「妳有一個朋友叫克萊兒，好像也經常來。如果找她呢？」

我搖搖頭。「我們沒有連絡了。」

「喔。」她說：「眞可惜。不過沒關係，我可以稍微跟妳說說當年這裡的生活情形。」她瞄一眼病歷後，雙手合十放在身前。「妳的治療多半是由一位精神科顧問醫師負責。妳接受過幾次催眠治療，但就算有絲毫功效，恐怕也很有限，而且不持久。」她繼續往下讀。「妳沒有做太多藥物治療，偶爾會吃個鎭定劑，但主要還是爲了幫助睡眠，這裡有時會很吵，我想妳應該能理解。」她說。

我回想起稍早想像的咆哮場景，不知道自己是否也曾經那樣。「我的情況怎麼樣？」我問道：「過得快樂嗎？」

她微微一笑。「通常如此。大家都很喜歡妳，妳好像還跟一個護士特別要好。」

「她叫什麼名字？」

她很快地看一眼資料。「這裡好像沒寫。妳常常玩接龍。」

「接龍？」

「一種紙牌遊戲。也許待會可以請奈許醫師解釋一下。」她抬起頭來。「根據病歷資料，妳偶爾會很暴力。但是不用擔心，像妳這樣的病患，這種情況並非不尋常。頭部嚴重受創的人經常有暴力傾向，尤其當受損的是大腦掌管自制的區域，更是如此。此外，像妳這種失憶症患者常常會做一種事，我們稱之爲『虛談』。他們會覺得周遭的事物不合理，所以非得捏造一些細節，可能是關於他們自己和周遭的人，或是他們的故事和經歷。一般認爲這是因爲他們想塡補記憶的空隙，就某方面而言可以理解，但是當失憶症患者的幻想受到反駁，經常會導致暴力行爲。對妳來說，生活想必非常混亂，尤其當妳有訪客的時候。」

訪客。我忽然擔心自己可能打過兒子。

「我做了什麼？」

「妳偶爾會攻擊護理人員。」她說。

「但我沒有打亞當，打我兒子吧？」

「根據資料看來，沒有。」我舒了口氣，卻並未完全放輕鬆。「我們有幾頁像是妳寫的日記。」她說：「讓妳看看不知會不會有些幫助？或許會比較容易理解妳的驚慌。」

感覺有點危險。我瞥了奈許醫師一眼，他點點頭。她將一張藍色的紙推過來，我拿起紙張，起先害怕得連看都不敢看。

接著看了之後，發現上面布滿歪七扭八的字。最上頭的字母十分工整，也規規矩矩地按著格線寫，但愈往下面字體愈大、愈亂，不僅有好幾吋高，每行也只寫了幾個字。雖然害怕不知會看到什麼，我還是讀了起來。

上午八點十五分，第一段寫道，我醒過來，班恩來了。正下方寫著：八點十七分，別管上一段，那是別人寫的。再下面寫著：八點二十分，「現在」我醒了，之前沒有。班恩來了。

我的目光迅速往下移。九點四十五分，我剛剛醒來，這是「第一次」，接著再過幾行：十點零七分，「現在」我真的醒了。這些段落都是騙人的，我「現在」醒了。

我抬頭問道：「這真是我寫的？」

「對。有很長一段時間，妳似乎一直覺得自己睡了很長、很深沉的一覺，剛剛才醒來。妳看這裡。」威爾森醫師指著我面前的紙張，開始讀起其中幾個段落：「我睡了好久好久，好像『死了』一樣。我剛剛才醒過來，第一次又能看得見了。他們似乎是鼓勵妳寫下妳的感覺，好讓妳記得之前發生的事，但妳似乎深信前面所有的段落都是別人寫的。妳開始認為這裡的人在對妳做實驗，並違反妳的意願將妳留在這裡。」

我再次看著那張紙，上頭寫的內容幾乎一模一樣，而且每段都只相隔幾分鐘。我感覺全身發冷。

「我情況眞的這麼糟？」這話彷彿在我的腦子裡回響。

「有一陣子的確很糟。」奈許醫師說：「病歷資料顯示妳的記憶只能維持幾秒鐘，有時候是一、兩分鐘，經過這些年，時間也逐漸拉長了。」

我不敢相信這是我寫的。看起來彷彿出自一個心智完全分裂、破碎的人之手。我又看到這些字。好像「死了」一樣。

「對不起，」我說：「我沒辦法……」

威爾森醫師取過我手中的紙。「我明白，克莉絲汀，這會讓人很難受。我……」

我頓時感到一陣恐慌，站起身來，房間卻開始旋轉。「我想走了。這不是我，這不可能是我，我……我絕不可能打人，我絕對不會。我只是……」

奈許醫師也站起來，接著是威爾森醫師。她跨步向前，撞到辦公桌，紙張飛撒而下。有一張照片落到地上。「天哪……」我喊道，她低頭一看，隨即蹲下去用另一張紙蓋住。但我已經看得夠清楚了。

「那是我嗎？」我的聲音高得像在尖叫。「那是我嗎？」

那是一名年輕女子的大頭照，頭髮整個往後梳。乍看之下，好像戴了萬聖節面具，一隻眼睛看著鏡頭，另一隻則是瘀青腫脹得睜不開，上下唇也都紅紅腫腫、布滿裂開的傷口，還有雙頰脹得讓整張臉十分詭異。我想到被擠出果肉的水果，腐爛、爆漿的李子。

「那是我嗎？」儘管從那張腫脹變形的臉仍能看出是我，我還是尖叫著問。

我的記憶從這裡裂開，一分爲二。一部分的我鎭定、平靜、祥和，冷眼看著另一部分的我激烈扭動、尖叫，還得靠奈許醫師和威爾森醫師將我壓制住。*妳眞該管好自己*，那部分的我彷彿在說，*這樣眞丟臉*。

但另一部分比較強勢，它全權接管，變成眞正的我。我一次又一次吼叫，並轉身奔向門口。奈許醫師追了上來。我用力拉開門就跑，但又能上哪兒去呢？這時閃出一個畫面：上了栓的門、警鈴聲、一個男人在追我、我兒子在哭。這是舊事重演，我心想。這一切我都曾經做過。

我的記憶陷入空白。

他們想必用了什麼方法讓我冷靜下來，說服我隨著奈許醫師離開；總之等我回過神來，已經坐在他的車內，身旁的他正在開車。天空開始起雲，街道灰灰暗暗，多少有點冷清。他在說話，我卻無法專心，好像心思絆了一跤，爲了什麼別的事而落在後頭，現在追趕不上。我望向窗外，看著逛街和遛狗的人，看著推嬰兒車和騎自行車的人，心下不禁懷疑「尋找眞相」這件事眞是我想要的嗎？是的，這樣可能有助我好轉，但我能期望得到多少收穫呢？我並不奢望哪天能像正常人一樣，早上醒來什麼都知道，知道自己前一天做了什麼，知道自己對隔天有什麼計畫，知道自己經過什麼樣曲折的路來到此時此刻，變成現在的我。我頂多只能期望有一天照鏡子的時候不會如此震驚，期望能記得自己嫁給一個叫班恩的男人，還失去了一個叫亞當的兒子，期望可以不必看到自己的小說就知道自己寫過一本。

但即使所求不多，似乎仍遙不可及。我想到方才在費雪病房所看到的：瘋狂、痛苦、破碎的心靈。我暗想，我距離那些比距離復元的目標更近。或許最好還是學著適應自己的情況。我可以告訴奈許醫師再也不想看到他，可以燒毀我的日記，埋藏所有已知的事實，將已知與未知的一切徹底隱藏。如此一來，我將逃離我的過去，但不會有遺憾，因爲只要再過幾個小時，我甚至不會知道曾經有日記和這個醫生的存在，然後便能過著簡單的生活。一天接著一天，不連續地。沒錯，偶爾對亞當的記憶會浮現，我會有那麼一天感到哀傷與痛苦，會記起自己失去了什麼，但不會持續。不久，我便會入睡，然後靜靜遺忘。那該有多簡單啊，比現在這樣簡單多了。

我想起方才看到的照片，那影像已深烙在我心裡。是誰這樣對待我？爲什麼？我回想起那段旅館房間的記憶，記憶還在，只是沒有浮現，只是捉摸不到。今天早上我讀到我有理由相信自己外遇，但現在卻發覺，即便這是事實，我仍不曉得對象是誰。我有的只是名字，就在幾天前醒來時想起的，就算想多記起一點，也難保一定做得到。

奈許醫師還在說話，說些什麼我毫無概念，卻被我悍然打斷：「我的情況有沒有變好？」

接著只剩心跳聲，我還以爲他沒有答案，但他說了：「妳覺得呢？」

我覺得？說不準。「我不知道。應該有吧。有時候，我會記起以前的事，我讀日記的時候，會有一些記憶片段浮現，感覺很眞實。我記得克萊兒、亞當、我母親。但這些又像是我抓不住的線，像是飄升上天的氣球，我來不及抓住。我想不起我的婚禮，想不起亞當學走路、學說話的樣子，想不起他開始上學、他畢業等等事情。我甚至不知道我有沒有去參加，也許班恩覺得沒必要帶我去。」我吸了口氣。「我甚至想不起得知他的死訊，或是參加他的葬禮。」我哭了起來。「我覺得我快瘋了。有時候我甚至不認爲他死了，你相信嗎？有時候我認爲是班恩在說謊，一切都是他在說謊。」

「一切？」

「對，我的小說、受到攻擊、我失去記憶的原因，這一切都是。」

「但妳認爲他爲何要這麼做？」

忽然一個念頭閃過。「因爲我有外遇？因爲我對他不忠？」

「克莉絲汀，這不太可能，妳不覺得嗎？」

我不置可否。當然，他說得沒錯。在我內心深處並不相信他說謊眞是爲了報復那麼多年前發生的事。原因可能要平凡得多。

「其實，」奈許醫師說：「我認爲妳在慢慢好轉。妳漸漸想起了一些事，機率比我們剛見面時更頻繁許多。這些記憶片段絕對是進步的跡象。這意味著……」

我轉向他。「進步？你說這叫進步？」我幾乎是在吼叫，怒火彷彿再也壓抑不住般地爆發。「如果眞是如此，我眞不知道想不想要這種進步。」此時淚水奪眶而出，無法控制。「我不要！」

我閉上眼睛，任由自己陷入哀傷之中。無助的感覺似乎讓我舒服了些，我不覺得丟臉。奈許醫師在跟我說話，先是要我別難過，說事情都會好轉，要我冷靜一點。我沒理會他。我無法冷靜，也不想冷靜。

他停下車，關掉引擎。我隨之張開眼。我們已經離開大馬路，眼前是一座公園。透過朦朧的淚眼可以看到一群男孩——應該是青少年——在踢足球，堆了兩堆外套當門柱。已經開始下雨，但他們沒有停。奈許醫師轉頭面向我。

「克莉絲汀，」他說：「對不起，今天這麼做也許錯了。我不知道。我以爲也許能誘發其他記憶，我錯了。不管怎麼說，都不該讓妳看到那張照片……」

「我根本不知道是不是因爲那張照片。」我回答時已經不再啜泣，但臉頰仍是溼的，還感覺到一大坨黏液從鼻子溜出來。「你有面紙嗎？」我問道。他伸手過來，在前面的雜物箱裡翻找。「所有的事吧，」我繼續說：「看到那些人，想像自己曾經那副模樣，還有那張日記。我沒法相信那是我寫的，我沒法相信我病得那麼厲害。」

他遞給我一張面紙。「但妳現在已經不是那樣了，」他說。我接過面紙，擤了鼻子。

「也許更糟。」我輕輕地說：「我當時寫說『好像死了一樣』，可是現在呢？現在更慘。每天都像快死了，一再重複。我得趕快好起來。我無法想像再這樣繼續下去。我知道今晚我會上床睡覺，然後明天醒來又是什麼都不知道，就這樣再一天、又一天，永無止境。這我無法想像，無法面對。這不叫生活，只是存在而已，從這一刻跳到下一刻，對過去毫無所悉，對未來毫無計畫。我想動物應該就是如此吧。最慘的是我甚至不知道有哪些事是我不知道的。可能有很多事情在等著要傷害我，一些我做夢都想不到的事。」

他按著我的手。我倒向他，知道他會怎麼做、必須怎麼做，他也確實做了。他張開雙臂來抱我，我由著他。「沒事的，」他說：「沒事的。」我感覺自己的臉頰壓著他的胸膛，我吸一口氣，吸入了他的氣味、洗淨衣服的香味，還有隱隱然一點其他的什麼。汗水，與性愛。他的手貼在我背上，我感覺到它在移動，感覺它觸摸著我的頭髮、我的頭，起初輕輕的，後來當我又開始哭泣，便加重了力道。「不會有事的。」他低語，我於是閉上眼睛。

「我只想記得我被攻擊的那天晚上，發生了什麼事。」我說：「不知為何，我覺得只要能記起那個，就能記起一切。」

他柔聲說道：「沒有證據可以證明這點。沒有理由……」

「但我是這麼想的。」我說：「總之，我就是知道。」

他摟著我。很溫柔，幾乎溫柔到讓我感覺不到。我感覺到他的身體，結實地靠在我身上，深深地吸氣，這時候我想到自己另一次被擁抱，另一段記憶。我雙眼閉合，就像這樣，身體也被另一個身體緊緊壓迫，但那不一樣。我並不想被那個男人抱著，他弄疼了我。我在掙扎，想要掙脫，但他很強壯，一把將我拉向他。他在說話。「賤人，爛女人。」他說著，雖然我想反駁卻沒有出聲。我的臉緊貼在他的襯衫上，就像和奈許醫師在一起一樣，我在哭、在尖叫。我睜開眼，看見他襯衫的藍色布料、一扇門，還有一個裝了三面鏡的梳妝檯，上方掛著一幅鳥禽畫。我看見他的手臂，健壯、肌肉發達，從上到下暴露著一條青筋。「放我走！」我喊道，接著我開始暈眩、倒地，或是地板浮起來撞我，我也說不清。他一把抓住我的頭髮，往門口拖去。我扭過頭看見了他的臉。

就到這裡，記憶再次中斷。雖然記得看到他的臉，卻不記得是什麼模樣。那張臉沒有五官、一片空白。我的心彷彿無法面對這種虛無，便在我認識的面孔、在荒謬的不可能性當中旋繞起來。我看見奈許醫師、威爾森醫師、費雪病房的櫃檯人員、我父親、班恩，甚至看見我自己的臉，邊笑著邊舉起拳頭準備揮出。

「求求你，」我哭喊著，「求求你不要。」但那個多面的攻擊者還是揮拳了，我嘗到血腥味。他將我拖過地板，然後我進了浴室，在黑白相間、冷冷的瓷磚上。地板被水氣浸溼了，浴室裡有橙花的香味，我想起自己先前是多麼期待要泡澡、要打扮漂亮，心想也許他到的時候我還在泡澡，那麼他就能和我一起，我們會做愛、讓肥皀水激烈波動，濡溼地板、我們的衣服和所有東西。因為經過這幾個月的疑慮，我終於想明白了。我愛這個男人。我終於知道了，我愛他。

我的頭撞擊著地板，一次、兩次、三次，視線模糊、影像重疊，隨後又恢復。耳中嗡嗚聲不斷，他在嘶吼著，但我聽不清楚。聲音在迴盪，好像有兩個他，兩個都抓著我，都在扭轉我的手臂，都攫住我一把頭髮並跪壓在我背上。我求他放過我，而我也變成兩人。我嚥下一口口水。有血。

我的頭猛然往後仰。一陣驚慌中，我已跪倒在地。我看見水，有泡泡，但已逐漸稀釋。我想說話卻開不了口。他一隻手掐住我的脖子，我無法呼吸。我被往前一拋，下沉、下沉，速度快得好像永遠停不下來，接著我的頭進到水中。橙花進到我的喉嚨。

我聽到一個聲音。「克莉絲汀！」那聲音說：「克莉絲汀！快停下來！」我睜眼一看，不知怎地人竟在車外，正在奔跑，正以最快的速度衝過公園，而奈許醫師在後面追著。

我們在一張長椅上坐下。是水泥椅，橫嵌著木板條，因爲當中少了一根，我們一坐下，其餘的木板便隨之陷落。我感覺到陽光射在我的頭背上，看見長長的影子投射在地面。那群男孩還在踢足球，不過比賽想必已經結束，有些人慢慢離開，有些在交談，其中一堆夾克不見了，使得球門不再明顯。奈許醫師問我發生什麼事。

「我想起一些事情。」我說。

「關於妳被攻擊的那一晚？」

「是的，」我說：「你怎麼知道？」

「妳在尖叫，一遍又一遍，不斷說『放開我』。」

「我好像就在現場。」我說：「眞對不起。」

「請不要道歉。要不要說說妳看到了什麼？」

其實我沒看到什麼。我覺得好像有某種古老的直覺告訴我，這段回憶最好保留給自己。但我需要他的協助，也知道他值得信任。於是便道出一切。

我說完後，他沉默了半晌才問：「還有什麼嗎？」

「沒有，應該沒有了。」

「妳不記得他長什麼樣子嗎？那個攻擊妳的人。」

「不記得，根本看不到。」

「也不記得他的名字？」

「不，什麼都不記得。」我猶疑了一下。「知道是誰做的、看見他、想到他，你認爲會有幫助嗎？」

「克莉絲汀，沒有確切證據顯示回想起攻擊事件會有幫助。」

「但有可能吧？」

「這似乎是妳最深受壓抑的記憶之一……」

「所以有可能？」

他靜默片刻之後說：「我之前建議過了，若能回到現場也許會有幫助……」

「不，」我說：「不要。連提都不要提。」

「我們可以一起去。妳不會有事的，我保證。如果妳再回去……回到布萊頓……」

「不要。」

「……妳也許會想起，那麼……」

「不要！求求你！」

「……或許會有幫助呢。」

我低頭看著交疊在腿上的雙手。

「我不能回那兒去，我眞的沒辦法。」

他嘆了口氣，說道：「好吧。也許以後再來談好嗎？」

「不要，」我喃喃地說：「我沒辦法。」

「好，好。」他說。

他面帶微笑，但似乎有些失落。我很渴望能給他一點什麼，讓他別放棄我。「奈許醫師？」我喊了一聲。

「什麼事？」

「前幾天我寫說想起了某件事，說不定兩者有所關連。我也不曉得。」

他轉頭面對我。

「繼續說。」我們的膝蓋碰在一起，誰都沒有縮走。

「我醒來的時候，隱約知道自己和一個男人躺在床上。我想起一個名字，但不是班恩。不曉得是不是我外遇對象的名字，那個攻擊我的人。」

「有可能。也許是壓抑的記憶開始浮現。什麼名字？」

剎那間我忽然不想告訴他，不想大聲說出來。好像覺得這麼做就會讓它成眞，會將攻擊者召回現實。我閉上眼睛。

「艾德。」我低聲道：「我以爲醒來時旁邊躺的人叫艾德。」

一陣靜默。心跳聲彷彿永不止息。

「克莉絲汀，那是我的名字。我叫艾德，艾德．奈許。」

我的心怦怦狂跳了好一會兒。第一個念頭竟是他攻擊了我。「什麼？」我驚慌地說。

「那是我的名字。我以前告訴過妳，也許妳一直沒寫下來。我的名字叫艾德蒙，就是艾德。」

我這才領悟到不可能是他。當時他恐怕才出生不久。

「可是……」

「妳可能是在虛談，就像威爾森醫師解釋的那樣。」

「對，我……」

「又或者攻擊妳的人也叫這個名字？」

他尷尬地笑笑，裝作不在意，但如此一來便顯示我直到後來——也就是當他載我返家後——才想通的事，他早已了然於胸。當天早上我醒來時很快樂，因爲和一個名叫艾德的人同床而快樂。但這不是記憶，而是幻想。和這個名叫艾德的男人同床醒來，並非過去做過的事，而是將來想做的事——儘管我有意識的、清醒的心並不知道他是誰。我想和奈許醫師上床。

我如今，我在偶然間、在無意中告訴了他，也披露了我對他的感覺。當然，他是專業人士。我們倆都假裝不在意發生過的事，卻也因此更顯出此事意義重大。我們走回車上，他開車送我回家。我們閒聊一些瑣事，聊天氣、聊班恩，能談的其實不多，有太多經驗領域完全將我排除在外。有一刻他說：「我們今天晚上要去看戲劇表演。」我留意到他刻意用了複數「我們」。**放心吧，我很識相的**，我想這麼說，但終究沒開口。我不希望他覺得我講話很酸。

他說明天會打電話給我。「妳確定妳還想繼續嗎？」

我知道現在不能停了，直到發掘眞相之前都不能停。這是我欠自已的，否則我過的人生就不算完整。「是，我確定。」總之我需要他來提醒我寫日記。

「好，很好。下次我們應該去造訪妳以前待過的地方。」他看著我說：「別擔心，不是那裡。我想應該去一趟妳離開費雪病房後，移居的安養中心。那裡叫衛靈之家。」我沒作聲。「離妳現在住的地方不遠。要我打電話給他們嗎？」

我想了一想，不知道這樣做會有何益處，但轉念一想，也別無他法了，做任何事總比什麼都不做好。

我說：「好，好的，打給他們吧。」

十一月二十日星期二

現在是早上。班恩建議我清洗窗戶。「我寫在板子上了，」他上車時說道：「在廚房裡。」我去看了。他寫著洗窗戶，還加了一個試探性的問號。我心想他會不會是覺得我可能沒空，也好奇他認爲我整天都在做什麼。他不知道我現在要花幾個小時讀日記，有時候還要花幾個小時寫。他不知道我有些日子還要見奈許醫師。

不知道還沒做這些事以前，我都是如何度日？眞的整天看電視、出門散步，或是做家事嗎？我就這樣長時間坐在扶手椅上，傾聽時鐘滴答滴答響，想著該如何過日子嗎？

洗窗戶。也許有幾天當我看到這種字條會心懷怨恨，認爲他想控制我的生活，但今天卻是帶著愛看待它，認爲他只是想讓我忙碌些，並無惡意。我暗自笑了笑，但儘管如此，我仍覺得要跟我生活可有多難啊。爲了確保我的安全，他想必吃盡了苦頭，而即便如此，想必仍隨時都擔心我會心神錯亂、走失，或發生更糟的情況。我記得日記裡寫到一場大火毀了我們大部分的過往，即使班恩從未說過，但火肯定是因我而起。我看到一個畫面——一扇燃燒的門，幾乎隱沒在濃煙中；一張沙發，正逐漸融化成蠟——幽幽浮現，就近在咫尺，卻不肯化身爲記憶，始終維持在半想像的夢境。可是班恩原諒我了，我心想，就像他一定也原諒了我更多更多。我望向廚房窗外，透過倒映在玻璃上自己的面容，看見修剪過的草地、整齊的狹長花壇、車庫、圍籬。我想到班恩必然清楚我有外遇，即使原本不知情，一發現我人在布萊頓之後肯定明白了。明知事發時我離家遠遠的，打算去和另一個人上床，一旦當我失去記憶，他得鼓起多大的力量來照顧我？我想起我看到的景象，想起我寫的那本日記。我的心神已破碎、已被摧毀，他卻仍陪在我身邊，換成另一個男人可能會說我罪有應得，拋下我自生自滅。

我將目光轉離窗口，看向水槽下方。有清潔用品、肥皂、一盒盒粉末、一瓶瓶塑膠噴罐。我找到一個紅色塑膠水桶，便注入熱水，再往裡頭壓了一點液體肥皂，並加入一小滴醋。**我是怎麼回報他的？**我暗想。我拿起海綿，開始用肥皂水擦窗戶，從最上面往下擦。我偷偷在倫敦到處跑，見醫生、做掃描、造訪我們的舊家和我出事後接受治療的地方，完全沒告訴他。爲什麼呢？因爲我不信任他嗎？因爲他已決定要保護我不讓我發現眞相、要讓我的生活盡量輕鬆簡單？我看著肥皂水一條條細細地往下流，聚積在底部，然後才拿另一塊布將窗玻璃擦得閃閃發亮。

現在我知道眞相其實更糟。今早醒來時，幾乎有一股難以壓抑的罪惡感，**妳該爲自己感到羞愧，妳會後悔的**，這些話不斷在腦中盤旋。起初我以爲和我同床共枕的男人不是我丈夫，後來才發現原來是我背叛了他，而且是兩次。第一次在許多年前，和一個最後剝奪了我一切的男人，如今又來一次，即便沒有實質行動，心也背叛了。我對一個試圖幫助我、安慰我的醫生，萌生了荒謬而幼稚的愛戀。這個醫生，我現在甚至描繪不出他的模樣，記不起曾經見過他，只知道他比我年輕得多，而且有女朋友。現在我已將我的感覺告訴他！沒錯，是無意的，但終究還是說了！我覺得既內疚又愚蠢，甚至無法想像到底是什麼原因讓我走到這一步。眞是可悲。

就在此時，我一面擦玻璃一面下定決心。即使班恩不認同我的治療會有效，我也不相信他會不肯給我機會，讓我自己去試試。如果我想要的話，他不會反對。我是成年人，他又不是窮凶極惡之徒，當然可以實話告訴他對吧？我把水倒進水槽，重新裝了一桶。我會告訴我丈夫的。今天晚上。當他回家以後。事情不能再這樣繼續下去。我繼續擦洗窗戶。

那是一小時前寫的，現在我又不確定了。我想到亞當。我讀到關於金屬盒內的照片，但如今仍未擺出他的照片，一張都沒有。我不敢相信班恩，或任何一個人，能夠在失去兒子之後，將他留在家中的痕跡盡數移除。這樣好像不太對、不太可能。我能相信一個會做這種事的人嗎？我想起日記裡記載我們坐在國會山上那天，我直接問了他，而他說謊。現在我又翻回那天，重新讀一遍。**我們一直沒有生孩子嗎？**我這麼問，他回答說：**沒有，我們沒有**。他這麼做眞的只是爲了保護我嗎？他眞覺得這是最好的作法嗎？什麼都不告訴我，除了他必須說的、方便說的之外。還有，這也是最快速的作法。每天要跟我說同樣的事，一再反覆，他想必是累了。我忽然想到他縮短解釋、改變說詞，根本不是爲了我。也許這樣他才不會因爲一直重複解釋，而把自己給逼瘋了。

我覺得我也快要瘋了。每件事都是瞬息萬變。現在想這樣，下一刻又有相反的想法。我現在相信丈夫說的每句話，之後又什麼都不相信。我現在信任他，之後又不信任。沒有一件事感覺是眞的，一切都是虛構。連我自己也是。

眞希望能確實知道一件事，只要有那麼一件事不需要別人來告訴我，不需要別人提醒就好了。

眞希望能知道那天在布萊頓跟我在一起的人是誰。眞希望能知道是誰這樣對我。

稍後。我剛和奈許醫師說完話。電話鈴響時，我正在客廳打盹，電視機開著，但是靜音。雯

時間，我突然分辨不出自己身在何處，是睡著還是清醒。我好像聽到人聲，愈來愈響，接著發覺其中一人是我，另一人像是班恩。但他說的是「妳這賤貨」，還有更難聽的。我對著他尖叫，起先是憤怒，然後是恐懼。門砰的一聲，拳頭倏然揮出，玻璃碎了。這時我才發覺自己在做夢。

我張開眼。眼前桌上有個缺了口的馬克杯，裝著冷掉的咖啡，旁邊一支電話正焦躁地鳴響。是掀蓋的那支。我拿起電話。

是奈許醫師打來的。他先自我介紹，其實他的聲音聽起來很熟悉。他問我好不好，我說很好，說我讀了日記。

「那妳知道我們昨天談了什麼囉？」他問道。

我說：「對。」

「其實我今天早上打給他們了，很順利，我們可以去參觀。他們說想什麼時候去應該都可以。」未來的事，此時似乎又顯得與我無關。「接下來幾天我會很忙，」他說：「我們星期四去好嗎？」

我頓時感到一絲震驚、恐慌。看來他決定把事情攤開來講。我也覺得燃起一絲希望——說不定他的確和我有同樣的感覺，同樣是欲望與憂懼交雜——但很快就破滅了。「我是說，去妳離開病房後住過的地方看看，那個衛靈之家。」

「應該可以。」我說。何時去我無所謂，對於此行是否會有任何幫助，我並不樂觀。

「那好，我會打給妳。」

正要道別時，我想起打瞌睡前寫下的東西。看來我睡得並不沉，否則早就全忘光了。

「奈許醫師？我能和你談談嗎？」

「什麼事？」

「關於班恩。」

「當然可以。」

「其實我只是很困惑。有些事他沒告訴我，一些重要的事，比如亞當、我的小說。還有些事他會撒謊，他說我是因爲車禍才變成這樣。」

「這個嘛。」他說完，停頓了一會。「妳認爲他爲什麼這麼做？」他語氣中強調的是「妳」，而非「爲什麼」。

我略加思索。「他不知道我會把事情寫下來，他不知道我清楚事情根本不是這樣。我猜這樣對他而言比較輕鬆。」

「只是對他嗎？」

「不是，對我應該也比較輕鬆，或許他是這麼想的吧。但其實不然，這樣只意味著我根本不曉得能否相信他。」

「克莉絲汀，我們經常會更改事實、重寫歷史，好讓事情變得簡單、讓事情和我們偏愛的版本一致。這是無意識的舉動。我們會編造記憶，而且是不假思索。如果我們告訴自己發生過某件事，只要說的次數夠多，我們就會慢慢相信，然後就眞的把它記下了。這不正是班恩在做的嗎？」

「大概吧，」我說：「但我覺得他在利用我，利用我的病。他以爲他可以任意重寫歷史，反正我永遠不會知道，永遠不會變聰明。但我確實知道了，我完完全全知道他在做什麼，所以我不相信他。到頭來是他把我推開的，奈許醫師，是他破壞了一切。」

「那麼，妳覺得妳能怎麼辦？」

我已經知道答案。今天早上我已讀過日記，一遍又一遍。關於我該如何相信他，關於我如何不相信，到最後我一心只想著：**事情不能再這樣繼續下去**。

「我得告訴他我在寫日記。得告訴他我一直在和你見面。」

他沉默了片刻。我不知道自己期待什麼反應。不贊成嗎？但當他開口，說的卻是：「我想妳也許是對的。」

我深深鬆了一口氣。「你這麼想嗎？」

「是啊，我已經考慮了幾天，這也許是明智的作法。我沒想到班恩對過去的說詞，會和妳慢慢想起的差那麼多，也沒想到這會讓妳多難受。不過我還想到一點，我們現在只是開始對情況有些了解。據妳所說，妳被壓抑的記憶正在慢慢浮現。妳若能和班恩談談過去的事，或許會有所幫助。或許能幫助記憶恢復。」

「你眞這麼想？」

「是啊。沒讓班恩知道我們在做的事，或許不對。而且，我今天和衛靈之家的工作人員談過，希望能了解那邊的情形。和我談的是後來跟妳十分要好的一個女人，也是工作人員，她叫妮可。她跟我說她是最近才又回到那裡工作，但她一聽說妳搬回家住，就開心得不得了。她說再也沒有誰能像班恩那麼愛妳。他幾乎每天都去看妳。妮可說他會陪妳坐在房裡，或是花園裡，而且不管如何，總是很努力表現得開朗快活。大家後來都跟他很熟，也都很期待他來。」他停頓了一會。「妳何不建議班恩和我們一起去呢？」又是一頓。「無論如何，我可能都應該見見他。」

「你們從未見過面？」

「沒有。我第一次和他接觸，只是在電話上稍微談了一下見妳的事，談得不是很順利……」

這時我忽然想到了。就是爲了那個原因，他才建議我邀班恩。他終於想見他了。他想讓一切公開透明，以免昨天的尷尬場面再度重演。

「好，如果你這麼想的話。」

他說他想，然後過了好久才又說：「克莉絲汀，妳說妳讀過日記了？」

「是啊，」我說。他又等了一下，才開口道：「今天早上我沒打電話，我沒告訴妳日記在哪裡。」

我恍然醒悟的確如此。我自己走到衣櫥，雖然不知道會在裡面發現什麼，卻還是找到鞋盒，而且幾乎想都沒想就打開來。是我自己找到它的，簡直就像是記得它在那裡。

「那太好了。」他說。

這段我是在床上寫的。時間很晚了，但班恩還在樓梯平台對面的書房裡。我聽見他在工作，鍵盤啪啦啪啦地響，還有滑鼠的喀嗒喀嗒聲。偶爾會聽見一聲嘆息和椅子的吱嘎聲。我想像他正凝視著螢幕，全神貫注。我相信他準備上床前，會傳來電腦關機的聲音，也會有時間藏日記。儘管今天早上想好了，也和奈許醫師說定了，此時卻堅決不想讓丈夫看見我一直在寫的東西。

今晚，我們坐在餐廳裡，我和他談了。「我可以問你一個問題嗎？」我見他抬起頭，便接著說：「我們爲什麼一直沒生孩子？」這應該是在測試他。我希望他告訴我實話，反駁我的說法。

「好像一直都找不到適當時機。後來就太遲了。」

我將晚餐盤子推開，心裡十分失望。他很晚才回家，進屋時喊著我的名字，問我好不好。「妳在哪？」他的口氣像在責備。

我高聲喊說我在廚房。我正在準備晚餐，切著洋蔥，要放進已經熱了橄欖油的鍋中炒。他站在廚房門口，好像猶豫著不敢進來。臉色顯得疲憊、不快樂。「你還好吧？」我問道。

他看見我手裡的刀。「妳在做什麼？」

「煮晚餐啊。」我說著微微一笑，但他沒有回以笑容。「我想做個蛋捲。我在冰箱裡找到幾個蛋和一些蘑菇。還有馬鈴薯嗎？我到處都找不著，我……」

「我打算吃豬排。」他說：「我買了一些，昨天買的，本來想可以吃那個。」

「對不起，我……」

「沒關係啊，蛋捲也無所謂，如果妳想吃的話。」

我感覺對話在不知不覺間溜走了，溜到一個我不希望它去的地方。他瞪著砧板看，我的手就懸在上方，手裡握著刀子。

「不，」我笑著說，但他沒有跟著笑。「沒關係，我不知道嘛，我還是可以……」

「妳都已經切洋蔥了。」他說。語調平平，事實的陳述，毫無修飾。

「我知道，可是……還是可以吃豬排吧？」

「隨便妳好了，我去擺餐具。」他說著轉身走進餐廳。我沒有答腔。我不知道自己是否做錯了什麼，便又接著切洋蔥。

此時我們面對面坐著，幾乎一直默默無語地用餐。我問他工作還好嗎，他卻聳聳肩說還好。「很漫長的一天，」他只願意說這麼多，當我再追問，他也只補了一句：「就是工作。」交談都還沒眞正開始便已胎死腹中，我重新考慮後仍決定不告訴他關於日記和奈許醫師的事。我挑弄著食物，試著不去擔心，我告訴自己，他畢竟也有心情不好的權利，但焦慮仍啃噬著我。我可以感覺說話的機會溜走了，又不知道明天醒來時，是否仍確信這麼做是對的。最後我再也按捺不住，說道：「可是我們想要小孩嗎？」

他嘆了口氣。「克莉絲汀，非談這個不可嗎？」

「對不起，」我說，但仍不知道接下來要說什麼，或是否該說什麼。也許就此作罷比較好，但我發覺自己辦不到。「只不過今天發生了很奇怪的事。」我試圖注入些許輕浮的語氣，一種我並未感受到的輕快氣氛。「我只是覺得我想起了一點什麼。」

「一點什麼？」

「是啊，唉，我也不知道……」

「妳說。」他探過身來，忽然變得熱切。「妳想起了什麼？」

我的目光定在他身後的牆面。那兒掛了一幅畫，是張攝影畫。花瓣的特寫，不過是黑白的，上頭還懸著水珠。看起來很廉價，我暗想，好像應該掛在百貨公司而不是家裡。

「我想到我生過孩子。」

他重新坐回椅子上，雙眼瞪得大大的，然後整個閉上。他吸了口氣，然後長長地吐出來。

「是眞的嗎？」我問：「我們有過孩子嗎？」我心想倘若他現在說謊，我眞不知道自己會怎麼做。應該會和他爭辯吧，一口氣不加控制、不計後果地全說出來。他睜開雙眼凝視著我。

「是，是眞的。」

他跟我說了亞當的事，我頓時感到輕鬆無比。輕鬆，卻又略帶痛苦。這些年來，我已不復記憶、永遠無法復得的那些時刻，再也回不來了。我感到渴望之情在內心蠢蠢欲動，感覺它不斷擴大，大到可能將我吞噬。班恩跟我說了亞當的出生、他的童年、他的生活，上哪所學校、演過哪齣耶穌誕生劇、他在足球場和田徑場上的技能、他對考試結果的失望、他交過的女友，還有一次不小心將捲菸誤認爲大麻。我提出問題，他便回答；他似乎很樂於談論兒子，低落的心情好像被回憶給騙走了。

我發現他說話的時候我是閉著眼睛的。亞當、我，以及班恩的影像一一掠過，但不能確定那是記憶或想像。他說完後我睜開眼睛，看見坐在眼前的人，看見他竟變得這麼老、這麼不像我所想像的年輕父親，一度震驚不已。「可是都沒有他的照片。」我說：「到處都看不到。」

他露出不自在的神情。「我知道。妳看了會難過。」

「難過？」

他沒說話，也許是沒有勇氣告訴我亞當死了。他顯得有些沮喪、筋疲力盡。我不由得內疚起來，爲了現在對他做的事，爲了每天對他做的事。

「沒關係，我知道他死了。」

他很訝異，有點遲疑。「妳……知道？」

「對。」我本打算說出日記的事，說出他早就把一切告訴過我，但我沒有。他的情緒似乎仍不穩定，氣氛緊綳。還不急。「我只是感覺得到。」我說。

「有可能，我以前跟妳說過了。」

當然是這樣，他說過了，就像他也說過亞當的生活。然而我發覺有些片段感覺很眞實，有些則不然。我發覺我並不相信兒子死了。

「再跟我說一遍。」我說。

他述說著戰爭和路邊的炸彈。我側耳聆聽，盡量保持鎭定。他談及亞當的葬禮，告訴我棺材上方禮砲齊放，還覆蓋了英國國旗的情景。我試著將思緒推向記憶，即使這些記憶是如此艱難、如此可怕。但毫無所獲。

「我想到那兒去，」我說：「想去看看他的墳墓。」

「莉絲，我覺得不……」

我知道，少了記憶，我必須親眼見到他已死的證據，否則就會永遠抱著他仍活在人世的希望。「我想去，」我說：「非去不可。」

我仍舊以爲他會拒絕，會跟我說這不是個好主意，說這樣會讓我太難受。那麼我該如何應對？我該如何強迫他？

不料他沒有。「那就週末去吧。我答應妳。」

欣慰混雜著恐懼，使我茫然。

我們一起收拾晚餐盤子。我站在水槽前，將他遞給我的餐具放進熱肥皀水中，用力擦洗，再遞給他擦乾，從頭到尾都盡量不去看窗戶上的倒影。我強迫自己想著亞當的葬禮，想像自己在某個陰霾的日子裡，站在草地上的一壟土丘旁，凝望著懸吊在地面坑洞上方的一具棺木。我試著想像齊射的禮砲、獨自吹號的號手，還有默默飲泣的我們——他的家人朋友們。

但是辦不到。雖然不是很久以前，我卻什麼也看不到。我試著想像當時的心情。那天早上醒來時，我應該全然不知道自己已爲人母，班恩想必得先說服我相信自己有個兒子，再說服我相信當天下午他就要下葬。我想像的不是恐懼，而是茫然、不敢置信、不眞實。人心能承受的也就那麼多，肯定沒有人能坦然面對這個，至少我絕對不行。我想像他告訴我該穿什麼，帶領我走出家門到一輛等候的車旁，然後上車坐在後座。行車時我也許滿腹狐疑，不知要去參加誰的葬禮。也許感覺像是我的。

我看了看班恩映在窗戶上的倒影。他也得面對這一切，而且是在他自己的悲傷煩惱到達巔峰的時刻。假如他沒有帶我去參加葬禮，或許對我們所有人都比較仁慈。我心下一凜，該不會他眞是這麼做吧？

我仍然不曉得是否該說出奈許醫師的事。他現在又顯得疲憊，幾近沮喪，只有當我與他視線交會、面露笑容，他才會淡淡一笑。晚一點好了，我心想，雖然不知道會不會有較好的時機。看他情緒低落，我忍不住責怪自己，若非是我做了什麼就是沒做什麼。我這才發覺自己有多在乎這個男人。說不上來是不是愛他，到現在都還說不上來，但那是因爲我並不眞正了解愛。雖然對亞當的記憶混沌、閃爍，但我能感受到對他的愛、想保護他的本能、想給他一切的欲望，能感覺他是我的一部分，少了他我也變得不完整。對我母親也一樣，當我的心看見她，便感覺到一種不同的愛，一種較爲複雜、帶著謹愼與保留的情結，我無法完全明白。但班恩呢？我覺得他很迷人，我相信他——儘管他對我說謊，我知道他心裡完全是爲我著想——但又隱約意識到認識他不過幾個小時，這樣能說我愛他嗎？

我不知道。但我希望他快樂，而且就某個層面而言，我也希望讓他快樂的人是我。我決定，我得多盡點心力，要掌控住。這本日記或許能改善我們兩人的生活，而非只能幫助我一人。

我正想問他還好嗎，事情就發生了。想必是我在他還沒抓穩前就放手，盤子砰一聲落地，伴隨著班恩喃喃的一句「該死！」，便碎成數百片小碎片。「對不起！」我說，但班恩沒有看我，只是蹲下身去，低聲咒罵。「我來吧！」我說，但他不加理會，而是開始撿起較大的碎片放到右手。

「對不起，」我又說：「是我太笨手笨腳！」

我不知道自己預期他有何反應，應該是諒解吧，或者安慰我說不要緊。沒想到班恩卻說「媽的！」，接著放下盤子碎片，開始吸吮左手拇指。血滴濺紅了地上的防水油布。

「你沒事吧？」我問道。

他抬頭看著我。「沒事，沒事，只是不小心割到。眞他媽的白痴……」

「我看看。」

「沒什麼。」他說著站起身來

「我看看。」我重複說著，伸手去拉他的手。「我去拿繃帶或是藥膏，我們有沒有……」

「妳有完沒完！」他打掉我的手。「妳就別管了，行不行？」

我驚呆了。看得出來傷口很深，血不斷從邊緣湧出，匯成一條細線流下手腕。我不知該做什麼、說什麼。他其實沒有大吼，卻也沒掩飾他的不快。我們面對彼此，處於過渡狀態，兩人在口角邊緣保持平衡，各自等候對方開口，兩人都不確定發生了什麼事，而這一刻又有多重要。

我受不了了。「對不起。」我說道，雖然內心有些氣憤。

他的臉色緩和下來。「沒關係，我也很抱歉。」他略一停頓。「我想我大概是太緊繃了。今天眞的好辛苦。」

我拿了一張餐巾紙遞給他。「你應該把手擦乾淨。」

他接過紙巾，擦了擦手腕和手指，說道：「謝謝，我還是上樓去沖個澡。」他彎身親親我。「好嗎？」

他轉身走出廚房。

我聽見浴室門關上，水龍頭扭開，我旁邊的熱水器轟然點火。我撿起剩餘的餐盤碎片，先用紙包好再放進垃圾桶，然後掃起較細小的碎片，最後才用海綿擦拭血跡。忙完後，我走進客廳。掀蓋手機正在袋子裡悶響。我取出一看。是奈許醫師。

電視還開著。班恩在樓上從一個房間走到另一個房間時，我聽見頭頂上的地板嘎吱作響。我不想讓他聽見我用一支他不知道我有的電話在交談，便放輕聲音說：「喂？」

「克莉絲汀，」對方說道：「我是艾德，奈許醫師。妳方便說話嗎？」

今天下午他說話時顯得很平靜，近乎深思熟慮，但此刻的聲音卻很急促。我不禁害怕起來。

「可以，」我把聲音壓得更低。「怎麼了？」

「聽好，妳和班恩談過了嗎？」

「談了，」我說：「談了一點。怎麼了？有什麼不對嗎？」

「妳有沒有跟他說日記的事？我的事？妳有沒有請他一起去衛靈之家？」

「沒有，我正打算這麼做。他人在樓上，我……對了，到底怎麼回事？」

「很抱歉，」他說：「也許沒什麼好擔心的，只不過剛剛衛靈之家有個人打電話給我。就是今天早上和我談過的那個女人，妮可，記得嗎？她想給我一個電話號碼。她說妳的朋友克萊兒好像打過電話，希望找妳談談。她留下了電話號碼。」

我頓時全身緊繃。我聽到馬桶沖水聲和洗手檯的水流聲。「我不懂，」我說：「是最近嗎？」

「不是，」他說：「是妳離開那裡、搬去和班恩同住以後幾個星期。因爲妳不在，她便記下班恩的號碼，可是呢，他們說她不久又打回去說連絡不到班恩，並問他們能不能把妳的地址給她。他們當然不能這麼做，但是她可以留下電話號碼，如果妳或班恩打電話去，他們可以轉告。今天早上和我談過以後，妮可在妳的病歷資料裡發現一張紙條，便打電話來告訴我這個號碼。」

我不明白。「他們何不乾脆寄給我？或寄給班恩？」

「這個嘛，妮可說他們寄了，卻一直沒有得到任何回音。」他到此打住。

「信件都是班恩處理的。早上他會去拿信，反正他今天早上去拿了……」

「班恩有沒有給妳克萊兒的電話？」

「沒有。沒有，他說我們已經好幾年沒連絡，說她搬走了，就在我們結婚過後不久。搬去了紐西蘭。」

「好，」他接著說道：「克莉絲汀，妳以前跟我說過，而……怎麼說呢……這不是個國際電話號碼。」

我感覺到一股翻騰洶湧的恐懼感，但還說不上來爲什麼。

「這麼說她回國了？」

「妮可說克萊兒以前常常到衛靈之家看妳，幾乎和班恩一樣常去。妮可從未聽說她搬走的事，不論是紐西蘭或其他地方。」

一切好像都在瞬間起飛，移動得過度快速讓我追趕不上。我聽見班恩在樓上的聲音。水已經不流了，熱水器安靜下來。一定有個合理的解釋，我暗忖，一定有。我覺得現在唯一要做的就是讓事情緩下來，我好追上前去，了解情況。我希望他別再說了，取消先前說過的話，但他沒有。

「還有一件事，」奈許說道：「眞對不起，克莉絲汀，但妮可問我妳好不好，我告訴她了。她說她很驚訝妳竟然又搬回去和班恩同住。我問她爲什麼。」

「好，」我聽見自己說：「說下去。」

「很抱歉，克莉絲汀，但請妳聽著。她說妳和班恩已經離婚了。」

客廳登時傾斜，我趕緊抓住椅子扶手像是要穩住腳步。這沒道理。電視上有名金髮女子正對著一個年紀較大的男人尖聲叫喊，說她恨他。我也想跟著大叫。

「什麼？」我說。

「她說妳和班恩分手了，是班恩離開了妳，就在妳搬到衛靈之家後一年左右。」

「分手？」我覺得客廳好像在往後退，慢慢地消失變小、不見了。「你確定？」

「是的，應該吧。妮可是這麼說的，她說可能和克萊兒有關，至於其他便不肯再多說什麼了。」

「克萊兒？」我說。

「是的，」他說。即便我自己十分困惑，卻也聽得出這番對話對他而言何其困難，聽得出他語氣中的遲疑，聽得出他字斟句酌以決定怎麼說最好。「我不知道為什麼班恩沒把這一切告訴妳，我敢說他認為自己做得沒錯，是為了保護妳。但如今呢？我也不知道。沒告訴妳克萊兒還待在這裡，也沒提到你們離婚？我真的不知道。好像不太對勁，但我猜他一定有他的理由。」我默不作聲。「或許妳該找克萊兒談談，說不定她知道些什麼，或甚至可以和班恩談一談。我不知道。」又一次停頓。「克莉絲汀，妳有筆嗎？要不要記一下這個號碼？」

我艱難地嚥下口水。「好，」我說：「好的，謝謝。」

我找到矮几上報紙的一個角落，拿起旁邊的筆，寫下他給我的號碼。這時我聽到浴室門把旋開的聲音，班恩走到了樓梯平台。

「克莉絲汀？」奈許醫師說：「我明天再打給妳。在我們釐清狀況之前，什麼都不要跟班恩說，好嗎？」

我聽到自己答應他，然後說再見。他要我別忘記在上床之前寫日記。我在號碼旁邊寫上「克萊兒」，但仍不知要怎麼辦。我把那角撕下來放進袋子裡。

班恩下樓時我一聲不吭，他坐到我對面的沙發上時，我仍舊沒開口，只是盯著電視看。是關於野生動物的紀錄片，介紹住在海底的生物。一艘遙控的潛水船隻正在探索一道水底深溝，同時不斷劇烈震盪。兩盞燈射進一些從來沒有光線的地方，像深海幽靈。

我想問他我是否還和克萊兒保持連絡，卻又不想聽到另一個謊言。一隻巨大烏賊懸浮在幽冥中，隨著緩慢的海流漂移。這隻動物從未被拍攝過，配著電子音樂的旁白說道。

「妳還好吧？」他問道。我點點頭，視線並未離開螢幕。

他站起來，說道：「我還有工作要做，先上樓了。我馬上就去睡。」

這時我看著他，不知道這人是誰。

「好，」我說：「待會見。」

十一月二十一日 星期三

我花了一整個早上讀這本日記。儘管如此，仍未全部看完，有幾頁是匆匆瀏覽，有幾頁則一讀再讀，試圖讓自己相信。現在我人在臥室，坐在凸窗前繼續寫著。

我把電話放在大腿上。爲什麼撥打克萊兒的號碼，感覺如此困難？神經元傳遞衝動，肌肉收縮，不過就這麼簡單，一點都不複雜、不困難。但感覺上，拿筆寫下來要簡單多了。

今天早上我走進廚房，心裡想著：我的人生建立在流沙上，日復一日地變動。我自以爲知曉的事是錯的，我很確定的事，關於我的人生和我自己的事實，早已是多年前的往事。我所有的經歷，讀起來像小說。奈許醫師、班恩、亞當，現在又有克萊兒。他們都存在，不過卻是黑暗中的陰影，是陌生人，他們縱橫分布於我的生活當中，時而連結、時而脫離，捉摸不定、輕盈空靈，猶如幽靈。

而且不只是他們，一切的一切，全都是捏造的、無中生有。我渴望能找到堅實的土地，找到一點眞實的東西，不會趁我睡覺時消失的東西。我需要讓自己碇泊。

我啪地打開垃圾桶蓋。一股溫熱從中升起，是分解腐化的熱氣，還有微微的臭味，腐敗食物甜甜的、噁心的味道。我看見一份報紙，塡字遊戲的部分做完了，還有一個浸泡成褐色的茶包。我屏住呼吸，跪在地板上。

報紙裡包著瓷器碎片、一些麵包屑、細細的白色粉末，底下有一個購物袋，打了結封住。我把它拎出來，心裡想到換下的尿布，決定待會有必要再拆開。袋子底下有馬鈴薯皮和一個滲出番茄醬、幾乎空了的塑膠瓶。我把兩樣一併撥開。

四、五個蛋殼，和一把薄如紙的洋蔥皮。去籽紅椒的殘餘，一株半腐的大蘑菇。

看完滿意了，我又把東西重新放回桶內，蓋上蓋子。沒錯，昨天晚上我們吃蛋捲，打破了一個盤子。我看看冰箱，有兩塊豬排放在保麗龍盤內。玄關裡，班恩的拖鞋擺在樓梯底端。一切都確實如我昨晚日記中所描述。我沒有捏造，全都是真的。

也就是說那個電話號碼是克萊兒的。奈許醫師真的打來過。班恩和我離婚了。

我現在想打給奈許醫師，想問他該怎麼做，最好還能請他代勞。但我還能在自己的生活中當多久的過客？被動多久？我需要掌控。我心裡閃過一個念頭：既然我已經向奈許醫師坦承我的感受、我的愛戀，那麼或許永遠不能再見他了，但我沒有讓這念頭扎根。不管如何，我都得親自和克萊兒談。

但要說什麼呢？我們之間似乎有太多話要說，卻又似乎無話可說。我們之間發生過那麼多事，我卻一無所知。

我想起奈許醫師說的，關於我和班恩離婚的原因。**可能和克萊兒有關**。

這一切都說得通。多年前，我丈夫在我最需要他、卻最無法理解他的時候離開了我，如今我們復合了，他跟我說我最好的朋友在這一切發生之前，已經移居到世界的另一端。是因為這樣我才無法打電話給她嗎？因為我害怕她要隱瞞的事恐怕多得讓我想都想不到？是因為這樣，所以班恩似乎不希望我記起太多？甚至是不是因為這樣，他才暗示說做任何治療都沒用，那麼我將永遠無法將記憶串連起來，也不會知道發生什麼事了？

我無法想像他會這麼做，誰也無法想像。太荒謬了。我想起奈許醫師提到關於我在醫院那段期間。**妳說醫生們想合謀害妳**，他說，**出現恐慌症狀**。

現在會不會又是舊病復發？

忽然間一段記憶湧現。幾乎是猛力的衝擊，從我空白的過去一躍而起，撞得我人仰馬翻，它卻又立即消失不見。克萊兒和我，在另一個派對。「天哪，」她說：「眞是氣人！妳知道我覺得哪裡不對勁嗎？所有人滿腦子都只想著性。根本就是動物在交配，對吧？不管我們多努力拐彎抹角、修飾美化，事實就是這樣。」

有可能是因爲我困在自己的地獄裡，克萊兒和班恩才相互尋求慰藉嗎？

我低下頭。電話一動也不動地躺在我大腿上。我不知道班恩每天早上出門以後，到底上哪兒去了，或是回家途中會在哪兒停留。任何地方都有可能。我並沒有機會將懷疑層層建立，將事實一一連結。即使有一天我發現克萊兒和班恩在床上，第二天也就忘了。我是最適合欺騙的人。說不定他們現在仍藕斷絲連，說不定我已經發現了，又忘了。

我這麼想，但不知爲何又不這麼想。我相信班恩，但卻又不信。內心同時存在兩個極端的想法，左右搖擺不定，這是絕對可能的。

但他爲什麼說謊？**他只是認爲自己在做對的事**，我不斷告訴自己，**他在保護妳，不讓妳知道妳無須知道的事**。

當然，我撥了電話。我不可能不這麼做。電話鈴響了一會兒，接著喀嗒一聲，有個聲音說道：「你好，請留言。」

我馬上就認出那個聲音。是克萊兒。錯不了。

我給她留了話。「請打電話給我，我是克莉絲汀。」

我下樓去。能做的我都做了。

我等了又等，一個小時過去，變成兩小時。我利用這段時間寫日記，見她仍未來電，便做了三明治在客廳裡吃。我在廚房忙著擦拭流理檯，將麵包屑掃進手心，準備倒進水槽，這時門鈴響了。那響聲嚇了我一跳。我放下海綿，拉起掛在烤箱門把的擦碗巾將手擦乾，然後去看是誰。

透過毛玻璃可以看到一個男人的輪廓。穿的不是制服，而是看似西裝領帶。是班恩？我暗忖，但隨即想到他應該還在上班。我打開了門。

是奈許醫師。我知道，一來是因爲不可能有別人，但二來也是因爲我認得他。儘管今天早上在日記裡讀到他時想像不出他的樣子，儘管得知丈夫的身分之後，仍始終感到陌生，但我卻認得他。醫師留著短髮、旁分，領帶鬆鬆的有點邋遢，夾克裡面穿了一件不搭的套頭毛衣。

他想必看見我臉上詫異的表情。「克莉絲汀嗎？」他說。

「是，我是。」我只把門打開一條縫。

「是我，艾德，艾德．奈許。奈許醫師。」

「我知道。我……」

「妳看過日記了嗎？」

「看過了，可是……」

「妳沒事吧？」

「沒事，我很好。」

他放低聲音。「班恩在家嗎？」

「不，他不在。只是怎麼說呢，我沒想到你會來。我們約好的嗎？」

他躊躇了一下，一剎那，卻已足以打亂我們交談的節奏。我們沒約，我知道，至少我沒寫。

「是啊，妳沒寫下來嗎？」

我沒有，但我沒出聲。我們隔著我還不視為自己家的房屋門檻站立，彼此對望。

「我能進來嗎？」他問道。

我起先沒有回答，不確定是否想請他入內。這樣好像不太對，是背叛。但背叛什麼呢？班恩的信任？我花了大半個上午讀著他的謊言，自從他說謊以後，我再也不知道他的信任對我有多重要。

「可以。」我說著將門打開。他點一下頭進入屋內，同時左瞄右看。我接過他的外套，掛在衣架上，旁邊有一件雨衣大概是我的。「裡面。」我指指客廳，他走了過去。

我替我們倆弄了點喝的，把他的給他後，端著我自己的坐到對面。他沒有說話，我緩緩啜飲一口，也等著他慢慢喝下一口後，將杯子放到我們中間的矮桌上。

「妳不記得妳叫我過來嗎？」他問道。

「不記得，」我說：「什麼時候？」

他的答案讓我不寒而慄。「今天早上，我打來告訴妳日記在哪裡的時候。」

我完全不記得今天早上他打過電話，即使現在他人走了，我仍舊想不起來。

我想到日記裡寫的其他事情。**一盤我不記得有點過的甜瓜。一塊我沒有說要吃的餅乾。**

「我不記得。」我說著，恐慌之情油然而生。

他臉上流露出關懷。「妳今天有沒有睡覺？我是說不只是打個盹。」

「沒有。完全沒有。我就是記不得了。什麼時候的事？什麼時候？」

「克莉絲汀，冷靜一點，這可能也沒什麼。」

「可是萬一……我不……」

「克莉絲汀，別這樣，這根本不代表什麼。妳只是忘記罷了，每個人偶爾都會忘記事情。」

「但是我忘了整段對話！而且應該也不過是幾小時前的事！」

「沒錯，」他說得很輕柔，試圖安撫我，但並未離開座位。「可是妳最近經歷了太多事情，記憶一直變幻不定。忘記一件事並不代表情況惡化，或是不會再好轉，好嗎？」我點點頭，努力試著相信他，極渴望相信他。「妳要我過來是因爲妳想找克萊兒談，卻又不確定妳辦得到。妳希望我替妳和班恩談談。」

「眞的？」

「是啊，妳說妳覺得自己辦不到。」

我看著他，想著所有我寫過的東西，發覺我並不相信他。我一定是自己發現日記的，今天我沒有請他過來，沒有要他和班恩談。既然我自己都決定先不告訴班恩任何事，又怎會要求他？既然我自己都已經打了電話給克萊兒，也留了言，又怎會說需要他來幫忙？

他在說謊。我暗忖他是爲了什麼其他理由而來，他有什麼難以對我啓口的。

我失去記憶，但並不笨。「你到底是爲了什麼而來？」我問道。他在椅子上換了個姿勢。也許他只是想看看我住的地方，可能想在我和班恩談之前再見我一次。「你是不是擔心我把我們的事告訴班恩以後，他不會讓我再見你？」

這時又興起另一個念頭。也許他根本沒有在寫論文，也許他想花這麼多時間和我在一起，另有原因。我屏除這念頭。

「不，完全不是這樣。我來是因爲妳叫我來。更何況，妳已經決定在妳找克萊兒談過之前，不把我們見面的事告訴班恩，記得嗎？」

我搖搖頭。我不記得。我不知道他在說什麼。

「克萊兒跟我丈夫有一腿。」我說。

他似乎大吃一驚。「克莉絲汀，我……」

「他把我當成笨蛋一樣，什麼事都騙我。看著吧，我可不笨。」

「我知道妳不笨，」他說：「但我沒想到……」

「他們搞在一起好幾年了，這也說明了一切。爲什麼他跟我說她搬走了，爲什麼雖然她是我最好的朋友，我卻一直沒見到她。」

「克莉絲汀，妳誤會了。」他來到我身邊坐到沙發上，說道：「班恩愛妳，我知道的。當初想說服他讓我見妳的時候，我和他談過。他對妳絕對忠誠，百分之百。他跟我說他失去過妳一次，不想再失去第二次，說每當有人想治療妳，他都眼睜睜看著妳受苦，所以再也不想看妳痛苦了。他顯然很愛妳。我想他是想要保護妳，不讓妳知道眞相。」

我想起今早讀到的，關於離婚。「但他離開了我，爲了跟她在一起。」

「克莉絲汀，妳沒用心想。如果眞是這樣，他何必帶妳回來，回到這裡？直接把妳留在衛靈之家不就好了，但他沒有。他每天都在照顧妳。」

我感覺自己崩潰了，縮成一團。我好像聽懂了他的話，卻又好像不懂。我覺得他的身體散發出溫暖，看見他眼中的善意。我望著他時，他微微一笑。他似乎愈變愈大，到最後我眼裡只看到他的身體、耳邊只聽見他的呼吸。他在說話，但我聽不到他在說什麼，只聽見一個字：「愛」。

我並沒有打算做這件事，事先並沒有計畫。但事出突然，我的人生有如卡住的瓶蓋終於鬆動。霎時間，我只能感覺到我的唇貼在他的唇上，我的雙臂環繞住他的脖子。他的頭髮溼溼的，我不明白也不在乎爲什麼。我想說話，想告訴他我的感受，但我沒有，因爲這樣一來便不能繼續吻他，便必須結束我希望永遠不停歇的這一刻。我終於像個女人了，能自制的女人。雖然我肯定做過，但我記得——我寫過——除了丈夫我沒有吻過其他人，所以這也可以說是第一次。

我不知道這個吻持續了多久，甚至不知道是怎麼開始的，我是怎麼從坐在他身邊的沙發上，感覺自己不斷縮小，小到幾乎就要消失，變成和他接吻。我不記得有此企圖，但並不代表不記得有此想望。我不記得開端，只記得自己從一個狀態進入另一個，沒有中間的過渡，沒機會有意識地思考，沒有決定。

他並未粗魯地推開我，他很溫柔，至少對待我是如此。他沒有羞辱我、質問我這是在做什麼，甚至說我「以爲」自己在做什麼。他只是先將雙唇從我嘴邊移開，接著移開我此時改搭在他肩上的雙手，然後輕輕地說：「不要。」

我大感震驚。是因爲自己的行爲？還是因爲他的反應？我說不上來。只是有一度覺得魂魄飛了出去，一個新的克莉絲汀進入體內，將我徹底占據，然後又消失不見。但我並不驚恐，甚至也不失望，而是感到慶幸，慶幸因爲有她才會發生這樣的事。

他看著我說了聲：「對不起。」我看不出他內心的感受。是生氣？憐憫？懊悔？任何一種都可能吧。也許這三者都混雜在我看到的表情之中。他依然握著我的手，把它們放回我的腿上才鬆開。「對不起，克莉絲汀。」他又重複道。

我不知該說什麼，該做什麼。我沉默不語，本打算開口道歉，卻說道：「艾德，我愛你。」

他閉上雙眼。「克莉絲汀，我……」

「求求你，」我說：「不要，別告訴我你沒有同樣的感覺。」他一聽皺起眉頭。「你知道你是愛我的。」

「克莉絲汀，拜託，妳……妳……」

「什麼？」我說：「瘋了嗎？」

「不，是搞混了，妳搞混了。」

我笑著說：「搞混了？」

「對，妳並不愛我。還記得我們說過的虛談嗎？這其實相當常見，我是說對那些……」

「喔，我知道了，我記得。對那些失去記憶的人。你覺得是這樣嗎？」

「有可能，絕對有可能。」

這時我好恨他。他自以爲無所不知，自以爲比我更了解我自己。他所知的不過是我的病況罷了。

「我不是笨蛋。」我說。

「我知道，這個我知道，克莉絲汀。我不是覺得妳笨，只是……」

「你一定是愛我的。」

他嘆了口氣。現在，我開始讓他感到挫敗、漸失耐心。

「否則你幹嘛這麼常上這兒來？還載著我在倫敦到處晃。你對所有病患都這樣嗎？」

「是啊，」他說，但隨即改口：「不對，不盡然。」

「那是爲什麼？」

「我很想幫妳。」他說。

「就這樣？」

他停頓一下才說：「不只，我也在寫論文，一份科學研究……」

「研究我的？」

「可以這麼說。」他說。我極力想把他的話從腦中刪除。

「但你沒有告訴我班恩和我離婚了。爲什麼？爲什麼不說？」

「我不知道啊！沒有其他原因。妳的病歷裡面沒寫，班恩也沒跟我說。我並不知道！」我沉默了。他有所動作，像是要再牽起我的手，卻中途打住，改而搔搔自己的額頭。「如果我事先知情，我會告訴妳的。」

「你會嗎？就像你跟我說亞當的事那樣？」

「天哪，克莉絲汀，這個我們都已經討論過了。那是我認爲最好的作法。班恩沒有跟妳說亞當的事，我也不能告訴妳，否則是不對的，這樣不道德。」

我笑起來，一個空洞的、嗤之以鼻的笑。「道德？不讓我知道他的事有何道德可言？」

「要不要跟妳說亞當的事得由班恩決定，不是我。但我建議妳寫日記，才能記下妳得知的一切。我認爲這樣是最好的。」

「攻擊那件事呢？看我繼續以爲自己出了肇事逃逸的車禍，你好像還挺高興的。」

「克莉絲汀，沒有，我沒有。那是班恩告訴妳的，我並不知道他對妳說了什麼。我怎麼可能知道？」

我想起先前看到的景象。充滿橙花香味的浴缸，掐住我喉嚨的雙手，無法呼吸的感覺。那人的長相仍是個謎。我不禁哭了起來。「那你又何必說出來呢？」我說。

他親和地說話，但仍沒有碰我。「我沒有，」他說：「我沒有跟妳說妳遭受攻擊。那是妳自己想起來的。」是啊，他說得對。我好氣憤。「克莉絲汀，我……」

「我要你離開，」我說：「請你走。」此時我已扎扎實實地哭出聲來，卻又覺得異常有活力。我不知道剛剛發生了什麼事，甚至幾乎不記得說了些什麼，只覺得有個可怕的東西移除了，我心裡的水壩終於洩洪。

「拜託你，」我說：「請你走。」

我以爲他會力爭，會求我讓他留下。我幾乎是希望他這麼做的。但他沒有。「妳確定嗎？」他說。

「確定。」我喃喃說道，隨後轉向窗口，決心不再看他。今天不看了，到了明天，對我而言，也等於從來沒見過他。他站起來，走向門邊。

「我再打電話給妳。明天好嗎？妳的治療。我……」

「走吧。拜託你。」

他沒有再說什麼。我聽見他出去以後門關上了。

我坐了一會兒，幾分鐘？還是幾小時？不知道。我心跳得好快，感覺空虛、孤單。最後上樓去。在浴室裡，我看著那些照片。我的丈夫。班恩。**我做了什麼？**現在我一無所有了。沒有一個可信任的人，沒有一個可求助的人。我的心怦怦狂跳，完全失控。我不斷想起奈許醫師說的話。**他愛妳，他想保護妳。**

可是爲什麼要保護我？爲了不讓眞相大白。我卻認爲眞相比什麼都重要。也許是我錯了。

我走進書房。班恩說了太多謊話，他告訴我的事沒有一件可信，全都不可信。

我知道我得做什麼。我非知道不可，要知道關於這一件事，我可以信任他。

盒子就在我描述的地方，上了鎖，正如我所猜測。我沒有心煩意亂。

我開始尋找。我告訴自己不找到鑰匙絕不罷休。先從書房找起，其他抽屜、書桌，我做得井然有序，找完都會物歸原位。接著換臥室，我打開抽屜，把他的內衣褲、燙得平整的手帕、汗衫和T恤全都翻出來找。什麼都沒有，我使用的抽屜裡也沒有。

床頭櫃也有抽屜。我打算每個都看看，先從班恩睡的那邊開始。我打開上層，搜尋裡面的物品——幾支筆、一只已經停了的錶、一包我沒見過的罩板包裝藥錠——之後再打開下層抽屜。乍看之下我以爲是空的，輕輕關上時卻聽到細微的空隆一聲，金屬刮擦過木板。我又把抽屜拉開，心跳已然開始加速。

是一把鑰匙。

我坐在地板上，盒子攤開在眼前。裡面裝得滿滿的，多半是照片。有亞當的，還有我的。有些看起來很眼熟，大概是他以前拿給我看過，但有許多卻不然。我找到他的出生證明、他寫給聖誕老人的信、一大疊他嬰兒時期的照片——咧著嘴爬向鏡頭、在我懷裡吃奶、裹在綠色毛毯中熟睡——還有他成長時期的。有他打扮成牛仔的、在學校裡拍的、騎著三輪車的，全都在裡面，正如日記中所描述。

我將照片全數取出，鋪平在地板上，一張張仔細地看。裡頭也有我和班恩的照片，其中一張是在國會大廈前面拍的，兩人都面帶微笑，站的姿勢卻很怪異，好像都不知道彼此的存在似的；另一張是正式的婚紗照，我們站在教堂前，天空烏雲密布，兩人看起來很快樂，快樂得有點可笑。另一張更是如此，那想必是後來蜜月的時候照的：我們面帶微笑坐在餐廳裡，上身朝著吃了一半的餐點前傾，臉上洋溢著愛意與日曬痕跡。

我凝視著這張照片，深感欣慰。我凝視著照片裡的女人和新婚夫婿坐在那裡，望向一個她無法預知也不想預知的未來，心裡一面想著自己和她有多少共通點。但全都是肉體上的，細胞與組織、DNA、化學特徵，此外無他。她是個陌生人，我和她之間毫無連繫，無法從我這裡循線回溯到她那裡。

然而，她是我、我是她，我看得出她沉浸在愛河中。和班恩一起，剛剛和她結爲連理的男人。現在每天醒來仍躺在我身邊的男人。他沒有違背當天在曼徹斯特那個小教堂裡許下的承諾，他沒有放棄我，我看著照片，愛意再次湧上心頭。

但我還是將它放下，繼續尋找。我知道我想找什麼，也知道我害怕找到什麼。那是唯一能證明我丈夫沒有說謊的東西，即便找到以後會讓我失去兒子，卻能給我我的伴侶。

有了。在盒底一個信封裡。一份影印的新聞報導文章，摺了幾折，邊緣微微捲起。我幾乎還沒打開就知道那是什麼，但讀的時候仍不停發抖。**一名英國士兵在阿富汗赫爾曼德省境內護送軍隊時不幸身亡，國防部已確認其身分爲亞當．惠勒，現年十九歲，生於倫敦……**另外還夾了一張照片，鮮花布置在墳上。碑文寫道：**亞當．惠勒，生於一九八七年，卒於二〇〇六年。**

悲痛衝擊著我的心，那力道之強恐怕前所未見。我鬆開手上的紙，痛苦地彎下身軀，太痛了，痛得甚至哭不出來，同時發出哀嚎般的聲音，彷彿一頭受傷、飢餓的野獸，祈求生命快點結束。我閉上雙眼，瞬間看見了。短暫的閃現。一個畫面，顫巍巍地懸在我面前。一枚勳章，放在黑色絲絨盒中交給我。一具棺木、一面國旗。我別開頭去，暗暗禱告它永遠別再出現。有些記憶最好不要擁有，有些事最好永遠忘掉。

我開始動手收拾這些紙張。我心想，這一直以來，我應該要相信他的，應該要相信他之所以隱瞞我，純粹是因爲每天要重新去面對太痛苦了，他這麼做是爲了讓我免去這個，這殘酷的事實。我將照片和文件依原樣放回。我感到心滿意足。我將鑰匙放回抽屜，盒子歸回資料櫃。我心想，從現在起，我隨時想看就可以看，想多常看都行。

現在只剩一件事得做——我得知道班恩爲什麼離開我。我得知道那許多年前，我去布萊頓做什麼。我得知道是誰竊取了我的人生。我得再試一次。

這是今天第二次，我撥了克萊兒的電話。

電波干擾。安靜無聲。接著響了一聲。她不會接的，我暗想，她終究也沒有回我電話。她有事想隱瞞，不能讓我知道的事。

我幾乎是暗自慶幸。我只是在理論上想和她聊聊，但這其實除了引發痛苦，還會有什麼結果呢？我已準備好再次迎接毫無感情的留言邀請。

忽然喀嗒一聲，接著有人說話：「喂？」

是克萊兒，我馬上就知道了。她的聲音感覺就像我自己的一樣熟悉。她又「喂？」了一聲。我沒有出聲。影像不斷快速湧現。我看見她的臉、她的短髮，戴著貝雷帽。她在笑。我看見她出席一場婚禮——應該是我的，但說不準——穿得一身翠綠，在倒香檳。我看見她抱著一個小孩，走過來交給我，嘴裡說著：「晚餐時間到了！」我看見她坐在一張床邊，對著躺在床上的人說話，接著發現那個人是我。

「克萊兒嗎？」我開口說。

「是啊，」她說：「喂？哪位？」

我試著集中心神，提醒自己不管後來幾年發生了什麼事，我們都曾是最好的朋友。我看見一個畫面是她躺在我床上，手裡抓著一瓶伏特加，咯咯笑著說：「男人眞他媽的可笑。」

「克萊兒？是我，克莉絲汀。」

沉默無聲。時間拉得好長，彷彿永無止境。起先我以爲她不會說話，或忘了我是誰，又或者不想和我說話。我閉上了眼睛。

「莉絲！」她喊道，如爆炸般的聲響。我聽到她在呑嚥，好像在吃東西。「莉絲！天哪，親愛的，眞的是妳？」

我睜開眼。一滴淚水開始慢慢滑落我臉上那些陌生的紋路。

「克萊兒。對，是我，我是莉絲。」

「天哪，媽的，」她咒了一句，接著又一句：「媽的！」她的聲音很輕。「羅傑！小羅！是莉絲！她打來了！」忽然聲音變大，說道：「妳好嗎？妳在哪裡？」接著又是：「羅傑！」

「喔，我在家。」我說。

「家？」

「是啊。」

「和班恩一起住？」

我忽然覺得生氣。「對，和班恩一起住。妳有聽到我留言嗎？」

我聽見她倒抽一口氣。是驚訝？還是在抽菸？「有！我也想回電給妳，但妳用的是市內電話，又沒有留號碼。」她略一沉吟，我一度懷疑她是否有其他理由不回電。她接著又說：「無所謂，妳好嗎，親愛的？好高興聽到妳的聲音！」我不知該如何回答，見我不作聲，克萊兒又說：「妳住在哪裡？」

「我也不太清楚。」我說著，內心感到一陣狂喜，既然她這麼問，就表示她已不和班恩見面，但隨後又想到她可能是怕我起疑才故意問的。我好想相信她，好想知道班恩不是因爲在她身上找到了什麼，找到某種能替代我被剝奪了的愛，才會離開我，因爲這樣就表示我也能信任我的丈夫。「蹲尾區嗎？」我說。

「好，那情況怎麼樣？都還好嗎？」

「妳也知道嘛，」我說：「我一件爛事都想不起來。」

我們倆都笑了。能迸發出感傷以外的情緒，感覺眞好，只可惜時間很短，緊接著便是沉默。

「妳聽起來還不錯。」片刻過後她說：「眞的很不錯。」我告訴她我又開始寫東西了。「眞的嗎？哇，太棒了。妳在寫什麼？小說嗎？」

「不是，」我說：「隔一天的事我就完全記不得了，要寫小說有點難。」無聲。「我只是在寫發生在我身上的事。」

「喔。」她只說了這個，沒別的。我心想也許她並不完全了解我的狀況，也有點擔心她的語氣，聽起來冷冷的。不知道我們最後一次見面以後，兩人之間的關係怎麼樣。「那妳都發生了些什麼事？」她隨後問道。

怎麼說呢？我有股衝動想讓她看我的日記，全部讓她自己瞧瞧，但當然不能這麼做。至少現在還不能。我好像有太多要說，有太多想知道。我全部的人生。

「我不知道，」我說：「很難……」

我的口吻想必有些難過，因爲她說：「莉絲，親愛的，到底出了什麼事？」

「沒什麼，」我說：「我很好，只是……」一句話虎頭蛇尾地沒了。

「親愛的。」

「我不知道。」我想起奈許醫師，想起我對他說的話。我能確定他不會找班恩談嗎？「我只是很迷惘、困惑。我想我做了一件愚蠢的事。」

「唉，事情一定不是這樣的。」再次無聲——在算計什麼嗎？——接著才說：「這樣吧，我能不能和班恩談談？」

「他不在，」我說，同時也鬆了口氣，因爲談話重點似乎轉移到某個具體、有事實根據的東西上頭。「去上班了。」

「這樣啊。」語畢又是一陣沉默。這番對話頓時讓人覺得荒謬。

「我需要見見妳。」我說。

「需要？」她說：「不是『想要』？」

「不是的，」我急著說：「我當然想要……」

「別緊張，莉絲，我是開玩笑的。我也想見妳，想死了。」

我舒了口氣。我原以爲談話可能在吞吞吐吐之間中斷，最後禮貌地道別，隨口說聲以後再聊，而通往我過去的另一條路也從此轟然封閉。

「謝謝妳，」我說：「謝謝妳。」

「莉絲，」她說：「我一直都好想妳，每天都是。每一天我都在等這支該死的電話響起，希望會是妳，卻又一直認爲不會是妳。」她略一停頓。「妳的……妳的記憶現在怎麼樣了？妳知道多少？」

「不曉得。應該比以前好吧，但記得的事還是不多。」我想到自己寫下的所有事情，想到我和克萊兒的所有畫面。「我想起有個派對，」我說：「在屋頂上放煙火。妳在畫畫，我在念書，但在那之後就幾乎什麼都沒有了。」

「啊！」她說道：「那個盛大的夜晚！天哪，好像好久以前的事了！還有好多我得替妳填滿，好多呢。」

我不明白她的意思，卻也沒問。反正不急，我心想，還有其他更重要的事需要知道。

「妳有沒有搬過家？」我問道：「有沒有出國？」

她笑起來。「有啊，出去了大約半年。幾年前我認識了一個男的，很慘。」

「哪裡？」我又問：「妳去哪裡了？」

「巴塞隆納，」她回答：「怎麼了？」

「喔，」我說：「沒什麼。」我覺得生氣、尷尬，竟然連自己好友經歷的事都不曉得。「只是有人告訴我，說妳去了紐西蘭。看來是他們弄錯了。」

「紐西蘭？」她笑著說：「沒啊，沒去過，從來沒有。」

這麼說班恩連這個也撒謊。我還是不知道為什麼，也想不出他何必如此徹底將克萊兒趕出我的生活。這就像他其餘的謊言，或是選擇不告訴我的事嗎？是為了我好嗎？

還有另一件事得問問他，等我們坐下來談的時候——我現在知道我們非談不可了——等我告訴他我所知道的一切，以及我是如何發現眞相的時候。

我們又聊了一下子，對話斷斷續續，偶爾停滯許久、偶爾又迫不及待。克萊兒告訴我她結過婚又離婚了，現在和羅傑同居。「他是個學者，」她說：「心理學。那傢伙要我嫁他，我不會貿然這麼做。但我愛他。」

和她談話、聽著她的聲音，感覺很好。好像很輕鬆、很熟悉，幾乎像回到家裡一樣。她問得不多，似乎明白我能給予的少之又少。最後她不再說話，我以為她可能想道別了，這時我才發覺我們倆都沒有提到亞當。

「好啦，」不料她卻說：「跟我說說班恩吧。你們，那個……多久了？」

「妳是說復合？」我說：「不知道，我甚至不知道我們分開過。」

「我曾試著打電話給他。」她說。我感覺自己緊繃起來，但卻是不明所以。

「什麼時候？」

「今天下午。妳來電以後，我猜應該是他給妳我的電話。但他沒接，不過我另外只有他舊的公司電話。他們說他已經不在那裡上班了。」

我登時感到毛骨悚然。我轉頭張望一下臥室，陌生而不熟悉。心裡覺得她一定在說謊。

「妳經常和他通電話嗎？」我問道。

「沒有，最近都沒有。」她聲音裡加入新的語調，壓低了些，我不喜歡。「有幾年了。」她有些猶疑。「我一直好擔心妳。」

我害怕了，害怕我還沒機會找班恩談，克萊兒就先把我打電話找她的事告訴他了。

「請不要打電話給他。」我說：「請不要告訴他我找過妳。」

「莉絲！」她說：「爲什麼呢？」

「我只是覺得這樣比較好。」

她重重吐了口氣，然後聽起來有點不高興地說：「好啦，到底發生了什麼事？」

「我沒法解釋。」我說。

「試試看。」

我實在無法開口提起亞當，但我說了奈許醫師的事、旅館房間的記憶，以及班恩一再堅稱我出車禍的說詞。「我想他沒說實話是因爲知道我會難過。」我說。她沒應聲。「克萊兒？」我又說：「我有可能到布萊頓去做什麼呢？」

沉寂在我們之間延展開來。「莉絲，」她終於說：「妳若眞想知道，我就告訴妳，或者應該說把我知道的告訴妳。但不能在電話上講，等我們見面再說吧，我答應妳。」

眞相。就懸在我眼前，閃閃發亮，近到幾乎觸手可及。

「妳什麼時候能過來？」我問道：「今天嗎？今天晚上？」

「我想我還是別去妳那裡，」她說：「妳不介意吧？」

「爲什麼？」

「我只是覺得……嗯……我們約在別的地方比較好吧？我請妳去喝杯咖啡好嗎？」

她的聲音帶著些許歡愉，但似乎是強顏歡笑。不知道她在害怕什麼，但我還是說：「好吧。」

「約在亞歷山卓宮，怎麼樣？妳從蹲尾區過去應該很簡單。」

「好。」我說。

「太好了，那就星期五？我們約十一點，可以嗎？」

我說可以，非得這麼說不可。「我不會有問題的。」我說。她告訴我該搭哪線公車，我把細節都寫在一張紙上。接著我們又聊了幾分鐘、互道再見之後，我拿出日記寫了起來。

「班恩，」他回家後我喊了他一聲。他正坐在客廳的扶手椅看報紙，臉色顯得疲倦，好像沒睡好。「你相信我嗎？」我問他。

他抬起頭來，眼神發亮，充滿生氣、閃爍著愛意，但似乎還有一點什麼。看起來簡直像是恐懼。不令人意外吧，我想，因爲通常問完這個問題，便會緊接著坦承這樣的信任錯了。他將掉落額前的頭髮往後撥。

「當然了，親愛的。」他說著走過來坐到我的椅子扶手上，拉起我的一隻手握住。「當然相信。」

我忽然不確定自己還想不想繼續。「你和克萊兒談過嗎？」

他低頭直視我的雙眸。「克萊兒？」他說：「妳記得她？」

我忘了直到最近，老實說是直到想起了煙火派對之前，克萊兒對我來說根本不存在。「模模糊糊。」我說。

他的目光飄向別處，飄向壁爐架上的時鐘。

「沒有。」他說：「我想她搬走了，很多年前的事了。」

我畏縮了一下，彷彿被刺痛。「你確定嗎？」我說。眞不敢相信他還要騙我。撒這個謊幾乎比撒其他的謊都還要糟。誠實說出這件事，理應不難吧？克萊兒還住在倫敦的事實並不會令我難受，說不定一旦見到了她，還能幫助我增進記憶，那麼何必欺騙？一個晦暗的念頭出現在腦中，同樣惡毒的懷疑，但我把它驅走了。

「你眞的確定？她去哪裡了？」**告訴我**，我心想，**現在還不遲**。

「我不太記得了，紐西蘭吧，或是澳洲。」他說。

我覺得希望溜得更遠了，但知道自己該怎麼做。「你確定？」我說，然後孤注一擲。「我有個奇怪的印象，她好像跟我說過想去巴塞隆納住一陣子，應該是好幾年前了。」他沒作聲。「你確定不是那裡嗎？」

「妳記得這個？」他說：「什麼時候？」

「不知道，」我說：「只是一個感覺。」

他緊握著我的手，當作一種慰藉。「這很可能是妳的想像。」

「可是感覺非常眞實。你確定不是巴塞隆納嗎？」我說。

他嘆了口氣。「不，不是巴塞隆納。肯定是澳洲，好像是阿德雷德吧，我不確定。事情都那麼久了。」他搖搖頭，微笑著說：「克萊兒啊，我不知道有多久沒想起她了，好多好多年了。」

我閉上眼睛，再度睜開時，他正對我咧著嘴笑，看起來近乎愚蠢、可憐。我好想摑他耳光。

「班恩，」我的聲音低得有如呢喃。「我和她說過話了。」

我不知道他會有何反應。他什麼也沒做，就好像我根本沒說話，但頃刻間他眼中冒出火來。

「什麼時候？」他問話的聲音冷硬如玻璃。

我既不能說實話，也不能坦承自己一直在記錄每天發生的事。「今天下午，」我說：「她打電話給我。」

「她打給妳？」他說：「怎麼會？她怎麼會打電話給妳？」

我決定撒謊。「她說是你給她電話號碼的。」

「什麼電話號碼？太可笑了！我怎麼給她？妳確定是她嗎？」

「她說你們偶爾會講電話，直到最近都還是。」

他放開我的手，任它掉落在我腿上，沉甸甸的。他站起來，轉身面向我。「她說了什麼？」

「她說你們倆直到幾年前，一直都有連絡。」

他俯身靠上前來。我聞到他氣息中有咖啡的味道。「這個女人忽然就這樣打電話給妳？妳確定那真的是她？」

我眼珠子一轉，說道：「班恩啊，不然還會是誰？」我微微一笑。雖然從不以為這段對話會很輕鬆，但似乎充滿一種我不喜歡的嚴肅感。

他聳聳肩。「妳不知道，過去曾有人試圖和妳取得連繫，媒體啊，記者啊，那些人讀到關於妳的報導，讀了妳的遭遇，想聽聽妳本人的說法，有的甚至只是到處打探，想知道妳情況到底有多糟，或是看看妳變了多少。他們會假裝成以前的某人，就為了和妳說上話。另外還有醫生，一些自以爲能幫妳的庸醫。還有順勢療法、另類醫學，甚至巫醫都有。」

「班恩，」我說：「她曾是我多年來最好的朋友。我認得她的聲音。」他的臉垮下來，頽喪挫敗。「你一直都有跟她連絡，對吧？」我察覺他的右手不斷握緊、鬆開、握成拳頭、又鬆開。

「班恩。」我又叫一聲。

他抬起頭來，臉脹得通紅，雙眼溼潤。「好吧，」他說：「好吧，我是跟克萊兒通過話，她要我和她保持連繫，讓她知道妳的近況。我們每隔幾個月會通電話，每次都很短暫。」

「你爲什麼不告訴我？」他沒答腔。「班恩，爲什麼？」沉默以對。「你就這樣認定把她和我隔開，假裝她搬走了，會比較簡單？是這樣嗎？就好像你假裝我從來沒寫過小說一樣？」

「莉絲……」他先喊我一聲，才又說：「怎麼……」

「這不公平，班恩，你無權私下保留這些秘密，也不該只爲了讓自己好過一點就對我說謊，你無權這麼做。」我說。

他站起來。「讓我好過？」他聲音揚起。「讓我好過？妳以爲我跟妳說克萊兒住在國外，是因爲想讓自己好過一點？妳錯了，克莉絲汀，錯了。這一切對我來說都不好過，沒有一樣好過的。我沒有說妳寫過小說，是因爲我無法承受想起妳多渴望再寫一本，或是眼看妳發現自己永遠不能再寫的那種痛苦。我告訴妳克萊兒住在國外，是因爲我不忍心聽到妳聲音裡的痛苦，因爲妳發覺她把妳丟在那個地方，和所有人一樣任由妳自生自滅。」他等著我有所反應，見我無動於衷便又說：「她有沒有跟妳說這個？」我心想，沒有，她沒有，而事實上今天我讀到日記裡寫著她常常去看我。

他又問一遍：「她有沒有跟妳說這個？說她一發現自己離開十五分鐘後，妳就會把她忘得一乾二淨，之後就不再來了？沒錯，她也許會在聖誕節打電話來問妳好不好，但是莉絲，陪在妳身邊的人是我。是我每一天都去看妳，是我在那裡守候，祈禱妳能快點好起來，好讓我帶妳離開那裡，到這兒來安安心心地和我一起生活。是我。我不是為了讓自己輕鬆才騙妳，妳千萬不要有那種錯誤的想法，千萬不要！」

我想到日記裡所寫的，關於奈許醫師告訴我的事。我直視著他。*但是你沒有，我暗想，你沒有陪在我身邊。*

「克萊兒說你跟我離婚了。」

他整個人僵住不動，然後像挨了拳似的往後退，嘴巴張開又閉上，看起來簡直有些滑稽。最後終於冒出兩個字來。

「賤人。」

他的臉色漸漸轉為惱怒。我以為他要打我，卻發現自己並不在乎。

「你跟我離婚了嗎？是眞的嗎？」

「親愛的……」

我站了起來，說道：「告訴我，告訴我！」我們面對面站著，我不知道他會怎麼做，不知道我希望他怎麼做，只知道我需要他誠實，別再對我說謊。「我只想要眞相。」

他往前一跨，在我面前跪了下來，同時抓住我的雙手。「親愛的……」

「你有沒有跟我離婚？這是不是眞的，班恩？告訴我！」他垂下頭，隨後又抬起來看我，雙眼因受到驚嚇而瞪得大大的。「班恩！」我大喊。他哭了起來。「班恩，她也跟我說了亞當的事，她說我們有個兒子，我知道他死了。」

「對不起，」他說：「對不起，我以為這樣做是最好的。」接下來，在輕輕的啜泣聲中，他承諾會告訴我一切。

天光已完全消退，黑夜取代了薄暮。班恩扭開一盞燈，我們就在那淡紅色的燈光下，隔著餐桌對坐。我們中間有一疊照片，正是我稍早看的那一疊。當他一張張交給我、詳述其來源，我佯裝訝異。他花了特別長的時間在我們的結婚照上，告訴我那天有多棒、多特別，還說我看起來有多美，但忽然又難過起來。「我從未停止愛妳，克莉絲汀，妳一定要相信我。是因爲妳的病，妳非得住到那裡去不可，而且，怎麼說……我沒法……我沒法承受。我本想追隨妳，本想盡一切力量讓妳回到我身邊，任何事我都願意做。可是他們……他們不肯……我不能見妳……他們說最好是這樣……」

「誰？是誰說的？」我問道，他沒應聲。「醫生嗎？」

他抬頭看我，因爲哭泣而眼眶泛紅。

「對，對，是醫生。他們說最好是這樣，這是唯一的辦法……」他揩去一滴淚水。「我照他們說的去做。眞希望我沒有，眞希望我有爲妳奮鬥，我太懦弱、太愚蠢了。」他的聲音轉輕，化爲私語。「沒錯，我沒有再去看妳，但那是爲妳好。雖然差點要了我的命，但我是爲了妳，克莉絲汀。妳一定要相信我，爲了妳，還有我們的兒子。可是我絕對沒有和妳離婚，不算有，這裡沒有。」他俯靠上來，拉起我的手按住他的襯衫。「在這裡，我們一直都是夫妻，我們一直都在一起。」我感覺到溫暖、汗溼的棉布，他急促的心跳。那是愛。

我心想自己是多麼愚蠢，竟認爲他做這些事是想傷害我，而其實他是出於愛。我不該責備他，反而應該試著去理解。

「我原諒你。」我說。

十一月二十二日星期四

今天醒來時，我睜開眼睛，看見一個男人坐在我所在房間裡的一張椅子上，紋風不動地坐著，注視著我，等候著。

我沒有驚慌。我不知道他是誰，但我沒有驚慌，心裡多少知道不會有事，知道他有權出現在這裡。

「你是誰？」我問道：「我怎麼會在這裡？」他告訴了我。我沒有感到恐懼或懷疑。我明白。我進了浴室後，湊到鏡子前看自己，就像看一個遺忘已久的親戚或母親的鬼魂。謹慎而好奇地看著。我換上衣服，漸漸習慣自己身體的新面貌與出乎意料的行爲，然後吃早餐，並隱約意識到桌旁可能一度有過三個座位。我向丈夫親吻告別，感覺上這樣做似乎沒有錯，接著不知爲何，我打開了衣櫥裡的鞋盒，發現這本日記。我馬上就知道這是什麼，我一直在找它。

我之所以變成這樣的眞正原因，如今又更趨明朗，也許有一天我一醒來就會知道。事情會開始變得合理。我明白即便到了那一天，我也永遠無法恢復正常。我的過往是不完整的，有好幾年已經不留痕跡地消逝了。有一些關於我自己、關於我過去的事，誰也無法告訴我。奈許醫師做不到，他只能透過我告訴他的、他從我日記裡讀到的，以及我病歷資料的記載來認識我；班恩也做不到。有些事發生在我認識他之前，還有一些發生在我認識他之後，但我選擇不向他透露。我的秘密。

但有個人也許會知道，也許能告訴我剩下的事實：我到布萊頓去見誰？我最好的朋友爲什麼從我生命中消失？

我讀過這本日記了。我知道明天將會和克萊兒碰面。

十一月二十三日 星期五

我現在在家裡寫這段。此時終於了解這是屬於我的地方，是我所歸屬的地方。我已經從頭到尾讀完這本日記，也已見過克萊兒，他們已經告訴我所有我需要知道的事。克萊兒允諾從今以後會再回到我的生命裡，再也不會離開。此刻我面前躺著一個簡陋的信封，上頭寫了我的名字。一項人工遺物，能夠使我完整的東西。我的過往終於有了意義。

不久，我丈夫將會回家，我滿心期待見到他。我愛他。我現在知道了。

我要把這件事記下來，然後我們便能齊力讓一切更美好。

我下公車時，天氣很晴朗。光線中瀰漫著冬日的陰鬱寒意，地面硬實。克萊兒說她會在山丘頂上等我，就在通往亞歷山卓宮的主階梯旁，於是我摺起抄下她說明的紙，開始順著呈弧形繞過公園的緩坡往上爬。花的時間比我想像中久，而且因爲尚未適應目前的體力極限，快到坡頂時不得不停下來休息。我以前的體力應該不錯，我心想，至少比現在好吧。不曉得是否該做點運動了。

公園裡展開一大片割得整齊的草地，其間有柏油路縱橫交錯，並點綴著垃圾桶和推嬰兒車的婦女。我忽然發覺自己很緊張。我不知道該期待看到什麼人，我怎會知道呢？印象中克萊兒常穿黑色衣服。牛仔褲、T恤。也看過她穿厚重靴子和繫腰帶的短風衣，不然就是紮染長裙，材質應該算是「飄逸」的那種。現在的她打扮成這兩種模樣我都無法想像，畢竟都已經到了這把年紀，但也想不到她會有什麼轉變。

看看手錶，我早到了。我想也不想便提醒自己克萊兒老愛遲到，但立即便懷疑自己怎會知道？是哪些殘存的記憶提醒了我？有太多東西就快冒出頭來了，我暗忖，有太多記憶彷彿小銀魚在淺流中奮力游動。我決定坐到一張長椅上等她。

長長的陰影慵懶地伸展在草地上。樹的另一邊，成排的房屋向遠方延伸，擁擠到足以讓人產生幽閉恐懼症。我突然驚覺，從這裡看得見的房屋裡頭，有一間正是我現在住的，和其他房子無從分辨。

我想像自己點了根菸，焦慮地吸進一大口，試圖藉此抗拒起身踱步的誘惑。我簡直緊張到有點荒謬的地步，但沒道理啊，克萊兒曾經是我的朋友，我最好的朋友，沒什麼好擔心的，我很安全。

長椅上的漆片片剝落，我用手去剔，底下露出更多溼溼的木頭。有人利用相同手法在我的坐處旁邊刮了兩組縮寫字母，再畫一個心包圍起來，並加上日期。我闔上眼睛。不知將來能否有那麼一天，能習慣於看見自己所處年代的證明而不感到震驚？我吸了口氣：有溼溼的草地、有熱狗的濃烈氣味、有汽油味。

一道陰影落在我臉上，我隨即張開眼睛，見到一名女子站在面前。她身材高眺、一頭懾人的紅髮，身穿長褲和羊皮夾克。有個小男孩牽著她的手，另一隻臂彎裡抱著一個塑膠足球。「抱歉。」我說著挪挪身子，爲他們騰出旁邊的座位，但那名女子只是微微一笑。

「莉絲！」她喊道。那是克萊兒的聲音，錯不了。「莉絲，親愛的！是我啊。」我將目光從小孩移到她臉上。原本理應光滑的肌膚起了皺紋，下垂的雙眼也不在我腦海的印象中，但確確實實是她，毫無疑問。「天哪，我一直好擔心妳。」她說著將小孩往我身前一推，「這是托比。」

男孩盯著我看。「去啊，」克萊兒說：「去打招呼。」我一度以爲她在跟我說話，但發現男孩上前一步。我笑了笑，心裡只有一個念頭：*這是亞當嗎？*儘管知道不可能。

「你好。」我說。托比扭動著雙腳，嘴裡不知嘟噥些什麼聽不清楚，然後便轉向克萊兒說：「我現在可以去玩了嗎？」

「別跑太遠讓我看不見你喔，好嗎？」她摸摸他的頭髮，他隨即跑進公園裡。

我站起來面向她，不知道自己是否也寧可轉身跑走，因爲我們倆之間的縫隙太大了，不料她卻張開雙手。「莉絲，親愛的。」她手上垂掛的塑膠手環撞在一起，噹啷作響。「我好想妳，想妳想到快死掉了。」一直壓在我心上的重石往後一翻，卸除了、消失了，我投入她懷裡啜泣起來。

在極其短暫的一瞬間，我覺得彷彿對她瞭若指掌，對自己也瞭若指掌，就好像位在我靈魂中心的空洞、虛無，被一道比日光還明亮耀眼的光芒所照亮。一段過往，我的過往，閃現在眼前，但太快了根本來不及抓住。「我記得妳，」我說：「我記得妳。」然後沒了，黑暗再一次襲來。

我們坐在長椅上，好長一段時間都默默地看著托比和一群男孩玩足球。我很高興能和自己未知的過去連上線，卻揮不去我們之間某種困窘的感覺。腦子裡不斷重複著一句話：**和克萊兒有關**。

「妳好嗎？」我終於開口，她笑了起來。

「爛透了，」她說著打開袋子，拿出一包菸草。「妳仍然還沒重新開始，對吧？」她請我抽，我搖搖頭，再次意識到這又是一個比我更了解我自己的人。

「怎麼了？」我問道。

她動手捲菸，一面朝她兒子呶呶嘴。「妳知道嗎？托比有ＡＤＨＤ，整夜鬧個不停，所以囉，我也整夜不能睡。」

「ＡＤＨＤ？」我不明白。

她微笑道：「抱歉，這應該還是相當新的名詞，就是注意力不足過動症。得讓他吃利他能，偏偏我又痛恨不已。但這是唯一的方法，其他幾乎都試過了，不吃這個，他就完完全全像頭野獸。很恐怖。」

我望向正在遠處奔跑的他。又一個藏在健康身體裡，有缺陷、有毛病的大腦。

「不過他沒事吧？」

「沒事。」她嘆氣道，手裡將捲菸紙平放在一邊膝蓋上，沿著凹槽撒上菸草。「只是有時候會把人累死，好像那可怕的兩歲時期沒個盡頭。」

我淡淡一笑。我明白她的意思，但只是理論上，因爲沒有參考標準，因爲完全不記得亞當是什麼樣子，不管是在托比的年紀或更小的時候。

「托比好像還很小喔？」聽我這麼說，她笑起來。

「妳是說我很老囉？」她舔舔紙上塗有膠水的部分。「沒錯，我很晚才生他。因爲太有把握不會有事，所以我們也沒留意……」

「喔，妳是說……？」

她笑著說：「不能說他是個意外，但不妨說他是一種衝擊。」她把菸放進嘴裡。「妳記得亞當嗎？」

我看著她。她把頭轉向另一邊，替火柴擋風，看不見她的表情，也看不出她是否在刻意躲避。

「不記得。」我說：「幾星期前我想起我有個兒子，但自從把這件事寫下來以後，這個認知就好像一塊重石壓在我心頭，跟我形影不離。可是，我一點也不記得他。」

她朝天空吹出一口淡藍色煙霧。「眞可惜。」她說：「我替妳感到遺憾，不過班恩有拿照片給妳看吧？沒有幫助嗎？」

我斟酌著該向她吐露多少。他們似乎曾一度保持連繫，十分友好。我得小心點，但沒辦法，我愈來愈覺得有必要說出，並同時聽到眞相。

「對，他的確給我看了照片。不過家裡一張都沒擺，他說我看到照片會太難過，所以一直收藏起來。」我差點說成「鎖起來」。

她顯得很吃驚。「收藏起來？眞的？」

「對啊，他說要是我無意中看見亞當的照片，會太心慌意亂。」

克萊兒點點頭。「因爲妳可能不認得他，不知道他是誰？」

「大概吧。」

「這有可能是眞的。」她遲疑了一下，接著說：「現在他又走了。」

走了，我默想著。她說得好像他只是出個門、幾小時後就回來，只是帶女朋友去看電影，或只是去買雙新鞋。不過我了解，了解我們有默契不談亞當的死，現在還不談。了解克萊兒也是試圖想保護我。

我沒有應聲，而是試著想像當「每天」這個詞還有某些意義，當每天還沒有與前一天斷絕之前，每天看到自己的孩子會是什麼感覺。我試著想像每天早上醒來都知道他是誰，都能計畫將來，期待聖誕節和他的生日來臨。

多可笑啊，我心想。我竟然不知道他生日是哪一天。

「妳難道不想看看他……？」

我的心一突，連忙問道：「妳有照片？我能不能……」

她露出訝異神色。「當然可以！我有一大堆！在家裡。」

「我想要一張。」我說。

「好啊，」她說：「可是……」

「拜託妳，這對我意義太重大了。」

她將手搭在我的手上。「當然，下次我會帶一張來，不過……」

她沒說完便被遠處一聲哭喊給打斷。我往公園看去，托比正朝我們跑來，邊跑邊哭，他身後的足球遊戲仍持續著。

「媽的，」克萊兒低咒一聲，然後起身高喊：「托比！托比！發生什麼事了？」他還在跑。「要命。我去看看他。」

她走到兒子身邊，蹲下來問他怎麼回事。我望著庭園，只見步道上覆著青苔，還有形狀怪異的草葉從柏油間冒出來，拚命伸向陽光。我覺得很愉快。不只因爲克萊兒會給我亞當的照片，她還說下次碰面時給我。以後我們會更常見面了。但我忽然想到每次見面又都會像第一次。諷刺的是：我差點就忘了自己失憶。

我也發現她提起班恩時，語氣中有種悵然的企盼，這讓我覺得自己很可笑，竟會認爲他倆之間有曖昧。

她回來了。

「沒事。」她說著把香菸彈開，再用腳跟踩熄。「爲了爭球起了一點小誤會。我們走一走好嗎？」我點點頭，她轉向托比喊道：「親愛的！要吃冰淇淋嗎？」

他說要，我們便走向亞歷山卓宮。托比拉著克萊兒的手。他們的樣子好像，我暗想，眼裡都燃著同樣的火。

「我很喜歡這裡。」克萊兒說：「景觀特別振奮人心，妳不覺得嗎？」

我遙望那些點綴著綠意、灰撲撲的屋群。「大概吧。妳還畫畫嗎？」

「幾乎不畫了。」她說：「偶爾會塗塗鴉，變成業餘的。我們自家牆上全掛滿了我的畫，但其他人一幅也沒有。可惜。」

我笑了笑。我沒提到自己的小說，雖然很想問問她有沒有看過、有何感想。「那妳現在都在做什麼？」

「多半都在照顧托比。他在家自學。」

「原來如此。」我說。

「不是我們自己的選擇。」她回說：「是因爲沒有學校要收他，說他的破壞力太強，校方管不了他。」

我看著她兒子，走在我們旁邊，拉著母親的手，看起來非常平靜。他問說能不能吃冰淇淋，克萊兒告訴他馬上就能吃到。我無法想像他的頑劣模樣。

「亞當以前是什麼樣子？」我問道。

「妳是說小時候？」她說：「他很乖，非常有禮貌，很有教養，妳懂吧？」

「我是個好母親嗎？他過得快樂嗎？」

「莉絲啊，沒錯，當然是啊，那孩子擁有比誰都多的愛。妳不記得了，對吧？妳試了好一段時間。因爲曾經子宮外孕，妳大概很擔心自己再也無法受孕，但後來懷了亞當，你們兩個都好高興。妳喜歡懷孕，但我恨死了。臃腫得像棟房子，還害喜害得七葷八素，眞嚇人。可是妳不一樣。懷孕期間的每分每秒妳都愛，懷著他的時候，妳始終容光煥發。莉絲，妳所到之處就滿室生輝。」

儘管還在走路，我仍閉上雙眼，先試著回想懷孕的感覺，然後加以想像。但兩者都沒成功。

我看著克萊兒。

「然後呢？」

「然後？就生啦。棒極了。班恩當然在場，我也盡快趕去。」她忽然停下腳步，轉頭看我。「妳是個了不起的母親，莉絲，很了不起。亞當過得很快樂，深受照顧和寵愛。任何小孩都不可能期望得到更多。」

我試著回想當母親那段時間，我兒子的童年。一片空白。

「班恩呢？」

她頓了一下才回答：「班恩是個了不起的父親，一直都是。他很愛那孩子，每天傍晚下班就趕著回家看他。亞當說第一句話時，他還打電話通知所有人。亞當開始學爬，或踏出第一步的時候也一樣。他一學會走路，班恩就帶著他、拿著足球或什麼的去公園。還有聖誕節！玩具多到不可思議！我想這應該是我見過你們唯一的爭執：就是班恩買了多少玩具給亞當。妳很擔心他會被寵壞。」

我頓時感覺受到良心譴責，恨不得馬上向兒子道歉，當初眞不該拒絕給他任何東西。

「現在只要他想要的我都會給。」我說：「要是能夠的話。」

她哀戚地看著我說：「我知道，我知道。但妳應該高興才對，因爲你們從未讓他缺過什麼。」

我們繼續往前走。有一輛小貨車停在步道上，在賣冰淇淋，我們轉向朝那輛車走去。托比開始拉扯母親的手臂，她彎身從皮包裡拿出一張紙鈔給他，然後鬆開他的手。「選一樣！」她衝著他背後喊道：「一樣就好！要記得找錢！」

我看著他跑向小貨車。「克萊兒，」我說：「我失去記憶的時候，亞當幾歲？」

她微微一笑。「應該是三歲吧，也可能是四歲，剛滿。」

我感覺自己現在正要踏入新的領域，踏入危險地區，但我非去不可，事實眞相我非挖掘不可。「我的醫生說我受到攻擊。」我說，她沒有回應。「在布萊頓。我怎麼會在那裡？」

我看著克萊兒，仔細審視她的臉。她似乎在衡量、在斟酌、在決定該怎麼做。「我不能確定，」她說：「誰都不能。」

她不再出聲，我們倆都盯著托比看了好一會兒。他已經買到冰淇淋，正在拆包裝，臉上刻畫著一種堅定專注的神情。沉默在我眼前不斷延展開來。**除非我說點什麼，我心想，否則會永遠這麼持續下去。**

「我有外遇，對吧？」

沒有反應。沒有倒吸氣、沒有喘息否認或震驚的表情。克萊兒定定地、冷靜地看著我說：「對，妳給班恩戴了綠帽。」

她的聲音不帶任何情緒，不曉得她是怎麼想我的，不管是當時或現在。

「跟我說說。」我說。

「好，不過我們先坐下來。我只想趕快喝杯咖啡。」

我們走向主建築。

裡頭的自助餐廳也兼做酒吧，鐵製的椅子、簡樸的桌子。四周點綴著棕櫚樹，意在營造氣氛，但每當有人開門進來，便屢屢被吹進的冷風給破壞了。我們隔著桌子對面而坐，手捧杯子取暖，桌面上卻全是灑出的咖啡。

「怎麼回事？」我又問道：「我必須知道。」

「不容易說清楚。」克萊兒說得很慢，彷彿在荊棘遍布的地勢中愼思慢行。「我想應該是在妳生了亞當之後沒多久開始的。最初的興奮感消退之後，有一段時間非常艱難。」她稍作停頓。「眞的太難了，對吧？要當局者看清局勢太難了，往往都得等到事後回想，才能看清事情的原貌。」我點點頭，卻不明白。我無法當事後諸葛。她接著說道：「妳哭得好慘，妳擔心自己無法和嬰兒建立親密的關係，總之都是些常見的情形。我和班恩都盡量幫忙，妳母親在的時候也是，但實在很難。即使最糟最糟的部分結束之後，妳還是覺得困難。妳無法重拾工作，妳白天會打電話給我，生氣又難過地說自覺像個廢物。不是廢物母親——妳也看得出亞當有多快樂——而是廢物作家。妳覺得再也寫不出東西來。我會過來看妳，而妳簡直是一團糟。就是哭，哭個沒完。」我正在想接下來會是什麼，情況會變得多糟，她便又接續道：「妳和班恩也會吵架，妳怨他，怨他把生活看得那麼簡單。他提議找個保母，可是，怎麼說呢……」

「怎麼說？」

「妳說他老是這樣，撒錢解決事情。妳說的也有道理，可是……也許不是那麼公平。」

也許吧，我心想。我也猛然想起當時我們想必是有錢的，比我喪失記憶後有錢，恐怕也比我們現在有錢。我的病該耗掉了我們多少資產啊。

我試圖想像自己在和班恩吵嘴、在照顧嬰兒、在嘗試寫作。我想像有幾只奶瓶，或是亞當吃著我的奶，還有髒尿布。每天早上能有的野心恐怕只是把我自己和孩子餵飽而已，而每天下午筋疲力盡之餘，唯一渴望的就是睡覺——還有好幾個小時才會到的睡覺時間——寫作的念頭早被拋到九霄雲外。我全都可以想像得到，也能感覺到那慢慢燃燒的怨恨之火。

但那也不過就是想像，我什麼都不記得。克萊兒述說的故事好像與我全然無關。

「所以我就有了外遇？」

她抬起頭來。「當時我在畫畫，有空，所以就說我可以照顧亞當，每星期兩個下午，那麼妳就可以寫作了。我很堅持。」她拉起我的手。「是我的錯，莉絲。我甚至建議妳到咖啡館去。」

「咖啡館？」我說。

「我覺得讓妳走出家門應該不錯，給妳自己一點空間，每星期能有幾個小時放下一切。幾個星期後，情況似乎好轉了。妳打從心裡快樂了些，還說工作進行得很順利。那時候起，妳幾乎每天都會去咖啡館，我不能照顧亞當的時候，妳便帶著他去。但我留意到妳的打扮也不同了，很典型的變化，只是當時我沒領悟到，以爲只是因爲妳心情變好了，比較有自信了。後來有一天晚上，班恩打電話給我，好像喝了酒。他說你們吵架了，吵得比以往都兇，他不知道該怎麼辦。你們也不再有性生活。我跟他說可能只是因爲有了孩子，可能是他多慮了。沒想到……」

我打斷她。「我在和別人約會。」

「我問了妳。妳起先不承認，但我跟妳說我可不笨，班恩也是。我們吵了一架，但沒過多久妳對我說了實話。」

實話。不令人著迷，不令人興奮，單純只是赤裸裸的事實。我親身體現了這個陳腔濫調，當我最好的朋友在幫我照顧孩子，當我丈夫忙著賺錢之際，我只顧著和一個在咖啡館認識的人上床，還用丈夫賺的錢買衣服和內衣來取悅他。我想像我們偷偷摸摸講電話、臨時有事而無法赴約，在有機會相聚的日子裡，在汙穢、可悲的下午時光，和一個暫時看似比自己丈夫優秀——較刺激？較迷人？較好的情人？較富有？——的男人翻雲覆雨。我在那間旅館房間等的男人，最後攻擊我、讓我不再有過去與未來的男人，就是他嗎？

我閉上雙眼。記憶浮現。有兩隻手抓住我的頭髮、扼住我的喉嚨。我的頭浸在水中。在喘息、哭泣。我想起自己當時的念頭。我想見兒子，最後一次。我想見丈夫。我根本不該這樣對待他，根本不該背叛他和這個男人在一起。我將永遠無法跟他說對不起。永遠。

我張開眼睛。克萊兒緊握我的手，問道：「妳沒事吧？」

「說吧。」我說。

「我不知道是不是……」

「求求妳，」我說：「告訴我，是誰？」

她嘆了氣。「妳說妳認識了一個經常去那間咖啡館的人。妳說他人很好，很迷人。妳試過了，但就是阻止不了自己。」

「他叫什麼名字？他是誰？」

「我不知道。」

「妳一定知道！」我說：「至少知道他的名字吧！是誰對我做這種事？」

她直視我的雙眼，平靜地說：「莉絲，妳根本沒跟我說過他的名字。妳只說在咖啡館認識他，我想妳是不希望我知道任何細節，至少是我不需要知道的細節。」

我感覺到又有一絲希望溜走了，被流水給沖走了。我永遠不會知道是誰做的。

「發生了什麼事？」

「我說我覺得妳這樣很笨。妳得顧慮到亞當，還有班恩。我覺得妳應該到此為止，別再見他了。」

「但我不聽。」

「對，」她說：「一開始妳不聽，我們就吵架。我說妳讓我很難做人，班恩也是我的朋友，妳這是要我對他撒謊。」

「結果呢？事情持續了多久？」

她沉默片刻之後說道：「不知道。應該只有幾個星期吧。有一天，妳宣布一切結束了。妳告訴那個男人說行不通，說妳做錯了。妳說妳很抱歉，是妳太愚蠢、太瘋狂。」

「我在說謊？」

「不知道，應該不是。我們倆不會對彼此說謊，我們就是不會。」她往咖啡上頭吹了吹氣，接著說：「幾星期後，妳在布萊頓被人發現。我完全不曉得當時發生了什麼事。」

我完全不曉得當時發生了什麼事——或許是因爲這串話，使我領悟到可能永遠不會知道自己怎會遭受攻擊，而我不由自主發出一個聲響。雖然想壓抑卻沒能成功，那是一種介於喘息與長嘯之間的聲音，是野獸發出的痛苦哀嚎。正埋首在本子上畫畫的托比抬起頭來看，咖啡館的客人也都轉頭瞪著我，瞪著這個失去記憶的瘋女人。克萊兒一把抓住我的手臂。

「莉絲！」她說道：「妳怎麼了？」

我已經開始哭泣，身子劇烈抖動，因呼吸困難而大口喘息。哭是爲了我已然失去的那些歲月，也爲了從現在到死去那天我將持續失去的那些歲月。哭是因爲無論她對關於我的外遇、我的婚姻與我兒子的事感到有多難以啓齒，明天她都得從頭再經歷一遍。不過哭主要是因爲這一切都是我自己招惹來的。

「對不起，對不起。」我說。

克萊兒起身繞過桌子，來到我旁邊彎低身子，伸手摟住我的肩膀，我把頭靠在她頭上。「好了，好了，」她安慰著仍在啜泣的我。「沒事了，莉絲，親愛的。我在這兒呢，我在這兒。」

我們離開咖啡館。托比像是不服輸似的，在我爆發之後，他也跟著吵鬧不休，把畫冊和裝著果汁的塑膠杯都丟到地上。克萊兒清理完後說道：「我得出去透透氣，一起走吧？」

此刻，我們坐在俯視公園的一張長椅上，兩人都斜著身體、膝蓋交碰，克萊兒握住我的手輕輕撫摩，像是怕它們凍著。

「我有沒有……」我開口問道：「我有沒有很多外遇？」

她搖搖頭。「沒有，一次都沒有。我們上大學的時候很愛玩，妳知道吧？但不像大部分學生玩得那麼瘋。而且妳一認識班恩就收心了。妳對他一直很忠誠。」

我不禁好奇咖啡館那個男人究竟有何特殊之處。克萊兒表示我說他「人很好、很迷人」。僅此而已嗎？我真的如此膚淺嗎？

這兩個特點我丈夫也都有，我心想。要是我能滿足現狀就好了。

「班恩知道我有外遇嗎？」

「不，起先不知道，直到妳在布萊頓被人發現才知道。那對他是個可怕的打擊，對我們所有人都是。一開始看起來妳好像會活不成，後來班恩問我知不知道妳為什麼去布萊頓，我跟他說了，非說不可。因為我已經把我知道的都告訴警方，除了老實告訴班恩也別無選擇。」

我的丈夫、我兒子的父親，百思不解他瀕死的妻子為何出現在離家數十哩外的地方，想到這裡，內疚再一次刺痛了我。我怎能如此對他？

「不過他原諒妳了。」克萊兒說：「他從未因此怨恨妳，從來沒有。他一心希望妳活下來，希望妳復原。他願意為此放棄一切，一切的一切。此外的事都不重要。」

我頓時對丈夫湧起一股愛意，真正的、毫不勉強的。無論如何，他都收容了我，還照顧我。

「妳能跟他談談嗎？」我問道。她露出微笑。

「當然可以！不過要談什麼？」

「他不肯告訴我眞相，至少不是所有的眞相。他想保護我，所以只告訴我他認爲我能應付得來的事，他認爲我想聽的事。」

「班恩不會這麼做的，他愛妳，一直都很愛妳。」

「他是很愛我啊，」我說：「他不知道我已知情，他不知道我在寫日記。他沒告訴我亞當的事，除非我想起來的時候問他。他沒告訴我他離開我。他跟我說妳住在地球另一端。他覺得我會受不了。克萊兒，他放棄我了，不管他曾經是什麼樣的人，他就是放棄我了。他不希望我看醫生，因爲他不認爲我會好轉，可是克萊兒，我一直在看醫生，一位名叫奈許的醫生。偷偷和他見面，甚至連對班恩都不能說。」

克萊兒的臉沉下來，似乎很失望，對我失望吧。「那樣不好，妳應該告訴他的，他愛妳，他信任妳。」

「我不能。他直到前幾天才承認和妳還保持連絡，之前他總是說已經好幾年沒和妳通話了。」

她臉上不認同的表情起了變化。我第一次看得出來她很吃驚。

「莉絲！」

「是眞的，」我說：「我知道他愛我，但我需要他對我誠實，不論什麼事情。我不知道自己的過去，只有他能幫我，我需要他幫助我。」

「那妳就應該找他談，信任他。」

「但我怎麼能？」我說：「他對我說了那麼多謊，我怎麼能？」

她將我的手緊握在她手中。「莉絲，班恩愛妳，這妳是知道的。他愛妳勝過自己的性命，他一直都是。」

「可是……」我正要開口，卻被她打斷。

「相信我，妳必須信任他。妳可以釐清所有的事，但妳得老實告訴他，告訴他奈許醫師的事，告訴他妳在寫日記，這是唯一的方法。」

在內心深處某個角落，我知道她說得沒錯，卻仍無法說服自己將日記的事告訴班恩。

「但他可能會想看我寫的內容。」

她瞇起眼睛。「裡面該不會有什麼妳不想讓他看的吧？」我沒有回答。「有沒有，莉絲？」

我別開頭去。我們沒有說話，接著她打開袋子。

「莉絲，」她說：「我有樣東西要給妳。這是班恩決定必須離開妳的時候交給我的。」她拿出一個信封遞給我，表面很皺但仍未開封。「他說這封信解釋了一切。」我瞪著信封，上頭用大寫字母寫著我的名字。「他說只要我認爲妳已經復原到可以讀信，就請我交給妳。」我抬頭看她，頃刻間百感交集，有興奮、有恐懼。「我想該是讓妳讀信的時候了。」她說。

我把信接過來放進袋子裡。雖然不知爲什麼，但我不想當場、不想在克萊兒面前讀。或許是擔心她能從我的表情反應猜出信的內容，那麼這內容便不專屬於我了。

「謝謝。」我說。她沒有報以微笑。

「莉絲，」她低頭看著自己的手。「班恩跟妳說我搬走了，是有原因的。」我感覺我的世界開始改變，但還不確定是怎麼個改變法。「我得告訴妳一件事，是關於我們爲什麼失去連絡。」

這時候，我知道了。她什麼都沒說，我就知道了。最後缺少的那片拼圖、班恩離去的原因、我最好的朋友從我生命中消失，以及我丈夫對這件事撒謊的原因。我是對的，一直以來我都是對的。

「是眞的，」我說：「天哪，原來是眞的。妳在和班恩約會，妳和我丈夫上床。」

她抬起頭，滿臉驚愕地說：「沒有，沒有！」我再確定不過了，本想大吼一聲「騙子！」，但沒有。我正要再問一遍她想跟我說什麼，卻見她揩揩眼角。是淚水嗎？我不知道。

「現在沒有了。」她低聲地說，隨後將目光移回放在腿上的雙手。「但我們曾經有過。」

按理說我此刻無論有什麼感覺，都不該是放鬆，但確實如此，我覺得鬆了口氣。因爲她的誠實？因爲如今這一切終於有了我能相信的理由？我也不確定。只是我理應感受到的憤怒或痛苦，並不存在。或許是因爲內心一丁點的醋意感到開心，這是我愛自己丈夫的明證。又或許是得知班恩也對我不忠，我們倆就算打平了、互不相欠，這才鬆了口氣。

「告訴我。」我低聲說。

她沒有抬頭，輕輕地說：「我們一直都很親近，我們三個，我是說妳、我和班恩，可是我和他之間一直都沒有什麼。這點妳一定要相信，我們從來沒有。」我要她接著說。「妳出事以後，我試著盡全力幫忙。妳可以想像對班恩而言有多艱辛，別的不說，光是實際面就夠苦的了。他得照顧亞當……我能做的就盡量做。我們常常在一起，但沒有上床，當時候沒有。莉絲。我可以發誓。」

「那是什麼時候？什麼時候發生的？」我問。

「就在妳轉到衛靈之家以前。妳那時候情況最糟，亞當也很不乖，眞的很辛苦。」她說著把頭轉開，「班恩會喝酒，喝得不多，但也夠了。他受不了。有一天晚上我們探望妳之後回家，我哄亞當上床，班恩卻在客廳哭。他一直說：『我做不到，我撐不下去了。我愛她，但這眞的讓我好難受。』」

風颼上山丘來，寒冷、刺骨。我把大衣拉攏了些。

「我坐在他身邊。然後……」

我全都可以想像。一手搭在肩上，然後相擁。兩張嘴在淚水中找到彼此，就在那一刻，心中的愧疚與事情該到此爲止的確定感，敗給了情欲和兩人無法就此停止的信念。

然後呢？做愛。在沙發上？地板上？我不想知道。

「怎麼樣？」

「對不起，」她說：「我從來沒想過要這麼做，但就是發生了……感覺好難受，眞的很難受，我們兩個都是。」

「多久？」

「什麼？」

「持續了多久？」

她猶豫了一下才說：「不知道，沒有很久，幾個星期吧。我們只……我們只做了幾次。感覺不對。事後我們倆都覺得好難受。」

「怎麼回事？」我問道：「是誰結束的？」

她聳聳肩，然後低聲說：「我們兩個，我們談過，覺得不能繼續下去。我認爲自己應該從此消失，這是我欠妳，還有班恩的。我想是罪惡感吧。」

忽然閃過一個可怕的念頭。

「他是在那個時候決定離開我的嗎？」

「不是的，莉絲。」她連忙說道：「別這麼想。他也很難過，但他不是爲了我才離開妳。」

不，我暗想，也許不是直接的原因，但妳很可能讓他想起自己究竟失去了多少東西。

我看著她，仍未感覺到憤怒。沒辦法。如果她說他們現在還上床，我也許會有不同的感覺吧。但她說的這些好像屬於另一個時空，史前時代，實在很難相信與我有任何關連。

克萊兒抬起頭。「起先我還會找亞當，但後來想必是班恩把事情告訴了他，亞當說他再也不想見到我，要我離他遠一點，也離妳遠一點。可是我做不到，莉絲，我就是做不到。班恩把信交給我，請我留意妳的狀況。所以我繼續去看妳，去衛靈之家。起先是每幾個星期一次，後來是幾個月。但妳見到我就會心煩意亂，非常嚴重，我知道我很自私，但我就是不能把妳丟在那裡，讓妳孤單一人。我還是繼續來，只是看看妳好不好。」

「妳再把我的情形告訴班恩？」

「沒有，我們沒有連絡。」

「所以妳最近才沒來看我嗎？沒到家裡來。因爲妳不想見到班恩？」

「不是。幾個月前我去衛靈之家，他們說妳離開了，回去和班恩一起生活。我知道班恩搬走了，便請他們給我妳的地址，但他們不肯，說這樣是洩漏隱私。他們說會把我的電話號碼給妳，還說如果我想寫信給妳，他們可以代爲轉交。」

「那妳寫了嗎？」

「我把信寄給班恩，跟他說對不起，很遺憾發生了那種事，並求他讓我見妳。」

「但他說妳不能？」

「不是，回信的是妳，莉絲。妳說妳覺得好多了，說妳和班恩在一起，很快樂。」她掉過頭望向公園遠方。「妳說妳不想見我，說妳的記憶偶爾會恢復，這時候妳就會知道我背叛過妳。」她抹去眼角一滴淚水。「妳叫我別再靠近妳，永遠不要，還說讓妳永遠忘記我、我也忘記妳會比較好。」

我登時覺得全身發冷。我試著想像寫那樣一封信該會有多生氣，但同時又發覺或許我根本沒有生氣。對我而言，克萊兒幾乎沒有存在過，我們之間的友情也遺忘殆盡。

「對不起。」我說，但我無法想像自己竟能想起她的背叛，那封信肯定是班恩幫我寫的。

她淡淡一笑。「不，別跟我道歉。妳說得沒錯。不過我一直希望妳能改變心意，我想見妳，想當面告訴妳眞相。」我無言以對，她又接著說：「眞的很對不起，妳能不能原諒我？」

我牽起她的手。我怎能生她的氣？或是生班恩的氣？我的病況讓我們三人都背負了莫大的重擔。

「好，我原諒妳。」我說。

我們不久便離開了。來到坡底時她轉身面對我。

「我會再見到妳嗎？」她問道。

我微笑道：「希望會！」

她似乎鬆了口氣。「我很想妳，莉絲，妳都不知道我有多想妳。」

是眞的，我是不知道。但有了她，還有這本日記，我可能有機會重建一個値得過的人生。我想到袋子裡那封信，那是來自過去的訊息，是最後一片拼圖，是我所需要的答案。

「改天見囉，」她說：「下星期一或二，可以嗎？」

「可以。」我說。她擁抱我，我的聲音淹沒在她一頭鬈髮當中。她有如我唯一的朋友，我唯一能信賴的人，除了班恩之外。她是我的姊妹。我緊握她的手，說道：「謝謝妳告訴我實情。謝謝妳，謝謝妳所做的一切。我愛妳。」我們道別時凝視著對方，兩人都哭了。

回到家，我坐下來讀班恩的信，感到很緊張——裡面有我需要知道的事嗎？我終於能了解班恩爲何離開我嗎？——但同時也很興奮。我敢肯定會的。有了它、班恩和克萊兒，我一定能擁有我所需要的一切。

親愛的克莉絲汀：

這是我所做過最難的一件事。才開頭第一句就已經是陳腔濫調，但妳也知道我不是作家（作家向來都是妳！），所以很抱歉，但我會盡力。

等妳看到信的時候就會知道，但我已決定不得不離開妳。寫下這件事，或甚至只是想到它，都令我難以承受，但我非寫不可。我曾想盡辦法要找到其他出路，但卻無能爲力。請相信我。

妳一定要明白我是愛妳的，一直都是，也一直都會。我不在意發生過什麼事，也不管爲什麼發生，我這麼做不是爲了報復之類的。我沒有認識其他人。當妳昏迷不醒時，我才領悟到妳是我多麼重要的一部分。每當看著妳，我都覺得自己快死了。我發覺我並不在乎妳那天晚上到布萊頓做什麼，或是去見誰。我只希望妳回到我身邊。

結果妳回來了，我好高興，妳絕對不會知道，那天他們說妳已脫離險境，說妳不會死，說妳不會離開我、不會離開我們的時候，我有多高興。亞當還太小，但我想他會懂的。

當我們發覺妳不記得發生了什麼事，我心想這樣最好。妳能相信嗎？現在我爲此感到慚愧，但當時我認爲這樣最好。不料後來我們發覺妳連其他事也都忘了，隨著時間過去，慢慢地忘了。起先是隔壁床病患的名字，接著是治療妳的醫生護士。但情況愈來愈糟。妳忘了自己爲什麼住院，爲什麼不能和我回家。妳堅信醫生在拿妳當試驗品。有一回我帶妳回家度週末，妳卻認不得我們住的街道、我們的家。妳表姊來看妳，妳不知道她是誰。我們送妳回醫院，妳也沒概念自己要去哪裡。

我想情況後來就變得很辛苦。妳太愛亞當了。我們到了以後，妳眼中閃耀著母愛，他會跑著衝進妳懷抱，妳會抱起他，立刻認出他。可是後來——對不起，莉絲，我不得不告訴妳——妳開始認爲亞當從襁褓時期就離開了妳。每當妳見到他，總以爲那是從他幾個月大以來，你們母子倆頭一次見面。我會叫他告訴妳上一次是什麼時候見面的，他會說「媽咪，是昨天」或「上個星期」，但妳不信。「你都跟他說了些什麼？」妳會說：「那是騙人的。」妳開始指責我不該把妳關在那裡，妳覺得妳住院期間，有另一個女人把亞當視爲自己的孩子在撫養。

有一天我到了醫院，妳不認得我，還變得歇斯底里。妳趁我不注意時抓住亞當，跑向門邊，應該是想救他吧，但他開始尖叫。他不明白妳爲何這麼做。我帶他回家後向他解釋，但他就是不懂。他變得很怕妳。

情況愈來愈糟。有一天我打電話到醫院，詢問當我和亞當不在時，妳的狀況如何。「現在馬上形容給我聽。」我說。他們說妳很平靜，很快樂，就坐在床邊的椅子上。「她在做什麼？」我問道。他們說妳在和另一個病患說話，那是妳的一個朋友。有時候你們會一起玩牌。

「玩牌？」我說，心裡覺得不可置信。他們說妳牌技很好，雖然每天都得向妳解釋規則，但幾乎沒有人玩得贏妳。

「她快樂嗎？」我問道。

「是的，」他們說：「她隨時都很快樂。」

「她記得我嗎？」我問：「記得亞當嗎？」

「除非你們來。」他們說。

我想，當時我就知道遲早有一天得離開妳。我已經替妳找到一個需要住多久都行的地方，妳在那裡很快樂，因爲沒有我、沒有亞當，妳就會快樂。妳不會知道我們，所以也不會想念我們。

我是多麼愛妳啊，莉絲，妳一定要明白這點。我愛妳勝過一切。但我必須讓我的兒子好好過生活，過他應有的生活。不久等他年紀夠大了，便會了解這是怎麼回事。我不會騙他，莉絲，我會解釋我所做的抉擇，會告訴他雖然他可能很想見妳，但順他的心卻會帶給他莫大的煩惱。也許他會恨我、怨我。但願不會。但我希望他快樂，也希望妳快樂，即便妳只有失去我才能得到那快樂。

妳已經在衛靈之家住了一段時間，日子不再恐慌，而是有了規律。這樣很好。所以我也該走了。

我會把這封信交給克萊兒，請她替我保管，當妳恢復得差不多，可以讀信、可以理解的時候再讓妳看。我不能自己留著，否則只會一再反覆思量，恐怕忍不住到了下個星期、下個月，或甚至第二年就交給妳。那太快了。

我不能謊稱我不希望有朝一日，當妳復原以後，我們還能再團圓，我們一家三口。我必須相信這是可能發生的，非相信不可，否則我會抑鬱而終。

我不是拋棄妳，莉絲。我絕不可能拋棄妳，我太愛妳了。

相信我，這是正確的、是我唯一能做的事。

不要恨我。我愛妳。

獻上我的吻。

班恩

我此刻又重讀一次，然後將紙摺起。紙張感覺堅韌輕脆，好像昨天才寫的，但裝信的信封卻軟軟的，邊緣磨損，還沾附著一種香甜氣味，很像香水。克萊兒一直隨身攜帶、塞在袋子的角落裡嗎？或者更可能是收藏在家裡的抽屜，平時看不見卻始終沒有淡忘？多年來，它一直等著適當時機被取出閱覽。而這些年，我始終不知道丈夫是誰，甚至不知道自己是誰。這些年，我很可能從未塡補過我們之間的鴻溝，因爲我從不曉得這道鴻溝的存在。

我將信封塞進日記的紙頁間，邊哭邊寫這段，但並不是不快樂。一切我都懂了：他爲何離開我？他爲何一直對我說謊？

他的的確確一直在對我說謊。他沒告訴我我寫過小說，以免我因爲再也寫不出第二部而心靈受創。他一直跟我說我最好的朋友搬走了，這是爲了保護我，不讓我得知他們倆曾背叛過我的事實。因爲他不相信我是那麼愛他們兩人，不可能不原諒他們。他一直告訴我我是被車撞了，是一場意外，好讓我無須面對這個事實：我遭到了攻擊，而且是出於強烈恨意而故意傷害的行爲。他一直告訴我我們沒有孩子，不只是爲了保護我免於得知唯一的兒子已死，也是爲了不讓我餘生的每一天都要面對他死亡的傷痛。而且他一直沒告訴我，他雖然長年努力想讓我們一家團圓，最後卻不得不面對無法如願的事實，帶著兒子離開去尋找幸福。

他寫信的當下，肯定以爲我們會一輩子分離，但肯定也抱著不會的希望，否則何必寫？當他坐在家裡——那想必曾是我們的家——拿出筆來，試著向一個他永遠不敢奢望能理解的人，解釋自己何以別無選擇必須離開，那時的他心裡在想些什麼呢？我不是作家，他這麼說道，然而他的語句在我讀來卻是美麗而有深度。字句間彷彿說的是別人，但在我內心某個角落、在表皮底下的骨子裡、在組織與血液裡，我知道不是。他說的人，說話的對象，是我。克莉絲汀．盧卡斯。他那支離破碎的妻子。

但是沒有持續一輩子。他的希望成眞了。我的狀況多少有了進步，否則就是他發現離開我沒有想像中容易，於是又回到我身邊。

如今，一切看起來都不同了。今早醒來時，我想找廚房、急著喝杯水、急著拼湊出昨晚發生的事，無意中走到我此刻所在之處，當時的陌生感直到此刻未曾改變，但似乎不再夾雜著痛苦、憂傷，也似乎不再象徵一種我無法想像的生活。肩膀旁的時鐘滴答聲不再只是報時，而是在對我說話。**放輕鬆**，它說，**放輕鬆，一切順其自然**。

我一直都錯了。我犯了一個錯誤，一而再、再而三犯下同一個錯誤，誰曉得有多少次？我的丈夫是保護我的人，沒錯，但也是我的愛人。現在我明白自己是愛他的，一直都是愛他的，如果必須每天學著重新愛他一遍，那就學吧。這是我今後要做的事。

班恩馬上就要回家了，我已經可以感覺到他慢慢接近。等他回來，我會將一切都告訴他。我會告訴他我見過克萊兒，也讀了他的信，還有奈許醫師、甚至派克斯頓醫師的事。我會告訴他我明白當時他爲何那麼做、爲何離開我，而我也原諒他了。我會告訴他我知道自己被攻擊，但我不再需要知道事發經過，也不再在意是誰做的。

我也會告訴他我知道亞當，知道他出了什麼事，雖然一想到每天要面對這個事實讓我不寒而慄，我還是得去做。對兒子的記憶，不管會引起多大的傷痛，都必須存在這個家裡，存在我的心中。

我還會告訴他關於這本日記，說我終於能給自己一段敘述，一段人生，倘若他要求要看，就拿給他看。然後我可以繼續利用日記述說我的故事，我的自傳。從零開始創造自我。

「再也沒有秘密了。」我會對丈夫說。「完全沒有了。我愛你，班恩，我永遠都會愛你。我們誤會了對方，但請原諒我。對不起，多年前我不該離開你去找另一個人，很遺憾我們永遠無法知道我去那間旅館房間是爲了見誰，或是在那裡看到了什麼。但請相信我已下定決心要補償你。」

接下來，既然我們之間除了愛再無其他，便能開始找到眞正在一起的方法。

我打了電話給奈許醫師。「我想再見你一面。」我說：「我要讓你看我的日記。」我想他很吃驚，但還是答應了。「什麼時候？」他問道。

「下星期。請你下星期過來。」

他說他會在星期二來拿。

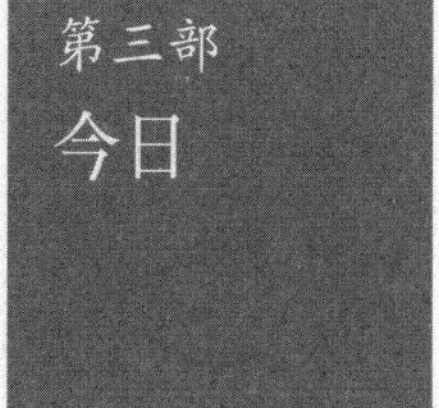

第三部

今日

我翻到下一頁，但已經沒有了。故事到此爲止。我已經讀了幾個小時。

我全身顫抖，幾乎無法呼吸。過去幾個小時內，我好像不只度過了一生，人也變了。我不再是今天早上與奈許醫師見面的我，也不再是坐下來讀日記時的我。如今我有了過去，有了自我的感覺，知道自己擁有什麼和失去什麼。我發現我在哭。

闔上日記後，我強迫自己冷靜下來，現實重新顯現：我身處的這個房間逐漸變暗、外頭街道上的電鑽聲仍清晰可聞、腳邊擺了一個空咖啡杯。

我看著身旁的時鐘，驟然一驚。直到此刻才發覺這正是我在日記裡提到的那個時鐘，我就在同一個客廳，我就是那個人。直到此刻我才徹底明白剛才讀到的故事是我自己的。

我拿起日記衝進廚房。在那兒，在牆上，就掛著今天早上看到的白板，同樣一串以工整的大寫字母寫下的建議，同樣一句我自己加上去的註記：**今晚打包行李？**

我看著那行字。好像有個東西困擾我，但想不出爲什麼。

我想到班恩。他的生活該有多難過？永遠不知道醒來時會面對什麼人，永遠不確定我會記得多少、又能給他多少愛。

但現在呢？現在我明白了。現在我知道的已足以讓我們倆都能重新度日。不知道我是否已和他談過我打算談的事？想必有吧，我是那麼肯定這樣做是正確的，但卻沒有寫下來。事實上，我已經一個星期沒寫了。也許在有機會寫之前，已經把日記交給奈許醫師。也許是覺得既然已和班恩分享過，便無須再寫了。

我翻回日記前面。用同樣的藍色墨水，寫得清清楚楚。那五個字，草草寫在我名字下方。**別相信班恩。**

我拿起筆劃掉這行字。回到客廳，看見剪貼簿擺在桌上，裡頭還是沒有亞當的照片，今天早上班恩仍然沒有提到他，也沒讓我看金屬盒內的東西。

我想到我的小說《晨鳥》，然後看著手裡的日記，不由得興起一個念頭：*這會不會全是我虛構的？*

我站起身。我需要證據，需要在我讀到的內容和現實生活之間找到一個連繫，證明我讀到的過去不是自己捏造出來的。

我將日記放進袋子裡，走到客廳。外套衣架在那兒，在樓梯底端，旁邊有雙拖鞋。上樓的話，會找到書房和資料櫃嗎？會在最下層抽屜找到藏在毛巾底下的灰色金屬盒嗎？鑰匙會在床邊的下層抽屜嗎？

若是如此，我會找到我兒子嗎？

我必須知道。於是我兩步併作一步爬上樓。

書房比我想像的小，甚至比我預期的整齊，但確實有資料櫃，鐵灰色的。

最底層抽屜裡有條毛巾，底下有個盒子。我抓起盒子，準備取出。忽然覺得自己很蠢，認定盒子若非上鎖就是空的。

但都不是。我在裡頭找到我的小說，不是奈許醫師給的那本——因爲封面沒有咖啡印漬，書頁看起來很新。想必是班恩一直收藏著，想等我知道得夠多了再交還給我。不知道我那本在哪兒，奈許醫師給我的那本。

我拿出小說，底下只有一張照片，是我和班恩的合照，雖然微笑面對鏡頭，但兩人都顯得悲傷。這像是近照，我的臉和我從鏡子裡看到的一樣，班恩也和今天早上出門時相同模樣。背景有一棟房子、一條碎石車道、幾盆鮮紅色的天竺葵。照片背後不知是誰寫上了「衛靈之家」。肯定是他去接我、帶我回這兒來的那天拍的。

不過，就只有這樣，沒有其他照片。亞當的一張都沒有，連我先前在這兒發現、描述於日記中的那些都沒有。

有原因的，我告訴自己，一定有原因。我翻了翻堆在桌上的文件：有雜誌、電腦軟體的廣告型錄、一張學校的行事曆，某些部分以黃色螢光筆標示。還有一個封口的信封——我一時衝動取走了——但沒有亞當的照片。

我到樓下給自己沖杯喝的。煮水，放茶包，別泡太久，也別用湯匙背去壓茶包，否則會擠出太多單寧酸，茶就會變苦。**不記得生過小孩的我又怎麼記得這些？**電話鈴響了，在客廳某處。我從袋子裡掏出電話——不是掀蓋的那支，而是丈夫給我的那支——接了起來。是班恩。

「克莉絲汀，妳還好嗎？妳在家嗎？」

「嗯，我在家，謝謝關心。」

「妳今天有沒有出門？」他問道，那聲音聽起來很熟悉，卻有點冷淡。我回想我們上一次談話，不記得他有提到我約了奈許醫師。也許他真的不知道吧，我想。又或許他在測試我，看看我會不會告訴他。我想到寫在約會提示旁的字：**別告訴班恩**。那想必是在我知道可以信任他以前寫的。

我現在想信任他了。不再說謊。

「有，我去見了一個醫生。」他聞言沒有出聲。「班恩。」我喊了他。

「抱歉，是的，我聽到了。」他說。我發現他並不驚訝，這麼說他本來就知道，知道我要去見奈許醫師。「我現在在路上，有點塞車。其實，我只是想確認一下妳記不記得要打包，我們要出門……」

「當然記得，」我說，接著又補一句：「我很期待！」我的確是。我心想出趟遠門對我們會有好處，可以當作另一個開始。

「我馬上就到家了。」他說：「妳可以把我們的行李準備好嗎？我到家以後會幫忙，但最好能早點出發。」

「我盡量。」我說。

「客房裡有兩個袋子，在衣櫥裡。就用那兩個。」

「好。」

「我愛妳。」他說，接著過了好長一會兒，長得他都已經掛斷電話，我才說出我也愛他。

我走進浴室。我告訴自己：妳是個女人、是個成年人，妳有一個丈夫，妳心愛的丈夫。我回想到日記裡寫的，關於性愛、關於他與我交媾之事，我並沒有寫我樂在其中。

我能享受性愛嗎？我忽然發現我連這點都不知道。沖完馬桶後，脫掉長褲、褲襪、內褲，坐到浴缸邊緣。我對這個身子何其陌生，何其不解，連我自己都不認識它，又如何能愉悅地將它獻給別人？

我鎖上浴室門，然後岔開雙腿。起初只是微微張開，接著愈張愈開。我撩起上衣往下看，看見了我想起亞當那天看見的妊娠紋，看見剛硬得嚇人的陰毛。我暗忖自己不知剃過沒有，又是否基於自己或丈夫的喜好而選擇不剃。或許這些事都不再重要了，如今已不重要。

我弓起手心，蓋住微隆的陰部，手指放在陰唇上將它們略微分開。我輕拂過想必是陰蒂的尖端，一面輕輕移動手指一面按壓，已然能感覺到些許刺痛。可能會有高潮，卻不是高潮本身。

不知道待會兒會發生什麼事。

袋子在客房，正如他所說。兩個都屬於小巧、耐用型，其中有一個稍微大一點。我把袋子拿回今早醒來的臥室，放到床上，接著打開上層抽屜，看見我的內衣，旁邊則是他的。

我替我們倆挑了衣服，還挑了他的襪子、我的褲襪。我想起曾讀到我們做愛的那一夜，看來應該能在某個角落找到我的絲襪與吊襪帶。我心想現在把它們找出來一起帶去，這樣應該不錯。可能對我們倆都好。

我移身到衣櫥，選了一件洋裝、一條裙子、幾件長褲、一件牛仔褲。我看到地上的鞋盒——想必是我藏日記的地方——如今已經空了。我心想度假的時候，不知我們是哪種夫妻，晚上是會去上館子，還是坐在舒適的酒吧裡，在眞實火焰的紅紅暖意中享受輕鬆氣氛？不知我們會不會去散步，探索城中心與周圍地區？還是會開車到精挑細選的地點？有一些事我還不知道，這些是我要花下半輩子去發掘、去享受的事。

我替我們倆選了幾件衣服，幾乎是隨意挑的，然後摺好放進行李袋。這時我心頭一震，一股能量湧出，我於是閉上眼睛。眼前出現一個影像，很亮，但閃爍晃動。起初很模糊，像在徘徊，既摸不到也看不清，我試著打開心扉迎它進入。

我看見自己站在一只袋子前面，是一只皮革已磨損的軟式行李箱。我很興奮，好像又年輕了起來，像個要去度假的孩子，也像準備赴約會的少女，好奇著會有何進展，他會不會請我到他家？我們會不會上床？我感覺到那種新鮮、那種期待，也能嘗到那滋味。我在舌上玩味著，細細品嘗著，因爲我知道這感覺不會持續。我一一打開抽屜，挑選上衣、褲襪、內衣。令人振奮的、性感的、只爲了被褪去才穿上的內衣。除了腳上穿著的平底鞋，我還多放了一雙高跟鞋，放了又拿出來，接著又放回去。我不喜歡這雙鞋，但今晚是夢幻之夜，需要打扮、需要變成另一個人。接下來才開始收拾實用物品。我帶了一個鮮紅色皮製的鋪棉化妝包，另外加了香水、沐浴乳、牙膏。今晚我想漂漂亮亮，爲了我愛的男人，爲了我差那麼一點就要失去的男人。我又放了浴鹽。橙花。我這才察覺自己想起了爲布萊頓之行打包的那個晚上。記憶消失了。我睜開雙眼。當時候，我不可能知道自己正在爲一個即將剝奪我的一切的男人打包。

我繼續爲我仍然擁有的男人打包。

我聽見外頭傳來停車的聲音，引擎熄了，門打開又關上，鑰匙插進鎖孔。是班恩，他回來了。

我感到緊張，害怕。我已不是他今早出門時的那個我，我已經得知自己的經歷，已經發現了自我。當他看見我，會作何感想？他會怎麼說？

我得問他知不知道我寫日記的事。問他看過沒有，又是怎麼想的。

他隨手關上大門後大聲喊道：「克莉絲汀，莉絲，我回來了。」但他的聲音並不悅耳，聽起來疲倦萬分。我也喊著告訴他我在臥室。

最底層的階梯承受他的重量時發出吱嘎聲，我聽到他脫下一隻鞋時吐了口氣，接著脫另一隻。他現在會穿上拖鞋，然後上來找我。知道他的固定模式讓我感到一陣欣喜——儘管記憶不管用，我的日記卻給了我提示——不料當他步上樓梯，喜悅的情緒被取代了，變成恐懼。我想到日記最前面寫的那句：**別相信班恩**。

他打開臥室房門。「親愛的，」他叫著。我沒有動，還坐在床沿，身後的行李袋敞開著。他站在門邊，直到我起身張開雙臂，才走上前來親我。

「你今天過得如何？」我問道。

他解開領帶，說道：「喔，別說這個吧，已經放假了！」

他開始解襯衫的釦子。我忍住了轉開頭的直覺反應，提醒自己他是我丈夫，我愛他。

「我打包好了，」我說：「希望你的沒問題，我不知道你想帶什麼。」

他脫下褲子，對摺之後掛進衣櫥。「一定沒問題的。」

「只是我不太確定我們要去哪裡，所以不知道該怎麼準備。」

他轉過身，我恍惚間彷彿瞥見他眼中有一絲厭煩。「行李放上車之前，我會再看一下。沒關係的，謝謝妳先收拾了。」他坐在梳妝椅上，套上一件褪色的藍色牛仔褲。我注意到褲管前面燙出一條筆直的摺線，心態仍是二十多歲的我不得不壓抑想取笑他的衝動。

「班恩，你知道我今天去哪裡了。」

他看著我說：「對，我知道。」

「你知道奈許醫師？」

他轉過去背對我說：「知道，妳告訴我了。」我從環繞梳妝檯的鏡面中看見他的身影，我嫁的男人的三個面貌。我愛的男人。「所有的事，」他說：「妳都告訴我了，我全都知道了。」

「你不介意嗎？不介意我見他？」

他沒有回頭。「我只希望妳事先告訴我。不過不會，我不介意。」

「那我的日記呢？你知道我寫日記嗎？」

「知道，妳跟我說了，妳說那有幫助。」

一個念頭閃過。「你看過嗎？」

「沒有，妳說那是隱私。我絕不會去看妳私人的東西。」

「可是你知道亞當的事？你知道我知道亞當的事？」

我看見他畏縮一下，好像被這些話重重衝撞到。我有些吃驚，本以爲他會高興的，會因爲不再需要反覆告訴我他的死訊而高興。

他望著我。

「知道。」他說。

「一張照片都沒有，」我說。他問我是什麼意思。「有你和我的照片，但是都沒有他的。」

他起身走到我坐的位置，然後和我並肩坐在床上，拉起我的手。眞希望他別再這樣對待我，好像我很脆弱、易碎，輕易就會被事實擊垮。

「我是想給妳一個驚喜。」他說著從床底下抽出一本相簿。「我把照片放在這裡。」

他將相簿遞給我，很沉、很暗，用一條仿黑色皮革卻又不像的繩子繫著。我翻開封面，裡頭有一疊照片。

「我本來想把照片整理好，今晚當成禮物送給妳，但找不到時間。對不起。」

我瀏覽著照片，毫無順序可言。有亞當嬰兒時期和幼年時期的照片，應該是原本放在金屬盒內的那些。有一張比較特別，他已經是個年輕小夥子，旁邊站著一名女子。「他的女朋友嗎？」我問道。

「其中之一。」班恩說：「和他交往最久的一個。」

她很漂亮，金髮剪得短短的，讓我想起克萊兒。照片中的亞當直視鏡頭，笑得開懷，女子則側著臉看他，臉上混雜著高興和不以爲然的表情。他們有一種狡黠的神色，像是聯手對鏡頭後面的人惡作劇。他們很快樂。這個想法也使我開心。「她叫什麼名字?」

「海倫，她叫海倫。」

我愕然驚覺剛剛是用過去式在想她，以爲她也已經死了。有個念頭蠢蠢欲動；如果死的人是她呢?但念頭成形之前，就被我強壓了下去。

「亞當死的時候還跟她在一起嗎?」

「嗯，他們正打算訂婚。」他說。

她看起來那麼年輕、那麼滿心憧憬，眼中充滿了可能性、充滿了未來。她還不知道自己仍得面對多到不可思議的痛苦。

「我想見見她。」我說。班恩從我手上拿過照片，嘆了口氣。

「我們已經沒有連絡了。」他說。

「爲什麼?」我已經暗自盤算好，我們可以彼此打氣安慰，可以分享些什麼，像是一種了解、一種穿透其他所有人心的愛，這愛即便不是對彼此，至少也是對我們所失去的東西。

「起了一些爭執，鬧得不愉快。」他說。

我看著他，看得出來他不想告訴我。那個寫信的男人，那個相信我、照顧我，甚至愛我愛到能在離開後又回到我身邊的男人，似乎消失了。

「班恩。」

「我們起了爭執。」他說。

「亞當去世以前或以後?」

「都有。」

安慰打氣的幻想破滅，厭惡感取而代之。會不會亞當和我也吵過架?他當然會站在女友那邊，而不是母親這邊吧？

「我和亞當親不親？」我問道。

「很親，」班恩說：「在妳不得不去住院以前，在妳失去記憶以前都是如此。就連那段期間也還是，再也不可能更親了。」

聽他這番話，我彷彿挨了一記悶拳。我這才想到亞當在母親罹患失憶症而失去她時，只是個蹣跚學步的幼兒。我當然根本不認識兒子的女友，甚至每天看到他都像是第一次見面。

我闔上相簿。

「可以把相簿也帶去嗎？」我問道：「待會兒我想多看一下。」

我們喝了杯茶，是班恩趁我收拾最後一點行李時在廚房裡沖泡的，然後便上了車。我檢查了一下，手提袋帶了，日記還在裡面。班恩在我替他打包的行李袋中多放了一些東西，自己又另外帶了今早出門用的那個側背皮包，以及放在衣櫥深處的兩雙走路靴。我站在門邊看他把這些東西放進後車廂，然後等他檢查門窗是否都上了鎖。這時候，我問他車程大概多久。

他聳聳肩說：「要看路況。只要一出倫敦市區，就不會太久了。」

他不肯說出答案，便用另一個答案來掩飾。他一直都是這樣嗎？是不是長年對我說同樣的話使他筋疲力盡，使他厭倦到再也無法強迫自己對我說些什麼？

看得出來，他是個謹慎的駕駛，行駛速度不快、經常看後照鏡、只要稍有潛在危險逼近就減速。

亞當會開車嗎？我想在軍隊裡想必是要開的，不過放假時也會開嗎？他會不會來載我這個病弱的母親出門去玩，去一些他認爲我會喜歡的地方？或者他認爲無此必要？反正不管當時玩得多高興，過夜後就會像雪落在溫熱的屋頂上消融了。

我們開上高速公路，駛往郊區方向。天空開始下起雨來，豆大的雨點敲在擋風玻璃上，定格片刻後才迅速滑落玻璃。遠方太陽西沉，沒入雲中，水泥與玻璃建築染上一片柔和的橘光。景象既美麗又駭人，但我內心在掙扎。我好希望別以抽象的意念想兒子，但對他沒有具體的記憶所以辦不到，到頭來總是不斷回到唯一的事實：我想不起他，所以他也可以說從未存在過。

我閉上雙眼，回想今天下午讀到關於兒子的事，忽然有個影像在眼前爆開——幼兒時期的亞當推著藍色三輪車沿著小路走。但儘管爲之驚嘆，卻也知道那不是眞實的。我知道我想起的不是發生過的事，而是今天下午讀日記時在心中形成的意象，就連這個也是因爲回想起一段稍早的記憶。記憶中的記憶，多數人都能回顧數年前、數十年前，而我卻只有幾小時。

既然想不起兒子，我便退而求其次，唯有如此才能使我火花四濺的心安定下來。那就是放空，什麼都不想。

汽油味，濃烈香甜。脖子一陣刺痛。我睜開眼睛，見到溼溼的擋風玻璃近在眼前，因我的氣息而蒙上霧氣，玻璃另一邊有遙遠的燈光，模糊不清。原來我睡著了，頭靠在窗玻璃上，扭成怪異的姿勢。車子很安靜，引擎熄了。我轉過頭去。

班恩就坐在我身旁，清醒著，直視前方、望向窗外。他沒有動，甚至好像沒發現我醒了，而是繼續凝望，面無表情，至少在黑暗中看不清。我轉頭去看他在看什麼。

灑滿雨水的擋風玻璃再過去是引擎蓋，再過去有一道低矮的木板圍籬，隱隱被我們後方的幾盞街燈照亮。圍籬再過去什麼也看不見，一片巨大而神秘的漆黑，當中懸掛著低低的滿月。

「我很喜歡海。」他開口說，眼睛沒有看我，我才發覺我們停在一處崖頂，車已開到了海岸邊。

「妳呢？」他轉向我，眼神顯得無比憂傷。「妳也很喜歡海吧，莉絲？」他說。

「是啊，我喜歡。」我說。他說得好像他並不知道，好像我們從未到過海邊，好像我們從未一起度假。我心中開始充滿恐懼，但我極力抗拒。我努力留在此時、留在當下，和我丈夫一起。我試著回想今天下午在日記裡讀到的一切。「親愛的，這你知道。」

他嘆氣道：「我知道，妳一直都是，但我已經不再有把握。妳變了，經過這些年妳變了。自從事情發生以後。有時候我都不知道妳是誰，每天醒來都不知道妳會是什麼樣子。」

我沉默不語，想不出該說什麼。試圖爲自己辯護、試圖告訴他說他錯了，實在毫無意義，這點我們倆都清楚，我們也都清楚我是最不可能知道自己每天改變了多少的人。

「對不起。」我說。

他看著我。「唉，沒關係，妳不必道歉。我知道這不是妳的錯，完全不是妳的錯。我想是我太不公平，只想著自己。」

他又回過頭去看海。遠方只有一盞燈光，是海面上的一艘船，在一片黏稠漆黑的汪洋中的一盞燈。班恩說話了：「我們不會有事的，對吧，莉絲？」

「當然，」我說：「當然不會。這是我們嶄新的開始。我拿到我的日記了，奈許醫師會幫我，我正在慢慢好轉，班恩，這我知道。我想重新開始寫作，沒道理不繼續寫，應該可以的。更何況，我已經連絡上克萊兒，她也能幫我。」說到這裡，我忽然想起，「我們可以聚一聚，你說好不好？就像以前那樣，像在大學的時候那樣。就我們三個，或者還有她先生——我想她是說過有個先生。我們大家可以碰面聊聊天，這樣會很好。」我的心思仍執著於日記裡讀到的謊言，執著於自己無法信任他的各個層面，但我強行驅離這些念頭，並提醒自己一切問題都已解決。現在該輪到我堅強、積極了。「只要我們承諾永遠對彼此誠實，」我說：「那麼一切都不會有問題。」

他轉回頭面對我。「妳眞的愛我，對不對？」

「當然，我當然愛你。」

「妳原諒我了？原諒我離開妳了？我其實不想的，但沒得選擇。對不起。」

我拉起他的手，感覺既溫暖又冰冷，還微微潮溼。我試著用兩手握住，但他既沒有迎合也沒有抗拒我的動作，只是將手放在膝上，死氣沉沉。我抓住它，他似乎這才注意到我握著他的手。

「班恩，我明白，我原諒你。」我正視他的雙眼，看起來似乎過於晦暗、沒有生氣，彷彿已經看盡恐怖場面，再也無法承受更多。

「我愛你，班恩。」我說。

他的聲音輕得有如呢喃。「吻我。」

我依他所求，然後當我往後抽身，他又低聲說：「再一次，再吻我一次。」

我又吻了他。但即使他開口要求，我也無法再吻他第三次。我們轉而凝望大海，看著海上的月光，看著擋風玻璃上的雨滴反射著過往車輛前面的黃色燈光。就只有我們兩人，手牽著手，在一起。

我們在那兒坐了彷彿有數小時之久。班恩在我旁邊，瞪著大海的方向。他掃視水面，彷彿在黑暗中找尋什麼事物或解答，一聲不吭。我好奇他爲何帶我來這兒，他想找到什麼。

「今天眞是我們的紀念日？」我問。沒有回答。他好像沒聽到我說話，於是我又問了一遍。

「是的。」他輕輕答道。

「我們的結婚紀念日？」

「不是，」他說：「是我們的相識紀念日。」

我想問他是不是應該慶祝一番，想告訴他這感覺不像在慶祝，但又覺得殘忍。

後方繁忙的道路安靜了下來，月亮已升上中天。我開始擔心我們會整夜待在外面，在雨中看海。我假裝打個呵欠。

「我睏了，可不可以去旅館了？」

他看看手錶。「好，當然可以，對不起。」他說著發動車子，「我們現在就過去。」

我鬆了口氣。我現在渴望入睡，卻又深感懼怕。

我們沿著海岸道路起起伏伏，繞過一個村莊的外圍，另一個較大城鎭的燈光開始逼近，透過溼玻璃逐漸變得清晰。路上的車多了起來，接著出現一個停泊港，停了許多船隻以及商家、夜店，隨後便進入鎭上。右手邊的每棟建築似乎都是旅館，飄蕩在風中的白色廣告板上寫著尙未客滿。街上很熱鬧，也許不像我想的那麼晚，又或許這座小鎭日夜都生氣勃勃。

我往海上看去，有個碼頭向外凸伸，燈光耀眼，末端有個遊樂場。眼前有一座圓頂涼亭、雲霄飛車和螺旋滑梯。幾乎還能聽到遊客在漆黑海上迴旋時的驚叫。

不知爲何，胸口開始生出一股莫名的焦躁。

「我們在哪裡？」我問道。碼頭入口處上方寫了字，還特別用明亮的白光打出來，但擋風玻璃上全是雨水，看不清楚。

「到了。」班恩說著轉進一條小巷道，停在一棟排屋前面。門口上方的遮雨棚上印著「里亞托賓館」。

有幾層階梯通往前門，建築物與馬路之間隔著一道裝飾華麗的圍籬。門邊有個裂開的小盆，以前應該種過灌木，但現在是空的。我頓時感到恐懼不已。

「我們以前來過這裡嗎？」我問。他搖搖頭。「你確定？感覺很熟悉。」

「我很確定。可能待過附近某個地方吧，妳記得的可能是那個。」

我試著放輕鬆。我們下了車。賓館旁邊有一間酒吧，從偌大的窗戶可以看到裡面成群的酒客，還有一個舞池在深處脈動著。音樂轟然作響，隔著玻璃聽起來悶悶的。「我先去登記，再回來拿行李，好嗎？」

我把外套拉緊了些，此刻風很冷，雨很大。我衝上階梯打開正門，玻璃上貼著一張「客滿」的告示。我穿過前門走進大廳。

「你訂房了？」班恩來跟我會合時，我問他。我們站在一條走道上，稍遠處有扇門半掩著，裡頭傳來電視的聲音，聲量調大了，以對抗隔壁的音樂聲。這裡沒有櫃檯，但在一張小桌上有個按鈴，旁邊有張牌子請需要服務的人按鈴通知。

「是啊，當然了。」班恩說：「別擔心。」他撳了按鈴。

半晌毫無動靜，後來才有個年輕人從屋後的某個房間出來。他身材高大、有些笨拙，我注意到他的襯衫儘管尺寸太大，卻沒有塞進去。他打了個招呼，好像早知道我們會來，但口氣並不殷切，他和班恩辦理登記手續時我在一旁等候。

這間賓館顯然已風光不再，地毯有幾處都磨禿了，門口周圍的漆也有磨損的痕跡。交誼廳對面有另一扇門，標示著「餐廳」，後面還有幾道門，我想應該是通往廚房和員工的休息室。

「我現在就帶妳到房間去，好嗎？」高個兒男子和班恩辦完手續後，便這麼問道。我猛然發現他是在和我說話，班恩正回頭要往外走，大概是去拿行李。

「好的，」我說：「謝謝。」

他交給我一把鑰匙，我們便一塊兒上樓。二樓有幾個房間，但我們走了過去又爬上一層樓。愈往上爬，賓館好像縮小了，天花板變低、牆壁也迫近了。我們又經過一個房間，然後站在最後一層樓梯的底端，再上去想必就是最頂樓。

「你們的房間在上面。只有那一間。」他說。

我向他道謝，之後他轉身下樓，我則爬上我們的房間。

我打開房門。房間很暗，但位在這頂樓，空間比我預期得大。眼前可見對面有扇窗子，一道模糊暗淡的燈光從窗外射入，凸顯出一張梳妝檯、一張床和一張扶手椅的輪廓。隔壁酒吧的音樂轟隆作響，少了清晰的音色，只剩隱約的咚咚低音。

我站定不動，恐懼再次襲來。就像剛才在賓館外頭感受到的那股恐懼，但似乎更可怕。我全身發冷。不太對勁，但就是說不上來。我深深吸氣，卻無法讓空氣進入肺部，感覺好像快淹死了。

我閉上眼睛，好像希望再次睜眼時房間會有不同面貌，但並沒有。我心中充滿難以抑制的畏懼，不知開燈後會發生什麼事，就好像這麼一個簡單的動作將會招致災難，結束一切。

如果我離開這個籠罩在黑暗中的房間，回到樓下去，會怎麼樣呢？我可以若無其事地走過高個兒身邊，沿著走廊前進，必要的話再走過班恩身邊，然後走出去，走出賓館。

但他們當然會以爲我瘋了，他們會找到我、帶我回來。我該怎麼跟他們解釋？說這個什麼都不記得的女人有種不好的預感，一種微妙的感覺？他們會覺得我很可笑。

我是和丈夫一起的。來這裡是爲了跟他和解。和班恩在一起我很安全。

於是，我開了燈。

眼睛適應之際閃了一下，接著我看見了房間。很普通，並無令人印象深刻之處。沒什麼可怕的。地毯是蕈灰色，窗簾和壁紙都有花卉圖案，只是不太搭調。梳妝檯很老舊，裝設了三面鏡，上方有一幅褪色的畫，畫的是一隻鳥。條編扶手椅上的軟墊又是另一套花卉圖案，床上蓋著菱形花紋的橙色床罩。

可以想見爲了度假訂下這個房間的人會有多失望，但雖然是班恩爲我們的假期預訂的，我感受到的卻不是失望。恐懼已經減弱爲不安。

我隨手將門關上，試著讓自己冷靜下來。是我自己愚蠢、恐慌，我得保持忙碌，做點什麼。房裡有點冷，一陣風將窗簾微微吹動。窗子開著，我便走過去關上，關窗之前還先往外看一眼。我們所在的樓層很高，街燈的高度遠不及此，海鳥靜靜蹲踞在上頭。我望過一片屋頂，看見冷冷的月亮掛在空中，遠方則是大海。隱約可以看出碼頭、迴旋滑梯、閃爍的燈光。

這時我看見了。碼頭入口上方的字。

布萊頓碼頭。

儘管天冷，而且我全身顫抖，卻仍感覺到眉毛上冒出一滴汗珠。現在明白了。班恩帶我到這裡來，到布萊頓，到我遇難之地。但爲什麼呢？他認爲回到我人生遭剝奪的小鎮，比較有機會想起發生的事嗎？他認爲我會想起是誰傷害我的嗎？

我記得在日記裡讀到奈許醫師曾建議我來這裡，而我拒絕了他。樓梯上響起腳步聲，還有說話聲。想必是那個高個兒帶班恩來房間，他們會一起拿行李，搬上樓梯、繞過格局詭異的平台。他馬上就會到了。

我該怎麼跟他說？說他錯了，說來這裡不會有幫助？說我想回家？

我往回走到門邊。我要去幫忙搬行李上來，取出裡面的衣物，上床睡覺，然後明天……

我想到了。明天我將再度一無所知。班恩的背包裡放的一定是這個，照片、剪貼簿，他得利用現有的一切，從頭解釋他是誰、我們在哪裡。

我心想不知有沒有帶我的日記，隨後想到帶了，就放在我的袋子裡。我試著平定心神，今晚我會把它放在枕頭下面，明天就會發現它、讀它。一切都會沒事。

已經可以聽到班恩來到樓梯平台，正在和高個兒說話，兩人在討論早餐的安排。「我們可能會在房間裡吃。」我聽見他說。一隻鷗鳥在窗外啼叫，嚇了我一跳。

我往門口走去，接著就看到了。在我右手邊，一間浴室，門開著。有一個浴缸、一個馬桶、一個洗臉槽。但吸引我注意、讓我充滿驚懼的是地板。那是瓷磚地板，花紋很特殊，是有紋裂的黑白交錯斜紋。

我張大了嘴，覺得全身發冷。我好像聽到自己哭喊出來。

這時候我知道了。我認得那個圖案。

我不只認出了布萊頓。

我來過這裡，這個房間。

門開了。班恩進來的時候我不發一語，但心裡卻是天旋地轉。我是在這個房間裡遭受攻擊的嗎？爲什麼他不告訴我要來這裡？他怎會有如此大的轉變？原來根本不告訴我被攻擊的事，如今竟帶我來到事發的房間。

我看見高個兒就站在門外，很想出聲喊他、請他留下，但他轉身離去了，班恩關上了門。現在就剩我們倆了。

他看著我，問道：「親愛的，妳還好吧？」我點點頭說還好，但聽起來很勉強。我感覺腹中有股恨意在翻騰。

他抓住我的手臂，捏的力道只稍微緊了一點；再大力些我會出聲，再小力些我恐怕根本不會留意。「眞的沒事？」

「眞的，」我說。爲什麼這麼做？他一定知道這是什麼地方、這意味著什麼。他一定計畫了很久。「眞的，我很好，只是有點累。」

這時我猛然想起，是奈許醫師，一定和他有關。否則都過了這麼多年，班恩若想帶我來早就來了，怎會現在才決定這麼做？

他們一定取得了連繫。也許是在我告訴班恩關於我們見面診療的事後，班恩打電話給他。也許是在上星期——我毫無所悉的一週——的某一天，他們計畫了這一切。

「妳要不要躺一下？」班恩說。

我聽到自己的聲音說：「也好。」我轉身走向床。或者他們一直都有連絡？說不定奈許醫師一直都在騙我。我想像他和我道別後撥電話給班恩，告訴他我是否有所進步，或沒有進展。

「乖女孩，」班恩說：「本來要帶香檳的。我看我去買好了，附近好像有家店，不會很遠。」他微笑著說：「然後我就回來陪妳。」

我轉頭面向他，他吻了我。此時此刻，他的吻拉長了。他的唇拂掠過我的唇，一手插入我的髮間，撫摩我的背。我盡量忍住不退縮。他的手順著我的背往下移，最後停在臀上。我艱澀地嚥了口口水。

誰都不能信任。包括我的丈夫，包括那個自稱在幫我的男人。他們一直在合作，累積到了今天，他們顯然已決定該讓我面對過去的恐懼。

他們竟敢如此？他們竟敢如此？

「好。」我說完微微偏開頭，輕推他一下，讓他鬆手。

他掉頭離開房間。「我把門鎖上囉。」他邊關門邊說：「還是小心爲上……」我聽見他從門外轉動鑰匙，不由得開始驚慌。他眞的是去買香檳嗎？或是去見奈許醫師？眞不敢相信他竟然沒告訴我，就帶我到這個房間來，那麼多謊言之後又添一個。我聽見他步下樓梯。

我坐在床沿，絞擰雙手，內心無法平靜，無法專注於一個念頭。千頭萬緒競逐，彷彿在全無記憶的腦子裡，每個想法都有太多空間可以擴展與移動，互相撞擊出漫天火花之後，又急速旋轉開來保持自己的距離。

我站起身，怒火中燒。一想到他回來、倒了香檳、跟我上床，便忍無可忍。想到他與我肌膚相親，想到他的雙手在黑暗中在我身上摸著、壓著，鼓動我將自己獻給他，這也讓我忍無可忍。我怎麼能夠？這裡沒有我，要怎麼給？

我想我願意做任何事情。任何事情，除了那個。

我不能待在這裡，待在這個毀掉我一生、奪走我一切的地方。我試著計算自己有多少時間。十分鐘？五分鐘？我走過去打開班恩的袋子。不曉得爲何這樣做；我沒有去想爲什麼或怎麼做，只知道必須趁班恩不在，趁他回來、情況再度改變之前行動。也許我打算找車鑰匙，打算破門而出、飛奔下樓、衝過雨中街道上車。雖然我甚至不能確定自己會開車，或許是想試試看，上車後開得遠遠的。

又或許我是想找亞當的照片，我知道照片在裡頭。我只要拿一張，就離開房間跑走。我會一直跑、一直跑，直到跑不動了就打電話給克萊兒，或任何人，我會告訴他們我受不了了，求他們幫我。

我將雙手伸到袋子最裡面，摸到金屬，還有塑膠。一個軟軟的東西。接著有一個信封。我拿出信封，心想可能是裝照片的，卻發現是我在家裡書房找到的那個。肯定是我打包的時候放進班恩的袋子裡，打算提醒他這信封還沒開過。我翻轉過來，看見前面寫著「密件」的字樣，想也沒想便撕開來倒出裡面的東西。

都是紙，一頁又一頁的紙。這我認得。淡藍色的線，紅色的邊，這些紙和我日記的紙張一樣，就是我一直在寫的那本。

接著我看見自己的筆跡，心裡漸漸有了底。

我沒有讀完全部的故事，還有更多，好多好多頁。

我在我的袋子裡找到我的日記。先前我沒留意，其實在我寫的最後一頁之後，被撕掉了一大半。被移除的部分裁得很整齊，是用解剖刀或剃刀刀片貼著書脊割下的。

班恩割的。

我坐在地上，紙頁散布在面前。這是我錯失了一星期的人生。我讀著自己剩餘的故事。

第一段寫了日期，**十一月二十三日星期五**，我和克萊兒見面那天。應該是當天晚上，我和

班恩談過後寫的。也許我所期盼的對話終究實現了。我坐在這裡，日記一開頭寫道。

在這個應該是我每天早上醒來的屋內，浴室的地板上，這本日記擺在眼前，筆握在手中。我動手寫，因爲這是我唯一想到能做的事。

我周遭散落一團團的衛生紙，浸滿淚水與鮮血。眼睛一眨，視線就變紅，無論怎麼擦，血還是一直滴入眼中。

照鏡子時，我看到眼睛上緣的表皮有傷口，嘴唇也是，嚥口水時會嚐到血中的鐵鏽味。

我想睡覺，想找個安全的地方，哪裡都好，闔上眼睛休息一下，像動物一樣。

我就是隻動物，時時刻刻、每一天都努力想了解自己身處的世界。

我的心狂跳不已。我重複閱讀這一段，目光一再被「鮮血」二字吸引。發生了什麼事？我開始快速瀏覽，心思不斷顚仆於字裡行間，踉踉蹌蹌地越過一行又一行。我不曉得班恩何時會回來，不能冒險讓他在我讀完之前拿走這些紙張。現在可能是我唯一的機會。

我決定了，最好在吃過晚餐後找他談。我們在起居室用餐，吃臘腸配馬鈴薯泥，盤子就擺在腿上。兩人都吃完後，我請他關掉電視。他似乎不太樂意。「我需要和你談談。」我說。

室內感覺太安靜，只有時鐘的滴答聲和遠方的市囂聲。而我的聲音，聽起來空空洞洞。

「親愛的，沒什麼事吧？」班恩說著將盤子放到我們中間的矮几上，盤子邊緣還有一塊吃了一半的肉塊，豌豆飄浮在稀薄的肉汁上。

「沒事，一切都很好。」我不知該如何說下去。他瞪大眼睛看著我，等候著。「你眞的愛我，對吧？」我問這話簡直像在蒐集證據，好確保自己稍後不會受到任何責難。

「對啊，我當然愛妳，怎麼了？出了什麼事？」

「班恩，我也愛你。我了解你爲何一直在做這些事，但也知道你一直在騙我。」我幾乎是一說完就後悔了。我看見他身子抖縮了一下。他看著我，彷彿拉開嘴唇要說話，帶著受傷的眼神。

「親愛的，妳這是什麼意思？」他問道。

如今我不得不繼續。既已涉入水中，便上不了岸了。

「我知道你不告訴我實話是爲了保護我，但不能再這樣了。我需要知道。」

「什麼意思？我沒有對妳說謊啊。」

我感覺一股怒氣上升。「班恩，」我說：「我知道亞當的事。」

他隨即變了臉色。我看見他乾嚥一口，別開臉望向客廳角落，然後撥撥套頭毛衣的袖子，像是要掃去什麼。

「亞當啊，我知道我們有個兒子。」

我半期望他會問我怎麼知道的，卻立刻察覺這番對話並不稀奇。以前就發生過了，我看見我的小說那天，還有我想起亞當那天。

我發現他正要開口說話，卻不想再聽更多謊言。

「我知道他死在阿富汗了。」我說。

他閉上嘴，又張開，幾乎顯得滑稽。

「妳怎麼知道的？」

「你告訴我的。」我說：「幾個星期前。當時你在吃餅乾，而我在浴室裡。我下樓跟你說我想起我們有個兒子，甚至記得他的名字，然後我們就坐下來。你跟我說了他是怎麼死的，還到樓上拿一些照片給我看。有我和他的照片，還有他寫的信，給聖誕老人的信……」悲傷再度襲捲而來，我不再出聲。

班恩瞪著我。「妳記得？怎麼會……？」

「我把事情都記下來，已經寫了幾個星期。能記得的盡量都記了。」

「記在哪兒？」他開始拉高嗓門，像是生氣，但我不明白他有什麼好生氣的。

「妳把事情記在哪兒了？我不懂，克莉絲汀，妳把事情都記在哪兒了？」

「我寫在筆記本裡面。」

「筆記本？」他把它說得那麼微不足道，好像我只是用它來列購物清單、記電話號碼似的。

「是日記。」我說。

他挪動著身子，彷彿要起身。「日記？寫多久了？」

「我不確定，幾個星期吧。」

「我可以看嗎？」

我覺得生氣，使起了性子，決定不讓他看。「不行，還不行。」我說。

他勃然大怒。「日記在哪兒？拿給我看。」

「班恩，這是隱私。」

他立刻將這字眼回射給我。「隱私？什麼叫隱私？」

「我是說這是我個人的東西，讓你看我會覺得不自在。」

「爲什麼？」他問道：「妳有寫到我嗎？」

「當然有。」

「妳寫了什麼？妳說了什麼？」

該怎麼回答呢？我想到自己背叛他的一切，想到我對奈許醫師說過的話、曾對他懷有的感覺，想到自己是如何不信任丈夫、以爲他會做那些不堪的事，想到自己說過的謊，想到和奈許醫師、克萊兒見面的日子，以及我是如何對他隻字未提。

「很多事情，班恩，我寫了很多。」

「可是爲什麼呢？爲什麼要寫下來？」

眞不敢相信他會這麼問我。「我想讓自己的生活有意義。我想把每一天連繫起來，像你一樣，像所有人一樣。」

「但是爲什麼呢？妳不快樂嗎？妳不再愛我了嗎？妳不想和我在這裡嗎？」

這問題問得我茫然失措。爲什麼他覺得賦予支離破碎的生活意義，就代表我想有所改變呢？

「我不知道。什麼叫快樂？醒來的時候應該快樂吧，雖然從今天早上的情況看來我是心慌的。可是當我照鏡子，發現自己老了二十歲，有了白頭髮、眼周也有了皺紋，我就不快樂。當我發覺有那麼多歲月流失了、被剝奪了，我也不快樂。所以，我應該有很多時候都不快樂，但那不是你的錯，我和你在一起很快樂，我愛你，我需要你。」

這時他走過來坐到我身邊，聲音變得柔和。「對不起，只因爲那場車禍就毀了一切，眞教我痛恨。」

我再次感覺到怒氣上揚，但強壓了下來。我無權對他生氣，哪些事我知情、哪些事不知道，他並不清楚。

「班恩，我知道出了什麼事。我知道不是車禍，我知道我被人攻擊了。」

他沒有移動，只是雙眼無神地看著我。我以爲他沒聽見，一會兒他才說：「什麼攻擊？」

我抬高了聲量。「班恩，別這樣！」我控制不了自己。都已經告訴他我寫了日記，告訴他我在拼湊自己的故事細節，他卻仍是老樣子，明知我明白實情了，還想撒謊。「你他媽的別再騙人了！我知道沒有車禍，我知道自己出了什麼事。你沒必要謊稱一些沒有的事。否認對我們毫無益處，你不能再騙我了！」

他站起來，向下俯視，看起來好巨大，擋住了我的視線。

「誰告訴你的？」他問道：「是誰？是克萊兒那個婊子嗎？她那張討人厭的大嘴巴又在胡說八道、說謊騙妳是嗎？她又在多管閒事是嗎？」

「班恩……」我才喊他一聲。

「她一直都討厭我，爲了讓妳對我有偏見，她什麼都做得出來，任何事！親愛的，是她在騙妳，她在說謊！」

「不是克萊兒說的，」我低下頭說道：「是其他人。」

「誰？」他吼道：「是誰？」

「我一直在和一個醫生見面。」我低聲說：「我們談了許多，是他跟我說的。」

他整個人紋風不動，只有右手拇指在左手拇指關節上緩緩畫圈。我感受到他身體的熱氣，聽到他緩緩吸氣、屏息、吐氣。他說話的聲音好低，我得豎起耳朵才聽得見。

「什麼意思？看醫生？」

「是一位奈許醫師。他好像是幾個星期前連絡上我的。」嘴裡這麼說著，卻不像是自己的經歷，而是其他人的。

「說了什麼？」

我試著回想。我們第一次談話內容有記下來嗎？

「不知道，我應該沒有寫下他說的話。」

「是他鼓勵妳把事情記下來？」

「對。」

「為什麼？」他說。

「我想好起來，班恩。」

「有用嗎？你們都做了些什麼？他讓你吃藥嗎？」

「沒有。我們做了一些測試和練習。我去掃描……」

他忽然停下拇指的動作，轉頭面向我。

「掃描？」聲音又更大了。

「對，是核磁共振。他說可能有幫助。我剛生病的時候可能還沒有這種設備，也可能機器不像現在這麼精密……」

「在哪裡？你們在哪裡做這些測試？告訴我！」

我開始慌起來。「在他的診所，在倫敦市區。掃描也是在那裡，確切地點我不記得了。」

「妳是怎麼去的？像妳這樣怎麼去看醫生？怎麼去的？」此時他聲音變得尖銳而急促。

我盡量平心靜氣地回答。「他會來這裡接我，載我去……」

他臉上掠過一絲失望，隨即轉爲憤怒。我從來不希望對話發展成這樣，也從未打算讓對話變得如此困難。

我得試著向他解釋：「班恩……」

接下來發生的事我始料未及。班恩喉嚨深處開始傳出悶悶的呻吟，聲音快速增強，直到再也按捺不住，爆發成一聲可怕刺耳的尖叫，像極了指甲刮過玻璃的聲音。

「班恩！」我問他：「你怎麼了？」

他搖搖晃晃轉過身，臉背對著我。我擔心他會有什麼宿疾發作，便站起來伸出一手讓他撐靠。「班恩！」我又叫一聲，但他不理會，兀自將身體靠到牆上站穩。當他回轉過頭，臉已脹得通紅、雙眼圓瞪，嘴角邊聚積了口沫。他的五官嚴重扭曲變形，彷彿戴了一副怪異的面具。

「妳這個白痴賤女人，」他一面罵一面向我靠近。我畏怯退縮。他的臉離我只有幾吋。「這事持續有多久了？」

「我……」

「說啊！說啊，妳這婊子。多久了？」

「又沒發生什麼事！」我回答時，內心的恐懼不斷湧出、高漲，在表面慢慢滾了一圈又沉下去。「沒有什麼事！」我重複一遍。我可以聞到他氣息中食物的味道，有肉，有洋蔥。口沫橫飛，擊中我的臉、我的唇，可以嘗到他那溫熱、溼潤的憤怒。

「妳和他上床了，別想騙我。」

我將腿肚壓靠在沙發邊緣，打算順勢往外移，遠離他，但他抓住我的肩膀用力撼動。「妳還是一個樣。愚蠢愛說謊的賤貨。我竟以爲妳跟我在一起就會改變！妳都做了些什麼，嗄？趁我上班的時候偷溜出去？還是讓他來家裡？還是你們把車停在荒野間，就在車上做？」

我感覺到他雙手捏得更緊，手指與指甲甚至力透棉質襯衫，嵌入我的肌膚。

「你弄痛我了！」我放聲大喊，想讓他從憤怒中驚醒。「班恩！住手！」

他不再發抖，手也微微鬆開了些。這個抓住我肩膀、臉上交雜著憤怒與恨意的男人，和寫出克萊兒交給我的那封信的人，似乎不可能是同一人。我們怎會走到彼此如此不信任的地步？得有多嚴重的溝通不良才會走到這一步？

「我沒有和他上床。他是在幫我，幫我恢復健康好讓我過正常生活。在這裡，和你一起。你不想這樣嗎？」

他的目光開始在客廳裡快速掃射。「班恩，跟我談！」我又說一次。他全身僵住。「你難道不希望我好起來？這難道不是你一直以來所希望、期待的嗎？」他開始搖頭，左搖右晃。我接著又說：「我知道你是，我知道你一直都希望這樣。」我熱淚滿腮，卻還是繼續說，聲音碎成斷續的啜泣。他仍然抓著我，但力道已變輕，我將手搭在他手上。

「我和克萊兒見面了，」我說：「她把你寫的信給我，我看過了，班恩。經過這麼多年，我終於看到了。」

此處紙頁上有一點汙漬，是墨水被水暈開的痕跡，像一顆星星。當時想必是邊寫邊哭。我又接著往下讀。

我不知道自己期望發生什麼事。也許以爲他會投入我的懷抱，因欣慰而啜泣，我們會站在原地，默默擁抱彼此，直到兩人都放鬆下來、重新找到迎向對方的路爲止。然後我們會坐下來，把一切說開。也許我會上樓去拿克萊兒給我的信，我們會一起讀，並開始在眞相的根基上慢慢重建我們的生活。

然而，有那麼一刻彷佛萬物俱寂、凝滯不動，沒有呼吸聲，沒有路上的車聲，甚至聽不見時鐘的滴答聲。生命彷佛暫時中止，懸浮於兩種狀態間的巔峰。

緊接著結束了，班恩退離開我，原以爲他要吻我，不料卻從眼角餘光瞥見一團模糊的東西，我的頭啪地轉向一邊，下顎感到劇痛。我倒了下去，沙發快速靠上前來，我的後腦勺接觸到一個硬硬尖尖的東西。我哀叫一聲。接著又是一拳，再一拳。我閉上眼睛等著下一拳，但沒有了，反倒聽見離去的腳步聲，接著是門，砰地一聲。

我張開眼睛，憤怒地吸了口氣。地毯向外延伸，此時呈垂直角度。一個砸碎的盤子落在我頭部旁邊，肉汁慢慢流到地板上，滲入地毯。豌豆被踩進小地毯的編織縫隙，還有咬了一半的臘腸。前門轟然而開，又砰地關上。庭院步道響起腳步聲。班恩出去了。

我吐了口氣，閉上雙眼。絕對不能睡，我心想，絕對不能。

於是再次睜眼。遠方有黑暗漩渦，有肉的味道。我嚥下口水，嚐到血的滋味。

我做了什麼？我做了什麼？

我確認他走了以後，上樓找到日記。血從我裂開的嘴唇滴到地毯上。我不知道發生了什麼事，不知道丈夫在哪裡、會不會回來，或是我希不希望他回來。

但我需要他回來，沒有他我活不下去。

我好害怕。我想見克萊兒。

我暫停閱讀，伸手摸摸額頭。會痛。今天早上看到的瘀青，我化妝掩飾的瘀青。班恩打我。我翻回前面看日期：十一月二十三日星期五，一個星期以前的事。一個星期以來，我還以爲一切都很好。

我站起來照鏡子，還在，一個淺淺的藍色挫傷痕跡，證明我寫的是眞的。我不禁好奇這幾天我自己，或者他，說了哪些謊言來解釋我的傷痕。

但現在我知道實情了。我看著手中這幾張紙，恍然大悟。**這是他想要我發現的，他知道即**

使我今天看了，明天一樣會忘記。

驀地，我聽見他上樓的聲音，這幾乎是我首次徹底意識到自己在這裡，在這個旅館房間，和班恩、和這個打我的男人在一起。我聽見他將鑰匙插入鎖孔。

我一定得知道發生了什麼事，於是起身將紙張推到枕頭底下，再躺到床上。他進房時，我閉上了眼睛。

「妳還好嗎，親愛的？」他問道：「妳醒著嗎？」

我張開眼睛，他就站在門口，手裡拎著一個瓶子，說：「只能買到Cava，沒關係吧？」

他把酒瓶放到梳妝檯上，順便親我。「我先去沖個澡好了。」他悄聲說完便走進浴室，打開水龍頭。

等他關上門，我又把紙抽出來。他頂多就洗五分鐘吧，我的時間不多，必須以最快的速度瀏覽。我的視線飛快往下移，甚至沒有看進全部的字句，但也夠了。

那是幾個小時前的事。我一直坐在這間空空的屋子裡的幽暗玄關，一手拿著一張紙，另一手拿著電話。紙上有墨跡，上頭的號碼渲暈開來。沒人接，只有電話鈴響個沒完。不曉得她是否關掉了答錄機，或是帶子錄滿了。我又試撥一次，再一次。我曾做過同樣的事，我的時間不斷循環。克萊兒沒有現身幫我。

我翻找袋子，發現奈許醫師給我的那支手機。時間很晚了，我心想他應該已經下班，應該和女友在一起，做他們倆晚上會做的事。任何兩個正常人會做的事。是什麼事，我沒概念。

他家裡的電話寫在日記最前頁。電話響了又響，然後安靜下來。沒有錄音告訴我撥錯了，沒有主人錄音請我留言。我又試一次，還是一樣。現在就只剩他辦公室的電話了。

我呆坐了一會兒，十分無助。看著前門，既希望看見班恩的身影出現在毛玻璃前，一面插入鑰匙，卻又害怕看見。

最後我再也等不下去，便上樓換衣服，然後上床寫這段。房子依然空蕩蕩。待會兒我會闔上日記本藏起來，然後關燈睡覺。

然後我會忘記，到時所剩的也只有這本日記了。

我不安地翻到下一頁，唯恐會看到一頁白紙，但沒有。

十一月二十六日　星期一

上星期五他打我，兩天了，我卻什麼都沒寫。這段時間裡，我以爲一切沒事嗎？今天他說是我跌倒，天底下最老掉牙的藉口，而我相信了。何以不信？他都已經解釋過我是誰、他是誰、我怎會在一間陌生的屋中醒來，又怎會比自己想的老了數十歲，我爲何要質疑他對我眼睛瘀青腫脹、嘴唇裂開所提出的解釋？

於是我開始過我的這一天。他出門上班前與他吻別，動手收拾早餐杯盤，放水洗澡。

然後我進到這兒來，發現這本日記，得知了真相。

一段空白。我發覺我沒提到奈許醫師。他放棄我了嗎？沒有他的幫助，我還是找到日記了？或者我已經不再藏匿？我繼續往下讀。

稍後，我打了電話給克萊兒。班恩給我的電話壞了——大概是沒電了吧——所以我用奈許醫師給我的那支。沒有人接，於是我坐在客廳裡。但無法放鬆。拿起雜誌，又放下來；打開電視，盯著螢幕看了半個小時，卻根本沒留意上面在播什麼；看著日記也無法專注，寫不出來。我又打了幾次給她，每次都聽到同樣訊息請我留言。電話接通時，午餐時間剛過。

「莉絲，妳好嗎？」她背後傳來托比玩耍的聲音。

「還好。」我這麼說，但其實不然。

「我正想打電話給妳。」她說：「我覺得好想死，今天才星期一耶！」星期一。日期對我而言毫無意義，每一天無聲無息地消逝，和前一天沒什麼不同。

「我得見妳，妳能過來嗎？」

她似乎很驚訝。「到妳家？」

「對，拜託好嗎？我想跟妳談談。」

「妳沒事吧，莉絲？妳看過信了嗎？」

我深吸一口氣，將聲音壓到最低。「班恩打我。」我聽見她吃驚地倒吸氣。

「什麼？」

「前幾天發生的。我有瘀傷。他跟我說是跌倒，但我在日記裡寫說他打我。」

「莉絲，班恩絕不可能打妳，絕對不可能。他做不出這種事。」

我登時滿心疑慮。有可能是我捏造的嗎？

「但我日記裡是這麼寫的。」我說。

她沉默片刻後說：「但妳覺得他爲什麼打妳？」

我把手放到臉上，摸著腫起的眼睛周圍，忽然感到一陣怒氣。她顯然不相信我。

我回想自己寫的內容。「我告訴他我在寫日記，說我見了妳和奈許醫師，說我知道亞當的事，還說妳已經把他寫的信拿給我，我看過了。然後他就打我。」

「他只是打妳嗎？」

我想到他罵我的那些話、那些事。「他罵我婊子。」我覺得胸口像被一股氣梗住。「他……他說我和奈許醫師上床。我說我沒有，然後……」

「然後？」

「然後他就打我了。」

一陣沉默過後，克萊兒問說：「他以前有沒有打過妳？」

我怎麼會知道？也許有呢？說不定我們之間始終維持這樣暴力的關係。我腦中閃過一幕，克萊兒和我，在遊行，舉著自製的牌子，寫著「爭取女權、拒絕家暴」。我想起以前的我總是看不起那些任由丈夫毆打、默不作聲的女人。她們太懦弱，懦弱又愚蠢。

我可不可能也落入和她們一樣的困境？

「我不知道。」我說。

「實在很難想像班恩會傷害任何東西，但或許也不是不可能。天哪！他以前善良到我看了都會內疚，妳記得嗎？」

「不，我不記得，我什麼都不記得。」

「要命。」她說：「對不起，我忘了，只是實在無法想像。他曾經想說服我說魚和有腿的動物一樣，都有生命權。他甚至不會傷害蜘蛛！」

風陣陣吹動著房裡的窗簾。我聽見一輛火車駛過，遠遠地。還有碼頭上的尖叫聲。樓下大街上，有個人罵了一聲：「他媽的！」接著便傳來玻璃碎裂的聲音。我不想再往下讀，卻知道非讀不可。

我悚然一驚。「班恩是素食主義者？」

「而且很嚴格，」她笑著說：「可別跟我說妳不知道。」

我想到他打我那天晚上。我在日記裡寫說晚餐有肉塊，豌豆飄浮在稀薄的肉汁上。

我走到窗邊。「班恩吃肉……」我緩緩地說：「他不是素食者……總之現在不是。會不會他變了？」

又是好長一段沉默。

「克萊兒？」她沒有作聲。「克萊兒，妳在嗎？」

「在。」她說，此刻聽起來有怒氣。「我現在就打電話給他，我現在就把事情問清楚。他在哪裡？」

我想都沒想就回答：「應該是在學校。他說要到五點才會回來。」

「學校？」她說：「妳是說大學？他現在在教書啊？」

恐懼開始在我心中蠢動。「不是，他在這附近的一間學校工作，我不記得學校名字。」

「他在那裡做什麼工作？」

「教書。他是化學科的主任，他好像是這麼說的。」我感到愧疚，竟不知道自己丈夫以何爲生，竟記不得他如何賺取我們的溫飽。「我不記得了。」

我抬起頭，瞥見面前窗户裡一張腫脹臉孔的倒影，愧疚感立刻煙消雲散。

「哪間學校？」她問道。

「我不知道。我想他沒有告訴我。」

「什麼？從來沒有？」

「今天早上沒有。對我來說，就等於從來沒有。」

「對不起，莉絲，我不是故意要惹妳難過，只是，那個……」我感覺到她改變心意，話說到一半。「妳能不能找出學校的名字？」

我想到樓上的書房。「應該可以吧，怎麼了？」

「我想和班恩談談，想確定今天下午我去的時候他會回家。我可不想白跑一趟！」

我發現她想在語氣中注入一點幽默，但沒有說破。我覺得自己失控了，想不出怎樣做最好、自己又該怎麼做，因此決定聽朋友的。「我去看看。」我說。

我來到樓上。書房很整潔，桌上擺了幾堆文件。沒多久就找到一張印有信頭的信紙；內容是關於一場已經舉行過的家長之夜。

「學校叫聖安妮，」我說：「要電話嗎？」她說她自己去查。

「我再打給妳。好嗎？」她說。

恐慌再度降臨。「妳要跟他說什麼？」我問。

「我要把事情理清楚。相信我，莉絲，一定會有合理的解釋，好嗎？」她說。

「好，」我說完掛斷電話，坐下時雙腿抖個不停。萬一我的第一直覺是對的呢？萬一克萊兒和班恩仍藕斷絲連呢？說不定她現在就是要打給他、警告他。她或許會告訴班恩：「她起疑了，小心點。」

我想起稍早讀到的日記內容。奈許醫師說過我曾經出現恐慌症狀。「妳說醫生在合謀對付妳，」他說，「有虛談的傾向，會捏造事情。」

萬一這一切又再度發生呢？萬一這一切都是我自己捏造出來的呢？我日記裡寫的一切可能都是幻想。恐慌症。

我想起病房裡的醫護人員對我說的話，班恩信中寫的話。妳偶爾會很暴力，我頓時發覺星期五晚上的爭執，有可能是我引起的。我打了班恩嗎？也許他是反擊，後來我上樓進到浴室，拿起筆就隨便編個故事搪塞過去。

這本日記是否意味著我的情況惡化了？意味我眞的很快又得回到衛靈之家？

我心都涼了。忽然間深信這才是奈許醫師想帶我去那裡的原因，爲了準備讓我回去。

我現在能做的就是靜待克萊兒回電。

又一段空白。現在就是這樣的情形嗎？班恩是不是想把我帶回衛靈之家？我轉頭去看浴室門。我不會如他的意。

還有最後一段，是同一天稍後寫的。

十一月二十六日　星期一　下午六點五十五分

不到半個小時，克萊兒便來電了。如今我的心搖擺不定，從這兒晃過去，又從那兒晃回來。知道怎麼做，不知道怎麼做，知道怎麼做。但還有第三個想法。意識到這個事實後，我打了個寒噤，意識到我身處險境。

我翻到日記最前面，想寫下「別相信班恩」，卻發現這幾個字已經在那兒了。

我不記得自己寫過。但話說回來，我什麼都不記得。

一段空白，接著又繼續。

電話上，她聽起來有些猶豫。

「莉絲，妳聽我說。」

我被她的口氣嚇著，坐了下來。「怎麼？」

「我打電話去找班恩，打到學校去。」

我有種不可抗拒的感覺，好像在一趟無法控制的旅途中，進入了無法航行的水域。「他怎麼說？」

「我沒有跟他說話，我只是想確認他眞的在那裡工作。」

「爲什麼？」我問道：「妳不相信他嗎？」

「他對其他事也不誠實。」

這點我不得不承認。「但如果他不在那裡工作，妳覺得他爲什麼要騙我？」我說。

「我只是對於他在學校工作感到訝異。妳知道他受過建築師訓練嗎？我上一次和他談話時，他正準備自己開業。所以他竟然會到學校工作，這眞的有點奇怪。」

「校方怎麼說？」

「他們說不能打擾他，他正在上課。」我鬆了口氣，至少這點他沒騙我。

「他肯定是改變主意了，我是說對他的事業。」

「莉絲，我告訴他們說我想寄一些資料給他，一封信，請他們給我完整的抬頭。」

「結果呢？」我問。

「他不是化學、或科學或其他任何科系的主任，他們說他是實驗室助理。」

我感覺身體抽搐了一下，可能還倒抽一口氣，我不記得了。

「妳確定嗎？」我說，同時心思高速運作，想爲這個新謊言找理由。會不會是他覺得難爲情？擔心我若知道他從一個成功的建築師變成小學校的實驗助理，不知會作何感想？他眞以爲我如此膚淺，對他的愛會因爲他的謀生技能而有所增減？

一切都明白了。

「天哪，是我的錯！」我說。

「不，不是妳的錯！」她說。

「就是！是因爲要照顧我的壓力，要日復一日地應付我，他想必是崩潰了。說不定連他自己都不清楚什麼是眞、什麼是假。」我哭了起來，說道：「一定很難承受。他甚至每一天都得獨自承受那些哀痛。」

電話那頭安靜無聲，過了一會克萊兒才說：「哀痛？什麼哀痛？」

「亞當啊！」說到他的名字，我都覺得痛。

「亞當怎麼了？」

念頭襲來，猛烈地、情不自禁地。老天啊，我心想她並不知情。班恩沒告訴她。

「他死了。」我說。

她倒吸一口氣。「死了？什麼時候？怎麼死的？」

「確切的時間我不知道，班恩好像說是去年，他死在戰場上。」

「戰場？什麼戰場？」

「阿富汗吧。」

這時她說了：「莉絲，他到阿富汗去幹嘛？」她的聲音很奇怪，聽來簡直像是高興。

「他去從軍。」我雖然這麼說，卻不禁開始懷疑自己在說什麼，彷彿終於面對了一直以來都知道的事情。

我聽到克萊兒噗哧一聲，好像聽到什麼有趣的事。「莉絲，親愛的莉絲，亞當沒有入伍，也從來沒去過阿富汗。他現在和一個叫海倫的人住在伯明罕，從事電腦方面的工作。他還沒原諒我，可是我偶爾還是會打電話給他。他恐怕寧可我別打，但我是他的教母，記得吧？」我過了一會兒才明白她說的是現在的事，混淆之際她仍繼續說著。

「上星期我們見面後，我打了電話給他，」她說著說著幾乎就要笑出來。「他不在家，但我跟海倫說了話。她說會請亞當回電給我。亞當還活著。」

我暫停下來。感覺輕盈、空洞，覺得自己可能會往後倒，也可能飄走。這能信嗎？我想信嗎？我靠著梳妝檯穩住身子，繼續往下讀，只隱約意識到已聽不見班恩沖澡的聲音。

我想必踉蹌了一下，抓住椅子。「他還活著？」腹中胃液翻騰，我記得有股酸液湧上喉頭，不得不強嚥下去。「他真的還活著？」

「真的，是真的！」

「可是……」我又說：「可是……我看到報紙，看到剪報，說他死了。」

「那不可能是真的，莉絲，不可能。他還活著。」

我正打算開口，卻心亂如麻，所有的情緒都互相綑綁。喜悅。我記得有喜悅。得知亞當仍活在人世的至喜在舌尖上嘶嘶作響，但同時又交雜著苦澀、酸楚的恐懼感。我想到臉上的瘀傷，想到班恩打傷我的力道。或許他的凌虐不只有肉體，或許有些時候告訴我說兒子死了，只是喜見此事帶給我的痛苦。會不會有其他時候，當我記得自己懷孕或生下孩子的事實，他其實只跟我說亞當搬走了、在國外工作、住在另一個城鎭？眞有此可能嗎？

倘若如此，爲何我從未寫下他提供給我的其他事實？許多影像浮現出腦海，是亞當現在可能的模樣，是我可能錯失的片段畫面，但一個都留不住。每個影像都飛快閃過，然後消失。唯一能想的就是他還活著。還活著。我兒子還活著。我能見到他。

「他在哪兒？」我問道：「他在哪兒？我想見他！」

「莉絲，」克萊兒說：「冷靜點。」

「可是……」

「莉絲！」她沒讓我說下去：「我馬上過來，妳等著。」

「克萊兒！告訴我他在哪裡！」

「我眞的很擔心妳，莉絲，拜託……」

「可是……」

她拉高嗓門。「莉絲，冷靜！」這時一個念頭穿透了我困惑慌亂的迷霧：我這是歇斯底里。正當我吸氣試圖鎭定，克萊兒又說話了。

「亞當住在伯明罕。」

「但他應該知道我現在在哪裡。他怎麼沒來看我？」我問。

「莉絲……」

「爲什麼？爲什麼他不來看我？他和班恩不和嗎？所以他離得遠遠的？」

「莉絲，」她輕聲說：「伯明罕不算近，而且他很忙……」

「妳是說……」

「也許他沒辦法那麼常到倫敦來呢？」

「可是……」

「莉絲，妳以爲亞當沒來看妳，但我不相信。也許他有空就會來。」

我一時無言。一切都說不通，但她是對的，我也只寫了幾星期的日記，在那之前，什麼事都可能發生。

「我得見見他。我想見他。妳覺得可以安排一下嗎？」

「有何不可？但如果班恩眞的跟妳說他死了，那麼我們得先和他談談。」

當然了，我心想。但他會怎麼說？他以爲我還相信那些謊言。

「他馬上就到家了。妳還是過來好嗎？幫我把這事弄清楚好嗎？」

「當然好。」她說：「當然好。我不知道這是怎麼回事，但我們得先和班恩談談。答應妳，我現在就來。」

「現在？馬上？」

「是啊，莉絲，我很擔心，事情不太對勁。」

她的口氣使我煩惱，但同時也讓我安心，而且一想到很快就能見到兒子，便感到雀躍不已。我想見他，想看到他的照片，馬上就要。我想起家裡幾乎沒有他的照片，僅有的幾張也被鎖起來。忽然有個想法冒出來。

「克萊兒，我們家發生過火災嗎？」

她似乎有些不解。「火災？」

「對，我們家裡幾乎沒有亞當的照片，也幾乎沒有我們結婚的照片。班恩說是火災時燒毀了。」

「火災？什麼火災？」

「班恩說我們的舊家發生火災，很多東西都沒了。」

「什麼時候？」

「不知道，幾年前吧。」

「所以妳沒有亞當的照片？」

我漸感不耐。「有幾張，但不多，他嬰幼兒時期以外的照片幾乎一張也沒有，也沒有度假、甚至蜜月的照片，更沒有聖誕節之類的。」

「莉絲，」她的語氣平靜而節制，從中我似乎偵測到了些什麼，某種新的情緒。懼怕。「跟我形容一下班恩的模樣。」

「什麼？」

「跟我形容班恩，他長什麼樣子？」

「那火災呢？跟我說說火災的事。」我追問。

「沒有火災。」她說。

「但我日記裡寫說我想起來了。有個深底鍋，電話響了……」

「肯定是妳想像出來的。」她說。

「但是……」

我感覺到她的焦慮。「莉絲！沒有火災，幾年前沒有，不然班恩會告訴我。好了，形容班恩吧。他長什麼樣子？高大嗎？」

「不太高。」

「黑頭髮？」

我腦中一片空白。「是，不是，我不知道。現在開始長出白髮了。他好像有小腹吧，也可能沒有。」我起身。「我得去看看他的照片。」

我回到樓上，照片就固定在鏡子周圍，我和我的丈夫，幸福快樂的合照。

「他的頭髮有點褐色，」我說。耳邊聽到屋外有車子停下。

「妳確定？」

「確定。」我說。引擎熄滅，門砰了一下，響亮的嗶聲。我放低聲音說：「班恩好像回來了。」

「該死。」克萊兒說：「快，他臉上有沒有疤痕？」

「疤痕？哪裡？」

「在他臉上，克莉絲，他臉頰上有一道疤。他出過意外，攀岩的時候。」

我掃視照片，挑出一張是我和丈夫穿著睡袍坐在桌前吃早餐。裡頭的他笑得很開懷，但除了隱約可見的鬍碴，臉頰上毫無瑕疵。一陣驚恐洶湧而來。

我聽見前門開了。有聲音喊道：「克莉絲汀！親愛的，我回來了！」

「沒有，」我說：「他沒有。」

一個聲響，介於倒吸氣與嘆息之間。

「和妳一起生活的人，」克萊兒說：「我不知道他是誰，總之不是班恩。」

太可怕了。我聽見馬桶沖水聲，但忍不住繼續讀。

那麼我眞的不懂了，我無法拼湊。克萊兒開始說話，幾乎是用喊的。「媽的！」

她一遍又一遍地咒罵。我的心慌得直打陀螺。我聽見前門關上，啪一聲上了鎖。「我馬上下去。」

「我在浴室。」我對著原以爲是我丈夫的男人喊道，聲音有點分岔、絕望。「我

「我現在過去。」克萊兒說：「我要帶妳離開那兒。」

「沒事吧，親愛的？」不是班恩的男人喊著問。我聽到他上樓的腳步，猛然察覺浴室門沒鎖。我連忙壓低聲音。

「他來了。妳明天過來，等他去上班的時候。我會收拾東西，我再打給妳。」

「該死，」她說：「好吧，可是要寫進日記喔，盡快寫下來，別忘了。」

我想起我的日記，藏在衣櫥裡。得保持冷靜，我暗想，得假裝若無其事，至少得撐到可以拿到日記，寫下目前身處的危險。

「幫我，」我說：「幫我。」

他推開浴室門之際，我正好掛上電話。

到此結束。我發瘋似地狂翻後面的紙頁，但除了畫上淡淡的藍線之外全是空白，我等待著自己後續的故事。但是沒有了。班恩找到了日記，拆除了紙張，克萊兒沒有來找我。當奈許醫師來拿日記——理應是二十七號星期二——我並不曉得出了什麼差錯。

一瞬間我全明白了，知道爲何廚房裡的白板令我如此不安。是那筆跡，工工整整，就連大寫字母也和克萊兒交給我那封信中的潦草字體截然不同。在內心深處某個角落，我早已知道那不是出自同一人之手。

我抬起頭來。班恩，或應該說是假冒班恩的男人，已經沖完澡出來，就站在門口盯著我看，

身上穿著原來的衣服。我不知道他站在那兒看了我多久。他眼中只流露出一種茫然的空洞，好像對眼前所見根本不感興趣，好像事不關己。

我聽見自己倒吸了口氣，手上的紙掉落，由於沒有裝訂，全滑散到地板上。

「你！」我說：「你是誰？」他沒有答腔，只是看著我前面那些紙。「回答我！」我說，聲音裡自有一種威嚴，但我感覺不到。

我的心思不斷打轉，試圖猜出他究竟是誰。可能是衛靈之家的人。病患嗎？這說不通。當另一個念頭漸漸成形隨後消失之際，我感覺到了驚慌的翻攪。

這時他抬起臉來看我。「我是班恩。」他說得很慢，彷彿想讓我了解這顯而易見的事。「班恩，妳的丈夫。」

我在地上往後爬，遠離他，一面努力回想自己讀到了什麼、知道些什麼。

「不是，」我又更大聲說一次：「不是！」

他靠上前來。「我是，克莉絲汀，妳知道我是。」

我滿心畏懼，驚恐之情將我整個人高高舉起，懸吊在空中，然後一巴掌將我打回恐懼的核心。克萊兒的話再次浮現，**他不是班恩**。這時怪事出現了，我發覺我想起的不是讀到她說那些話，而是事件本身。我記得她聲音裡的驚慌，記得她罵了聲「媽的」之後才告訴我她察覺的事，並且不斷重複地說「那不是班恩」。

我想起來了。

「你不是，你不是班恩。克萊兒跟我說了！你是誰？」

「可是記得那些照片嗎，克莉絲汀？浴室鏡子周圍那些？喏，我帶來要給妳看的。」

他上前一步，拿起他放在床邊地上的行李袋，從裡面拿出幾張微捲的照片。「妳看！」他說，見我連連搖頭，便拿起第一張，一面瞄著一面舉向我。

「這是我們。」他說：「妳看，是妳和我。」照片中的我們像是坐在一艘船上，在河上或是運河上。身後是幽暗混濁的水，再遠處則是失焦的蘆葦叢。我們倆看起來都很年輕，如今下垂的肌膚當時依然緊實，眼周沒有皺紋，眼中充滿幸福。「妳還不明白？妳看，這是我們。我和妳，多年前拍的，我們在一起許多年了，莉絲，好多好多年了。」

我凝視著照片。影像一一出現，我們兩人，一個晴朗的午後，在某處租了艘船，不知道是哪裡。

他又舉起另一張照片。這時已經老得多，看來是最近拍的。我們站在一間教堂外面，天色陰霾，穿著西裝的他正在和一個男人握手，這人也穿西裝。我戴著一頂帽子，似乎有些應付不來，手按住帽子好像擔心它被風吹走，眼睛並沒有看鏡頭。

「就是幾個星期前的事。」他說：「朋友嫁女兒，邀我們去參加婚禮。記得嗎？」

「不，」我氣憤地說：「我不記得！」

「那天天氣很好，」他說著將照片翻過去看。「很好……」

我還記得跟克萊兒說我找到一張關於亞當死訊的剪報時，她是怎麼說的：**那不可能是眞的**。

「拿一張亞當的給我看。快點！只要拿一張他的照片給我看就好。」

「亞當死了。戰死了，高貴的死法，英雄式的……」

我大喊。「總該還有他的照片吧！拿給我看！」

他拿出亞當和海倫的合照，我已經看過的那張，我頓時怒火中燒。「我要看你和亞當的合照，一張就好，你一定有吧？既然你是他父親？」

他搜尋著手中的照片，我以爲他會弄出一張他們倆的合照，但沒有。他兩手垂放在身側。

「我沒有帶來，一定是放在家裡了。」

「你不是他的父親，對吧？有哪個父親會沒有和兒子的合照？」他瞇起眼睛，似乎動怒了，但我停不下來。「什麼樣的父親會告訴妻子說仍然健在的兒子已經死了？你就承認吧！你不是亞當的父親！班恩才是。」說出這個名字的時候，有個影像閃現。是一個戴著深色窄框眼鏡、一頭黑髮的男人。是班恩。我把名字又說一遍，彷彿想把影像牢牢記在心裡。「班恩。」

這名字對站在我面前的男人起了作用。他不知說了什麼，太輕了我聽不見，於是我要他再說一次。「妳不需要亞當。」他說。

「什麼？」我問道，而他又說得更加篤定，並直視我的雙眼：「妳不需要亞當。妳現在有我了，我們在一起了，妳不需要亞當，也不需要班恩。」

聽到這番話，我覺得體內所有的力氣都消失無蹤，而他則似乎恢復了精力，臉上露出微笑。

「別難過，」他開朗地說：「那有什麼關係？我愛妳，這才是最要緊的，不是嗎？我愛妳，妳也愛我。」

他蹲下來，對我敞開雙臂。他面帶微笑，好像當我是藏在洞裡的小動物，正試圖誘我出洞。

「來吧，到我這兒來。」

我屁股坐在地上，往後滑得更遠，忽然撞到一個硬硬的東西，是身後暖暖、黏黏的電熱器，這才發覺已來到房間另一頭的窗戶底下。他慢慢向前。

「你是誰？」我再問，並盡量保持聲音平穩、冷靜。「你想要什麼？」

他不再移動，往我前面一蹲，伸手就能碰到我的腳、我的膝蓋。只要他再往前靠，必要時也許能踢他，但我不確定能踢到，何況我還光著腳。

「我想要什麼？我什麼都不想要，我只要我們快樂啊，莉絲。像以前一樣，妳記得嗎？」

又是那個字眼。**記得**。我一度以爲他可能在挖苦我。

「我不知道你是誰。」我近乎歇斯底里。「我怎麼會記得？我從來沒見過你！」

他的笑容倏地消失。我看見他的臉因痛苦而凹陷。我們進入一個過渡時刻，就好像力量正從他那邊往我這邊轉移，並有一剎那處於平衡點。

他又恢復了生氣。「可是妳愛我，」他說：「我讀到了，妳日記裡寫了。妳說妳愛我，我知道妳希望我們在一起。妳怎麼會不記得呢？」

「我的日記！」我就知道他肯定清楚日記的存在，否則怎能撕去最關鍵的那幾頁？但此刻我才發覺，他想必已經偷看了一陣子，至少是從大約一個星期前，我初次告訴他的時候開始的。「你偷看我的日記多久了？」

他好像沒聽到我說話，反而得意洋洋地拉高嗓門說：「說妳不愛我啊！」我沒回應。「妳瞧，說不出來對吧？妳說不出來，因爲妳愛我，妳一直都是愛我的，莉絲，一直都是。」

他往後一晃，我們倆便面對面坐在地上。「我還記得我們的邂逅，」他說。我想到他說過的——在大學圖書館裡弄灑了咖啡——不禁好奇他接下來要說什麼。

「妳在寫東西，老是寫個不停，而且每天都去同一間咖啡館。妳總會坐在窗邊，同一個位子。有時會帶著一個小孩，但通常沒有。妳坐在那兒，面前翻開一本筆記本，要不是在寫字就是偶爾發呆看著窗外。我覺得妳好美。我每天去搭巴士的路上，都會經過妳身邊，漸漸我開始期待著走路回家，好偷瞄妳一眼。我常猜想妳可能會穿什麼衣服？妳的頭髮是紮起來或放下？妳會點點心、蛋糕或是三明治？有時候妳面前會有一大塊燕麥烤餅，有時候則只有一盤餅乾屑，或甚至什麼都沒吃，只喝茶。」

他笑了起來，同時黯然地搖著頭，我想起克萊兒跟我說過咖啡館的事，知道他所言屬實。

「我每天都會準時在同一時間經過，但不管多努力嘗試，就是猜不透妳怎麼決定吃點心的時間。起初以爲可能是根據星期幾，但又似乎毫無脈絡可循，後來又想可能和日期有關，但似乎也不是。我開始好奇妳到底是什麼時候點吃的。我心想也許和妳到達咖啡館的時間有關，於是我開始會提早下班跑過去，希望能看到妳到達。後來有一天，妳人不在那裡。我等了又等，直到看見妳沿街走來，推著一輛嬰兒車，來到咖啡館門口時，好像有點推不進來。妳被卡在門口，看起來是那麼無助，我想也沒想就穿越馬路替妳開門。妳微笑著對我說：『太謝謝你了。』妳的樣子好美，克莉絲汀。當時當下，我眞想吻妳，但我不能。因爲不想讓妳認爲我是刻意跑過馬路來幫妳，所以我也進了咖啡館，排在妳後面。等待時妳開口跟我說話：『今天生意眞好哦？』我回答：『是啊。』其實以那個時段來說，人並不算太多。我只是想繼續找話題。我點了杯飲料，也和妳點了同樣的蛋糕，心下猶豫該不該問妳能否坐同一桌，但等我拿到茶的時候妳正在和人聊天，大概是咖啡館的老闆之一，於是我便自己坐到角落去。

「自從那天過後，我幾乎天天上那兒去。一回生，二回就熟了嘛。有時候我會等妳來，或是在進去之前先確定妳已經到了，但有時候就直接進去了。妳注意到我了，我知道妳注意到了。妳開始會跟我打招呼，或是聊聊天氣。後來有一次我有事耽擱，等我到了以後，端著茶和燕麥烤餅經過時，妳竟然說：『你今天遲到了！』當妳發現已沒有空位，便指著妳那桌對面的椅子說：『何不就坐這兒？』那天小嬰兒不在，於是我說：『妳眞的不介意？不會打擾妳嗎？』話才出口我就懊惱了，眞怕妳會說是啊，想想眞的會打擾。不過妳沒有，反而說：『不會！當然不會！老實說其實進展不太順利，能轉移注意力我樂得輕鬆！』就是這樣我才知道妳希望我和妳說話，而不只是默默地喝茶吃蛋糕。妳記得嗎？」

我搖搖頭，並決定讓他說，我想知道他還有什麼要說的。

「於是我坐了下來，我們開始聊天。妳告訴我妳是個作家，出版過一本書，但正在和第二本辛苦搏鬥。我問起書的內容，但妳不肯透露。妳說『是小說』，接著又說『應該是』。妳忽然顯得很傷心，於是我提議請妳再喝一杯咖啡。妳說那很好，只不過妳已經沒錢可以回請我。『我來這裡的時候都不帶錢包，』妳說：『只會帶夠買一杯飲料、一塊點心的錢，才不會忍不住大吃特吃！』我覺得妳這樣說很奇怪。妳看起來並不需要擔心吃太多，妳一直都好苗條。不過無所謂，反正我很高興，這表示妳一定很喜歡和我說話，而且妳還欠我一杯咖啡，我們就能再見面了。我說那和錢無關，有沒有回請我也無所謂，然後便去多點一份茶和咖啡。那天過後，我們就開始經常見面。」

我漸漸明白了。雖然沒有記憶，卻多少知道這種事情會如何發展。偶然相遇，互請飲料。對於和陌生人——一個因爲不能而不會批判或選邊站的人——交談、傾吐心事而心動。逐漸接受成爲密友，發展成……什麼？

我看過我們倆幾年前的合照，看起來很幸福，多次心事的傾吐後導致什麼結果也就顯而易見了。而且他很迷人，雖不像明星般英俊瀟灑，卻比大多數人好看，不難看出是什麼吸引了我。到某個程度後，當我坐下來要工作時，想必會焦急地掃視門口，要上咖啡館前，也會更仔細考慮該穿哪件衣服、要不要噴點香水。有一天，一定會有一人建議去散散步，或上酒吧，或只是去看場電影，從此友誼便溜過界線，變了質，變成一種絕對更加危險的東西。

我閉上眼睛試著想像，開始記起了一些事。我們兩人躺在床上，全身赤裸。精液在我的上腹、毛髮間逐漸乾硬，我轉向他，他笑了起來又開始吻我。「麥可！」我在說：「好了！你馬上得走了。班恩今天會晚點回家，我得去接亞當。別鬧了！」但他不聽，反而靠得更近，留著鬍鬚的臉貼在我臉上，我們又開始接吻，將我的丈夫、孩子，一切全拋到腦後。我的心不舒服地震了一下，驚覺關於這一天的記憶曾經浮現過。那天，當我站在曾與丈夫同住的屋子的廚房裡，回想起的不是丈夫而是情夫，是我趁著丈夫上班時搞上的男人。所以那天他得離開，不只是為了趕搭車，是因為娶我的男人就要回家了。

我張開眼睛，又回到旅館房間，他仍蹲在我面前。

「麥可，你叫麥可。」

「妳想起來了！」他很高興。「莉絲！妳想起來了！」

恨意在我內心沸騰。「我只想起你的名字，其他沒有了。只是你的名字。」

「妳不記得我們曾經多麼相愛？」

「不記得，我想我不可能愛過你，否則一定會記得更多。」

這麼說是故意要刺傷他，但他的反應卻出乎我意料。「但是妳不記得班恩，不是嗎？妳不可能愛過他，亞當也一樣。」

「你有病，你竟然有膽這麼說！我當然愛他！他是我兒子！」

「對，現在也還是。但如果他現在走進來，妳卻不會認得，對不對？妳覺得那是愛嗎？他現在人在哪裡？班恩又在哪裡？他們拋棄妳了，克莉絲汀，兩個都是。只有我從未停止愛妳，即使在妳離開我以後。」

就在這時候，我終於完全想起來了。否則他怎會知道這個房間？知道那麼多關於我的過去？

「我的天哪，是你！是你對我做了這種事！攻擊我的人是你！」

這時，他朝我移靠過來，圍攏兩隻手臂彷彿要抱我，然後開始撫摸我的頭髮。「克莉絲汀，親愛的，」他喃喃說道：「別這麼說，別這麼想，這樣只會讓妳難受。」

我試著推開他，但他很有力，把我抓得更緊。

「放開我！求求你，讓我走！」我的話語湮沒在他襯衫的褶縫中。

「我的愛，」他開始搖晃我的身體，像在哄嬰兒一般。「我的愛，我的甜心，我的寶貝。妳從來不該離開我。妳還不明白嗎？要是妳沒走，這一切都不會發生。」

記憶又來了。我們坐在車內，是晚上。我在哭，他瞪著窗外一聲不吭。「你說話啊，」我說：「說什麼都好，麥可。」

「妳不是認眞的，」他說：「不可能。」

「對不起，我愛班恩。沒錯，我們有我們的問題，但我愛他。他才是我應該選擇的人，對不起。」

我發現我試著將事情簡化，好讓他明白。和麥可在一起這幾個月後，我體悟到這樣做會比較好。複雜的事情會讓他困惑，他喜歡有秩序、一成不變，喜歡將事物以精準比例混合出可預期的結果。何況，我也不想太深陷於細節當中。

「是因爲我去了妳家，對不對？對不起，莉絲，以後再也不會了，我保證。我只是想見妳，想對妳先生解釋……」

我打斷了他。「班恩，你可以說他的名字，他叫班恩。」

「班恩，」他像是第一次嘗試說這個名字，卻發現說起來不舒坦。「我想對他解釋一些事情，想告訴他事實。」

「什麼事實？」

「說妳再也不愛他了，妳現在愛的是我，想和我在一起，我就是想說這些。」

我嘆了口氣。「你難道不懂嗎？就算眞是這樣——更何況其實不是——也不該由你來開口，而是我。你無權就這樣跑到我家。」

我說著不禁想到當時眞是驚險萬分。班恩在洗澡，亞當在餐廳裡玩耍，我好不容易說服麥可在他們倆發現他的存在之前離開。就是那個晚上讓我決定結束這段外遇。

「我得走了。」我說著打開車門，踏上碎石子路面。「對不起。」

他探過身來看我。我心想他好迷人，要不是因爲漸漸看出他不堪的眞面目，我的婚姻恐怕眞要亮紅燈了。「我能再見妳嗎？」他問道。

「不行，」我回答：「不行，一切都結束了。」

然而經過這麼多年後，我們現在卻在這裡。他再度抱住我，我忽然明白不管我從前有多怕他，都比不上此刻的恐懼。我開始尖叫起來。

「親愛的，冷靜一點。」他摀住我的嘴巴，我叫得更大聲。「冷靜！會被人聽到的！」我的頭往後撞，碰到身後的電熱器。隔壁夜店的音樂沒變，就算有也只是變得更大聲。**不會的**，我心想，**絕對不會有人聽見**。我又尖叫起來。

「住嘴！」他說。我心想他打了我，不然就是搖晃我。我開始慌了。「住嘴！」我的頭再次撞到溫熱的金屬，我嚇得安靜下來，開始啜泣。

「讓我走，」我哀求著。「求求你……」他抓我的手鬆開了些，但仍不足以讓我掙脫開來。「你是怎麼找到我的？都過了那麼多年了，你怎麼找到我的？」

「找到妳？我從來沒有失去妳的音信。」我的心飛旋疾轉，想不明白。「我一直在看著妳，守護妳。」

「你有來看我？到醫院、衛靈之家這些地方？可是……」我話沒說完。

他嘆了嘆氣。「不一定。他們不讓我見妳。不過有時候我會騙他們說是去看其他人，或說我是志工。只有這樣才能見到妳，確定妳安然無恙。最後那個地方比較容易，畢竟窗戶很多……」

我背脊發涼。「你在監視我？」

「我得確定妳沒事，莉絲。我得保護妳。」

「所以你回來接我？是這樣嗎？你在這個房間裡做的還不夠嗎？」

「我發現那個王八蛋離開妳之後，實在沒法把妳丟在那個地方。我知道妳會想和我在一起，我知道這樣對妳最好。我得多等一陣子，等到確定沒有人會出來阻止我，不然還有誰會照顧妳？」

「他們就這樣讓我跟你走了？他們一定不會讓陌生人帶我走的！」

我正狐疑著他撒了什麼謊，衛靈之家才讓他把我帶走，忽然想起日記裡奈許醫師跟我提到的那個衛靈之家女員工。**她聽說妳搬回去和班恩一起住，開心得不得了**。一個影像、一段記憶出現了。麥可牽著我的手，正在塡一份表格。櫃檯後面有個女人微笑著看我。「我們會想念妳的，克莉絲汀。不過妳在家裡會很快樂。有丈夫陪妳。」她看著麥可說。

我順著她的目光看去。牽我手的男人我並不認識，但我知道這是我嫁的男人。一定是的。他是這樣跟我說的。

「天哪！」我這時說道：「你假冒班恩多久啊？」

他面露詫異。「假冒？」

「對，假冒我的丈夫。」

他面露困惑。我懷疑他是否忘了自己不是班恩。接著他的臉垮下來，看起來很難過。

「妳以爲我想這麼做嗎？我是不得不，這是唯一的辦法。」

他的手臂微微鬆開，忽然怪事發生了。我的思緒不再打轉，雖然依舊害怕，卻充滿一種百分之百平靜的怪異感覺。有個念頭無端冒出。我會打敗他，我會逃走，我一定要。

「麥可，」我說道：「你知道嗎？我眞的了解。對你來說一定很辛苦。」

他抬頭看著我。「妳眞的了解？」

「當然，我很感激你來接我，給我一個家，還照顧我。」

「眞的？」

「眞的。如果沒有你，我現在會在哪裡？我實在不敢想。」我感覺到他軟化了。我手臂與肩膀上的壓力減輕了，轉而伴隨著一種輕柔但明確的撫觸感，幾乎更令我厭惡，但心裡明白這樣比較有利我逃脫。因爲此刻我能想到的只有逃跑，非得逃離不可。我現在想到了，剛才他在浴室的時候，我竟蠢到坐在地上讀著被他偷走的日記。當時何不拿著離開呢？但我又想到自己是讀到日記末了，才眞正意識到危險。那同樣的細微聲音又響起了。我會逃走，我有一個我不記得曾經見過的兒子。我會逃走。我把頭轉向他，開始摩娑他放在我肩上的手背。

「你何不讓我走，然後再談談接下來該怎麼做？」

「可是克莱兒怎麼辦？她知道我不是班恩，妳告訴她了。」

「她不會記得的。」我口不擇言地說。

他發出空洞的笑聲，聽起來彷彿要窒息了。「妳老是把我當笨蛋，我不是，妳知道嗎？我知道會發生什麼事！妳告訴她了，妳毀了一切！」

「沒有。」我急切地說：「我可以打電話給她，告訴她是我搞混了，是我忘了你是誰。我可以跟她說我以爲你是班恩，但是我弄錯了。」

我幾乎就要相信他認爲這是可行的，不料他卻說：「她絕對不會相信妳。」

「她會的，我保證。」儘管明知她不會，我還是這麼說。

「爲什麼妳非要打電話給她？」他的臉蒙上一層怒氣，雙手開始把我抓得更緊。「爲什麼？爲什麼，莉絲？在那之前，我們一直都過得很好。很好啊！」他再次搖晃我，高聲喊道：「爲什麼？爲什麼？」

「班恩，你弄痛我了。」

這時他打了我。聽見他的手打在我臉上的聲音後，我才感覺到一陣疼痛。我的頭整個扭轉過去，下顎被撞得變形，痛苦地和上顎相碰。

「不許妳他媽的再叫我那個名字！」他啐了一口。

「麥可，」我立刻改口，彷彿這樣便能抹去錯誤。「麥可……」

他不理我。

「我受夠當班恩了，」他說：「現在起妳可以叫我麥可，好不好？是麥可。所以我們才要回來這裡，好拋開一切。妳在日記裡寫說，只要能想起多年前發生在這裡的事，就能恢復記憶。好啦，現在回來了。我讓妳的願望成眞了，莉絲，妳快想起來吧！」

我不敢置信。「你『希望』我想起來？」

「對！當然是！我愛妳，克莉絲汀，我要妳想起妳有多愛我，我要我們重新在一起，正式的，原本就該這樣。」他頓了一下，將聲音壓到最低。「我再也不想當班恩了。」

「可是……」

他回看著我。「明天回家以後，妳可以叫我麥可。」他又晃了我幾下，臉只距離我幾吋。「好嗎？」我聞到他的口氣裡有酸味，還有另一種味道，不禁懷疑他喝了酒。「我們會好好的，對不對，克莉絲汀？我們會繼續過日子。」

「繼續過日子？」我說。我的頭好痛，有東西從鼻子跑出來，雖然不確定，但我想是血。冷靜消失了。我扯開嗓門，用力大聲喊：「你要我回家？繼續過日子？你他媽的瘋到沒藥救了是不是？」他伸手堵住我的嘴，我頓時有一隻手臂因此自由了。我朝他揮出拳頭，揮中他的側臉，力道不重，但他仍吃了一驚，往後倒下，同時鬆開我另一隻手。

我踉蹌地站起來。「賤人！」他罵道，但我還是往前跨過他，往門的方向走去。

才走了三步便被他抓住腳踝，整個人砰地趴下。梳妝檯底下放了一張凳子，我摔倒時頭剛好碰到凳子邊緣。幸好凳子襯了軟墊，卸去我摔倒的勢頭，但卻讓我倒地時身體扭成怪異的姿勢。痛楚沿著脊背直竄而上頸子，恐怕有哪裡摔斷了。我開始往門邊爬去，但腳踝仍被抓著。他低吼一聲將我拉過去，然後全身重壓在我身上，嘴唇離我耳邊僅數吋。

「麥可，麥可……」我啜泣喊著。

我眼前躺著亞當和海倫的合照，就在剛剛從他手上掉落的地方。儘管心有諸多旁騖，我仍好奇他是怎麼弄到這張照片，接著忽然就想到了。是亞當寄到衛靈之家給我的，麥可來接我出院時連同其他照片一起拿走了。

「妳這個愚蠢到家的賤人！」他在我耳邊咬牙切齒地說，一手掐在我脖子上，另一手扯住我的一把頭髮。他把我的頭往後拉扯，我的脖子猛然上仰。「妳到底爲何非要那麼做不可？」

「對不起。」我哭泣著說。我無法動彈，一隻手被壓在身子底下，另一手則夾在我的背部和他的腿之間。

「妳還想去哪裡？」他猶如野獸般咆哮，恨意似的東西奔湧而出。

「對不起，」我反覆說著，因爲腦子裡想不到別的話。「對不起。」我想起從前這幾個字總能發揮作用，總是足夠，總是能讓我擺脫任何麻煩。

「別再說他媽的對不起了！」他說。我的頭猛地往後，接著往前一撞，前額、鼻子、嘴巴全都貼在地毯上。我聽到一個聲響，令人不舒服的吱嘎聲，聞到潮潮的香菸味。我大喊出聲，嘴裡有血，剛才咬到舌頭了。「妳以爲妳還能跑哪兒去？不會開車，又一個人都不認識，大多時候甚至連自己是誰都不知道。妳根本無處可去，眞可悲。」

我開始痛哭起來，因爲他說得沒錯，我是可悲。克萊兒從未來過，我沒有朋友，徹徹底底孤單一人，只能完全仰賴對我做出這種事的人。而明天早上，假如我還活著，連這點都會遺忘。

假如我還活著。當我領悟到這個男人可能做出什麼事後，這幾個字不斷在我腦中回響，這次恐怕無法活著走出這個房間。恐懼感猛烈襲來，但這時我又聽到心中那個細小聲音。**這不是妳要死的地方，不是跟他在一起，不是現在，絕對不行。**

我痛苦地弓起背，好不容易讓手臂鬆動，然後伸向前抓住凳子腳。凳子很重而且我身體的角度不對，但我仍勉強扭過身，舉起凳子，從頭部上方往後砸，我想像麥可的頭應該在那個位置。凳子不知撞擊到什麼，啪啦一聲很清脆，耳邊還聽到喘息聲。他鬆開了我的頭髮。

我轉頭一看，只見他搖搖晃晃往後倒，手按在額頭上，血慢慢從指縫間滴流下來。他抬頭看我，滿臉不解。

稍後，我才想到應該再敲他一記，用凳子、徒手或用什麼東西都好，應該在確認他無法行動之後，才有可能離開、下樓，或甚至只是開門高聲呼救。

但我沒有這麼做。我奮力直起身子站起來，看著眼前倒在地上的他，心想不管我現在做什麼，他都是贏家，永遠都是贏家。他已奪走我的一切，甚至讓我記不得他的所作所爲。我轉身起步走向門口。

他低吼一聲撲向我，用整個身體撞在我身上，我們倆砰地一起撞上梳妝檯，踉踉蹌蹌往門邊去。「克莉絲汀，」他喊道：「克莉絲汀！別離開我！」

我伸出手。只要能打開門，那麼就算夜店再吵，也一定會有人聽到我們的聲音趕來吧？

他抱住我的腰，我們有如一隻雙頭怪獸緩緩前移，我拖著他。「莉絲，我愛妳！」他哭嚎著說，這哭聲加上那荒謬的字句更激勵我繼續往前。只差一點了，我很快就能摸到門。

接著事情發生了。我想起了多年前的那一夜。我，人在這個房裡，站在同一個位置，朝著同一扇門伸出手去。我很高興，高興得可笑。我到達時房裡便已點滿蠟燭，牆上輝映著柔和的橙色燭光，空氣中飄著床上那束玫瑰的香味。別在花束上的紙條寫著「親愛的，我會在七點左右上來」。雖然有一瞬間好奇著班恩在樓下做什麼，卻也樂於在他到達前有多幾分鐘獨處的時間。這讓我有機會整理思緒，好好想想自己如何差一點失去他，想想結束了與麥可的外遇有多輕鬆，再想想和班恩如今能走上新的軌道是何其幸運。我怎會以爲自己想和麥可在一起呢？麥可絕不可能像班恩這樣，在海邊的旅館安排驚喜之夜，向我證明他有多愛我，儘管我們最近有些歧見，他的愛依然永不會變。麥可太自我了，不會做這種事，這我學乖了。和他在一起，凡事都是一種測試，熱情有所節制，先衡量收受多少，才決定給予多少，而這當中的平衡卻經常令他失望。

我摸到了門把，轉動後，將門朝內拉開。班恩帶亞當到祖父母家去，一整個週末都是我們的，什麼都不必擔心。就只有我們倆。

「親愛的，」我才一開口，話便梗在喉嚨。門口出現的不是班恩，是麥可。他推開我，直接走進房內，即使嘴裡質問他這是在做什麼——他有何權利把我誘騙到這裡，到這個房間，他以爲這樣能達到什麼目的——心裡想的卻是：**你這狡猾的王八蛋，竟敢冒充我丈夫，你就沒有一點羞恥心嗎？**

我想到班恩和亞當，在家裡。這個時候，班恩應該會狐疑我上哪兒去了。可能很快就會報警。我怎會這麼笨，竟然沒告訴任何人就搭上火車來到這裡，竟然會笨到相信一張打字的紙條會是自己丈夫寫的，那上頭甚至還噴了我最喜歡的香水。

麥可開口了：「如果知道是來見我，妳會來嗎？」

我笑起來。「當然不會！我已經說過，一切都結束了。」

我看著花，看著他仍拎在手裡的香檳，一切都洋溢著浪漫和誘惑氣息。「天哪！你眞以爲把我騙到這裡來，送我花和一瓶香檳就能得逞？我就會投進你的懷抱，一切就能回到從前？你瘋了，麥可，眞是瘋了。我現在要走了，回到我丈夫和兒子身邊去。」

我不願再想了。我猜那應該是他打我的第一拳，但在那之後不知發生了什麼事，我又是怎麼從那兒到了醫院。如今我又回來了，回到這個房間。我們轉了整整一圈回到原點，但對我而言，這當中的日子都被偷走了，我就好像從未離開過。

我碰不到門。他已經自己站起身來。我開始喊叫：「救命！救命啊！」

「安靜！給我閉嘴！」他說。

我叫得更大聲，他一把將我扭轉過來，同時往後推。我跌倒了，天花板和他的臉在我眼前往下滑，有如落下的窗簾。我的頭骨撞到一個硬邦邦的東西，這才發覺是被他推進了浴室。我扭頭看見往外延伸的瓷磚地板、馬桶底座、浴缸邊緣。地上有一塊肥皀，壓得爛爛黏黏的。「麥可！」我喊道：「不要……」但他已跨到我身上，兩手勒住我的脖子。

「閉嘴！」他一再重複，儘管此時我已不再吭聲，只顧著哭。我喘不過氣來，眼睛和嘴巴都溼溼的，是血和淚，此外不曉得還有什麼。

「麥可……」我喘著氣喊。沒法呼吸了。他兩手扼住我的脖子，我無法呼吸。記憶翻湧而至。我想起他把我的頭壓進水裡，想起醒來時躺在一張白色床上，穿著醫院的病人袍，班恩坐在我身旁，是眞的班恩，我嫁的那個人。我想起一名女警問了一些我答不出來的問題。有個穿著淺藍色睡衣的男人坐在我的病床床沿，跟著我一起笑，還說我每天都像第一次見面似地和他打招呼。有個缺了顆牙的金髮小男孩，在叫我媽咪。影像接踵而至，在腦海湧現，我感受到強烈衝擊。我搖搖頭，想甩開那影像，但麥可把我抓得更緊。他的頭就在我的頭上方，雙手掐住我的喉嚨，狂野的雙眼眨都不眨，我想起從前也曾發生同樣的事，就在這間房裡。我閉上眼睛。「妳竟敢？」他說著，我卻分不清是哪個麥可在說話：此時此地的這個，或是只存在我記憶中那個。「妳竟敢！」他又說一次：「妳竟敢奪走我的孩子！」

這時候我記起來了。多年前他攻擊我時，我有孕在身。不是麥可的，而是班恩的，這孩子將是我們一起重新出發的起點。

我們母子倆都沒能倖存。

我想必是暈了過去。恢復意識時坐在一張椅子上，兩手無法動彈，嘴巴裡黏黏茸茸的。我張開眼，房間裡很昏暗，只有月光從敞開的窗簾間流洩進來，還有反射的黃色街燈。麥可坐在我對面的床沿，手裡拿著一樣東西。

我想說話，但發不出聲，這才察覺嘴被堵住了。可能是一只襪子，總之被塞得很牢，穩穩地固定住，而我的手腕和腳踝也都被綁在一起。

這就是他一直想要的吧，我想。要我安安靜靜、動彈不得。我扭動了一下，他發現我醒了，便抬起頭來，神情籠罩著痛苦與哀傷，愣愣地直視著我。除了恨，我毫無感覺。

「妳醒了。」我好奇他是否還打算說些什麼，他還能說些什麼。「我並不想這樣。我以爲來了這裡，也許能幫妳恢復記憶，想起我們以前的事。然後我們就能談一談，我就能解釋多年前在這裡發生的事。那絕對不是我故意設計的，莉絲，我只是有時候會情緒失控，這我也沒辦法，對不起。我從來就不想傷害妳，從來都不想。是我搞砸了一切。」

他低頭看著大腿之間。原本我還有許許多多想知道的，但我已乏力，事情也已經太遲了。我彷彿可以就這樣閉上眼，藉由意志進入遺忘狀態，抹去一切。

但今晚我不想睡。如果非得入睡，那麼明天就不想醒來。

「是因爲妳告訴我妳懷了身孕。」他沒有抬頭，反倒是湊在衣褶裡輕聲地說，得很費力才能聽得清楚。「我從沒想過自己會有孩子，從沒想過。他們都說……」他猶疑著，彷彿改變了心意，認爲有些事最好別說出口。「妳說不是我的，但我知道是。而且我無法忍受妳還是要離開我，要帶著我的孩子離開我，讓我可能永遠見不到他。我無法忍受啊，莉絲。」

我仍不知道他想做什麼。

「妳以爲我做了這種事，不難過嗎？每天都難過。看到妳那麼慌亂、迷失、不快樂。有時候我躺在床上，聽見妳醒來。妳看著我，我知道妳不認得我，心裡就覺得失望、羞愧。那種感覺一波波湧來，很痛的，因爲知道妳現在若有選擇，絕不會和我睡在一起。然後妳下床，走進浴室，我知道幾分鐘後妳會回來，而且會變得如此慌張、如此不快樂、如此痛苦。」

他停頓一下。「現在我知道就連這個也快要結束了。我看了妳的日記，知道妳的醫生應該已經明白，不然就是快要明白了。克萊兒也是。我知道他們會來找我。」他抬起頭。「他們會試圖把妳帶離我身邊。可是班恩不要妳，我要，我要照顧妳。求求妳，莉絲，求求妳想起妳曾經多麼愛我，那麼妳就能告訴他們妳想和我在一起。」他指著散落在地上、我最後的幾頁日記。「妳可以跟他們說妳原諒我了，原諒我的所作所爲，我們就能在一起了。」

我搖搖頭，無法相信他竟然「希望」我記起來，「希望」我知道他做了什麼。

他淡淡一笑。「妳知道嗎？有時候我覺得那天晚上妳如果死了，也許是比較仁慈的結果。對我們倆都比較仁慈。」他望向窗外。「我會隨妳而去，莉絲，如果這是妳想要的。」他又低下頭。「這再簡單不過，妳可以先走，我答應妳我隨後就到。妳相信我，對吧？」

他滿心期待地看著我。「妳說這樣好嗎？不會有痛苦的。」他說。

我搖搖頭，想開口說話，卻沒能成功。我的雙眼灼熱，幾乎無法呼吸。

「不好？」他露出失望表情。「不好。或許什麼樣的人生都比失去生命好吧。很好，妳想得或許沒錯。」我哭了起來。他搖著頭說：「莉絲，一切都會沒事的。妳瞧，這本本子就是問題所在。」他拿起我的日記。「在妳開始寫這些以前，我們過得很快樂，總之能有多快樂就多快樂，這樣就夠了，不是嗎？我們應該直接毀了這本日記，接著妳或許能告訴他們說妳搞混了，我們就又能回到從前。至少可以這樣過一陣子。」

他起身拉出梳妝檯下面的金屬箱，取出空空的襯裡丟掉。「那麼很簡單。」他說著將箱子放在地上，夾在兩腿間。「很簡單。」他把我的日記扔進箱內，撿起仍散置在地板上的最後那幾頁，一併丟進去。「我們得把它毀了，全部都毀掉，一了百了。」

他從口袋掏出一盒火柴，點燃一支後，從箱子裡抽出一張紙。

我驚恐地看著他。「不要！」我想說，但只能發出悶悶的吼聲。他沒有看我，直接點燃那張紙丟進箱內。

「不要！」我又說一次，但這回只是在腦中的默然嘶吼。我眼睜睜看著自己的故事開始燒成灰，記憶轉化成碳。我的日記、班恩的信、一切。我心想，沒有日記的我什麼都不是，什麼都不是。他贏了。

我並未計畫要做接下來做出的事，而是出於本能，整個人撲向箱子。由於雙手反綁，無法削減下跌的勁道，以笨拙怪異的姿勢撞了上去，扭身時聽到啪一聲。手臂立刻感到一陣劇痛，我以爲自己會暈過去，但沒有。箱子翻覆了，燃燒的紙灑在地板上四散紛飛。

麥可淒厲地大叫一聲，隨即跪下來拍打地板，想把火撲滅。我看見一片燃燒的碎屑掉落在床底下，麥可沒注意到。火舌開始舔向床罩邊緣，但我觸摸不到也喊不出聲，只得躺在原地，看著床罩著火。接著開始冒起煙來，而我閉上眼睛。我想著房間將會起火，麥可會燒死，我會燒死，不會有人知道房裡究竟出了什麼事，就像不會有人知道多年前這個房間出過什麼事一樣，往事將化爲灰燼，被臆測所取代。

我咳了一下，卻是乾嘔，被嘴裡那團襪子給壓制下去。我開始感到呼吸困難，這時想起了兒子，如今再也見不到他了，但至少臨死前知道自己有個兒子，知道他還活著，而且過得幸福。對此我很慶幸。我也想到班恩，和我結婚又被我遺忘的男人。我記起了和他在屋頂派對上邂逅，他在一座俯瞰整個市區的山丘上向我求婚，也記起了和他在曼徹斯特的教堂舉行婚禮，在雨中拍攝結婚照。

是的，我記起了自己愛他。我知道我的確是愛他的，一直都是。

眼前變得一片黑暗。我無法呼吸。但能聽見火焰的劈啪聲，感覺到火焰在唇上與眼周的熱度。

我現在知道了，我永遠不會有什麼圓滿結局。不過無所謂。

無所謂。

我現在人躺著。剛才睡著了，但睡得不久。我仍記得自己是誰、身在何處。耳邊傳來嘈雜聲，車輛轟鳴聲，還有音調不升不降、始終維持一致的鳴笛聲。我嘴巴上有個東西——我想到一團襪子——但卻發現能呼吸了。心裡實在太害怕，不敢睜眼，因爲不知道會看到什麼。但我不得不。不管現實變成什麼樣子，除了面對，我別無選擇。

燈光很亮。低低的天花板上有一管日光燈，還有兩根金屬條與燈平行而列。兩邊牆面靠得很近，因爲有金屬和塑膠玻璃而顯得冷硬、閃亮。我能勉強看出有抽屜和架子，裡頭塞滿一瓶瓶、一包包的東西，還有一閃一閃的機器。每樣東西都在移動，輕輕地顫動，我後來發覺包括我躺著的床也是。

有張男人的臉從我後面冒出來，停在我頭的上方。他穿著綠衣，我不認得他。

「各位，她醒了。」他說完，又冒出更多臉來。我迅速掃視這些臉，麥可不在其中，我稍稍安心了些。

「克莉絲汀，」有個聲音揚起。「莉絲，是我。」是女人的聲音，我認得的聲音。「我們現在要去醫院，妳鎖骨斷了，但不會有事。一切都沒事了。他死了。那個男人死了，再也不能傷害妳了。」

這時我看見了說話的人，她面帶微笑，握著我的手。是克萊兒。就是前幾天看到的克萊兒，而不是剛剛醒來的我理應期望看到的年輕時的克萊兒，我還留意到她戴著我們上次見面時所戴的同一副耳環。

「克萊兒。」我喊了一聲，但被她打斷。

「別說話，盡量放輕鬆。」她彎下身來撫摸我的頭髮，並在我耳邊小小聲說話，但我聽不清楚。聽起來像是「對不起」。

「我記得，我記得。」我說。

她微微一笑，然後退到後面，讓一名年輕男子走上前來。他臉型窄窄的，戴著厚框眼鏡，我一度以爲是班恩，轉念才想到班恩現在該是我這個歲數的人了。

「媽，」他喊道：「媽。」

他看起來就和那張與海倫的合照中一模一樣，我驚覺自己也記得他。

「亞當？」當他抱住我，我竟哽咽說不出話來。

「媽。」他說：「爸已經趕來了，他馬上就到。」

我將他拉近身來，吸聞著我的孩子的氣味，感到很幸福。

我不能再等了。時間到了，我必須睡覺。我住的是單人房，因此無須遵守醫院的嚴格規定，但我累壞了，雙眼已經撐不開。時間到了。

我已經和班恩談過，那個眞正與我結縭的人。我們似乎談了好幾個小時，但也可能只有幾分鐘。他跟我說他一接到警察的通知，就飛奔來了。

「警察？」

「對啊，他們發現與妳同住的人並不是衛靈之家以爲的那個人，接著便追蹤到我，我也不曉得是怎麼辦到的，大概是從我的舊地址循線找到的吧。」

「那麼你人在哪裡？」

他推推眼鏡說道：「我在義大利待了幾個月，在那裡工作。」接著頓了一下。「我以爲妳很好。」他拉起我的手。「對不起……」

「你又怎麼會知道呢。」我說。

他別開頭。「我離開妳了，莉絲。」

「我知道，我全都知道，克萊兒告訴我的，我也讀了你的信。」

「我覺得這麼做最好。我眞心這麼覺得。我以爲會有幫助，對妳、對亞當。我曾試著要好好過日子，眞的。」他遲疑了一下。「我以爲只有和妳離婚才能辦到，我以爲這樣能讓我解脫。亞當卻不能體諒，即使我跟他解釋妳根本不會知道，甚至不會記得曾經嫁給我。」

「有嗎？」我問道：「有幫助你繼續過日子嗎？」

他轉向我。「我不會騙你的，莉絲。我有過其他女人，不多，但有幾個。都已經那麼久，好多年了。起初都不是很認眞，但幾年前我認識了一個人，還搬去和她同住。可是……」

「可是什麼？」

「可是那也結束了。她說我並不愛她，說我永遠不會停止愛妳……」

「她說對了嗎？」

他沒有回答，因此害怕聽到答案的我又說：「那麼現在怎麼辦？明天怎麼辦？你會把我送回衛靈之家嗎？」

他抬頭看我。

「不，她說得沒錯。我從未停止愛妳，我也不會再送妳到那兒去了。明天，我希望妳回家。」

現在我看著他。他坐在我旁邊的椅子上，雖然已經在打呼，頭也往前傾斜成一個怪異角度，卻仍握著我的手。我只能勉強看到他的眼鏡，和側臉那道由上而下的疤痕。兒子到房外去打電話給女友，悄聲向未出生的女兒道晚安，而我最好的朋友則在外頭的停車場上抽菸。無論如何，我身邊環繞著我愛的人。

稍早，我和奈許醫師談過。他說我是在大約四個月前離開安養院，也就是麥可開始冒稱班恩去探訪之後沒多久。是我自己辦理出院，簽下所有的文件。我是自願離開的，即便他們認爲有理由阻止我，也阻止不了。我出院時，帶走了當時還留著的少數幾張照片與私人物品。

「所以麥可才有那些照片？我和亞當的照片？所以他才有亞當寫給聖誕老人的信？他的出生證明？」

「沒錯。」奈許醫師說：「這些照片妳在衛靈之家就有了，離開時也一併帶走。麥可想必是找到某個機會，毀了妳和班恩的所有合照，甚至可能是在妳離開衛靈之家以前——那裡員工的流動率很高，他們不曉得妳先生究竟長什麼樣子。」

「但他怎麼能取得那些照片？」

「照片就放在妳房間抽屜的相簿裡。他既然開始去探視妳，要取得照片輕而易舉，而且很可能還偷塞了幾張他自己的照片進去。他一定有一些你們倆……幾年前交往時的合照。衛靈之家的員工十分確信，來看妳的就是相簿裡那個人。」

「所以說是我把照片帶回麥可家，他又藏到金屬盒裡？然後他佯稱發生火災，好解釋照片爲何這麼少？」

「沒錯。」他說。他看起來疲憊而內疚，不知是否爲這一切感到自責。但願沒有，他畢竟幫助了我，救了我。希望他還能寫完論文，舉出我的例子。希望他爲我做的這一切能受到讚許。畢竟要是沒有他，我已經……

我不願去想已經如何。

「你是怎麼找到我的？」我問道。他解釋說克萊兒和我談過之後都快急瘋了，但還是等著我第二天打電話。「麥可肯定就在當天晚上從妳的日記撕去了那幾頁，所以妳星期二把日記交給我的時候，絲毫沒察覺任何不對勁，我也一樣。因爲妳沒打電話，克萊兒就試著打給妳，但她只有我給妳那支電話的號碼，而電話也被麥可拿走了。今天早上打那支電話，但妳卻沒接，當時我就該知道出了問題，可是我沒多想。我應該打妳另一支電話的……」他搖了搖頭。

「沒關係，」我說：「繼續說吧。」

「我們可以合理假定他至少已經看了妳一整個星期的日記，也可能更久。起先克萊兒連絡不上亞當，也沒有班恩的電話，只好打到衛靈之家。他們只有一個連絡號碼，本以爲是班恩的，但其實是麥可。克萊兒沒有我的電話，甚至不知道我的名字。她打到麥可的學校去，說服校方告知麥可的住址和電話號碼，但兩個都是錯的。她無計可施。」

我想到這個男人發現我的日記，每天偷看。爲什麼不乾脆毀掉呢？

因爲我寫了我愛他。因爲那正是他希望我繼續相信的事。

又或許我把他美化了，他可能只是想讓我親眼看著它焚毀。

「克萊兒沒有報警嗎？」

「有，」他點著頭說：「但警方過了幾天才正視這件事。這段時間裡，她找到了亞當，亞當說班恩出國一段時間了，而且據他所知妳還在衛靈之家。她連絡上院方，雖然他們不肯提供妳的住址，但最後還是讓了步，把我的電話告訴亞當。他們想必認爲這是不錯的折衷辦法，因爲我是醫生。克萊兒直到今天下午才連絡上我。」

「今天下午？」

「對。克萊兒說服我事情有異，而發現亞當還活著之後，我當然更加確信了。我們到家裡找妳，但當時妳已經出發去布萊頓了。」

「你們怎麼知道我會在那裡？」

「今天早上妳跟我說班恩——抱歉，是麥可——曾說過你們要出門去度週末。妳說他提到要去海邊。克萊兒一跟我說完事情的來龍去脈，我就猜到他要帶妳去哪裡。」

我往後躺下，覺得好累，筋疲力盡。我只想睡覺，卻又害怕，害怕忘記。

「可是你跟我說亞當死了。」我說：「你說他出意外死了，我們坐在停車場裡面的時候。還有火災也是。你跟我說發生過火災。」

他幽幽一笑。「因爲妳是這麼告訴我的。」我回說我不明白。「有一天，離我們初次見面已有幾個星期，妳跟我說亞當死了。這顯然是麥可說的，妳相信了他並告訴了我。妳在停車場問我的時候，我說出了我信以爲眞的事。火災的事也一樣。我相信有火災，因爲是妳告訴我的。」

「但我明明記得亞當的葬禮，」我說：「他的棺木……」

他戚然笑了笑。「是妳的想像……」

「但我看到照片了。」我說：「那個人——」我發現自己說不出麥可的名字，「他給我看了我和他在一起、我們結婚的照片。我還發現一張墓碑照片，碑上刻著亞當的名字……」

「肯定是他僞造的。」他說。

「僞造的？」

「是啊，用電腦。現在要在照片上動手腳眞的很簡單。他想必猜到妳起了疑心，故意把照片放在妳會去找的地方。妳以為是你們倆合照的照片當中，有些很可能也是偽造的。」

我想到日記裡寫過麥可在書房裡工作。他就是在做這些事嗎？他背叛我可背叛得眞徹底。

「妳還好嗎？」奈許醫師問。

我微笑著說：「嗯，應該還好。」我看著他，發覺腦中有他穿著另一件西裝、頭髮更短得多的畫面。

「我記得一些事。」我說。

他表情未變，問道：「什麼事？」

「我記得你的另一個髮型。」我說：「我也認得班恩。還有亞當和克萊兒，在救護車上。我記得前幾天見過她，我們去了亞歷山卓宮的咖啡館喝咖啡，她有個兒子叫托比。」

他笑了笑，但神色戚然。

「妳今天看過日記了嗎？」他問道。

「看過了。」我說：「可是你不明白嗎？我能記得日記裡沒寫的事情。我記得她那天戴的耳環，和她今天戴的一樣。我問過她，她說是這樣沒錯。我也記得托比穿了一件藍色的兜帽大衣，襪子上有幾個卡通圖案，而且我記得他在鬧脾氣，因為他想喝蘋果汁，而店裡只有柳橙和黑醋栗。你還不明白？這些事我沒寫，但我記得。」

他這才略顯高興，但仍有所保留。

「派克斯頓醫師說對於妳的失憶，他找不到明顯的器質性病因，看來除了身體的傷害之外，可能有一部分是起因於妳的遭遇所帶來的情緒創傷。我猜再一次的創傷或許可能加以逆轉，至少在某種程度上。」

聽他這麼一說，我雀躍起來。「這麼說我有可能治癒囉？」我問道。

他定定地看著我。我感覺他彷彿在斟酌該說什麼，我又能承受多少事實。

「我必須說這是不太可能的。」他說：「過去幾個星期以來，妳有一定的進步，但卻沒有完全恢復記憶的情形。不過還是有可能。」

一陣欣喜湧上心頭。「既然記得一星期前發生的事，難道不代表我又能形成新的記憶，而且能留住它們？」

他支吾著說：「沒錯，是有此可能。但克莉絲汀，我希望妳做好心理準備，這種現象很可能只是暫時的，要到明天才會知道。」

「等我醒來之後？」

「是的。妳今晚睡著以後，今天的記憶非常可能會隨之消失，不管是新的還是舊的。」

「可能和我今天早上醒來時一模一樣？」

「對，有可能。」他說。

「可是……」我話到嘴邊又吞了下去。

醒來之後可能忘記亞當和班恩，這個事實似乎太令人難以承受。感覺簡直生不如死。

「繼續寫日記吧，克莉絲汀。」他說：「日記還在嗎？」

我搖搖頭。「他把它燒了，所以才會起火。」

奈許醫師顯得很失望。「眞可惜。不過其實也不打緊。克莉絲汀，妳不會有事的。再重新開始就好了。如今愛妳的人都回到妳身邊了。」

「但願我也能回到他們身邊。」我說：「我想回到他們身邊。」

我們又多談了一會兒，但他一心想把我的時間留給家人。我知道他只是試著爲我做最壞的打算，因爲明天醒來我可能不知道自己身在何處，不知道身邊的男人是誰，不知道那個自稱是我兒子的人是誰。但我必須相信他是錯的，相信我的記憶會回來。我必須這麼相信。

我看著丈夫入睡的身影映在昏暗的房裡。我記得派對那天晚上，我和克萊兒在屋頂看煙火那天晚上，我們相遇。我記得他在維洛納度假時向我求婚，以及我答應時滿心的興奮激動。還有我們的婚禮、我們的婚姻、我們的生活，我全都記得。我露出了笑容。

「我愛你。」我輕聲地說，然後閉上眼睛，我睡了。

作者後記

本書部分靈感來自幾位失憶症患者的生活經歷，尤其是亨利・古斯塔夫・莫萊森（Henry Gustav Molaison）與克萊夫・韋靈（Clive Wearing）。後者的生平在其妻黛波拉・韋靈（Deborah Wearing）所著的《永遠的今日——愛與失憶的回憶錄》（*Forever Today: A Memoir of Love and Amnesia*，暫名，台灣未出版）一書中有詳盡敘述。然而，本書中的事件則屬完全虛構。

國家圖書館出版品預行編目資料

別相信任何人 / S. J. 華森（S. J. Watson）著；顏湘如 譯；
-- 初版 -- 臺北市：寂寞，2011.08
336面；14.8×20.8公分 --（Cool；7）
譯自：Before I go to sleep : a novel

ISBN 978-986-86523-7-8（平裝）

873.57　　100010560

The Eurasian Publishing Group
圓神出版事業機構
用心與你對話・視野無限寬廣
寂寞出版社
Solo Press

http://www.booklife.com.tw 33　　reader@mail.eurasian.com.tw

Cool 007

別相信任何人

作　　者 / S. J. 華森（S. J. Watson）
譯　　者 / 顏湘如
發 行 人 / 簡志忠
出 版 者 / 寂寞出版股份有限公司
地　　址 / 台北市南京東路四段50號6樓之1
電　　話 /（02）2579-6600 · 2579-8800 · 2570-3939
傳　　真 /（02）2579-0338 · 2577-3220 · 2570-3636
總 編 輯 / 陳秋月
主　　編 / 林慈敏
責任編輯 / 李宛蓁
美術編輯 / 劉嘉慧
行銷企畫 / 吳幸芳 · 李依瑾
印務統籌 / 林永潔
監　　印 / 高榮祥
校　　對 / 林慈敏 · 李宛蓁
排　　版 / 杜易蓉
經 銷 商 / 叩應股份有限公司
郵撥帳號 / 18707239
法律顧問 / 圓神出版事業機構法律顧問　蕭雄淋律師
印　　刷 / 祥峯印刷廠
2011年8月　初版
2016年8月　120刷

定價 290 元　　ISBN 978-986-86523-7-8